達達戰爭

War of the Office

天地無限 著

目次

#【各界名家好評】

這五篇長長短短的精彩故事，深刻的描述了跨國企業的勾心鬥角、新創事業的步步驚心、生技公司的外神內鬼、職場內外的男女之間、情報工作的耐人尋味。每則故事都讓我欲罷不能的一頁頁往下翻，像著了魔似的想知道最後到底怎麼了……佩服作者對故事的鋪陳與人性的描述，更對他在各職場中所提及的細節與專業感到讚嘆。每個角色與場景，在細膩的字裡行間中變成了一幅幅真實的畫面，讓你彷彿身歷其境。最妙的是，當你隨著故事中角色的心情七上八下之餘，居然還能學到各種走跳職場的重要觀念！這樣的小說，我怎能不大力推薦？歡迎你打開這本書，趕快進入天地無限的推理世界吧。

——馬克（知名職場圖文作家）

推理界的驚奇力作！深入台灣職場生活與網路新世代的推理佳構……讀來酣暢淋漓。

——湯昇榮（瀚草影視總經理）

小時候，看推理小說，跟著劇情，我開始猜測誰是壞人？
長大後，看推理小說，隨著主角，我試著理解他的心境。
成為調查紀錄片導演後，我依舊喜愛推理小說，
除了猜測兇手、瞭解動機，我更想閱讀當時的結構與脈絡。
《達達戰爭》這部充滿電影感的推理小說，除了滿足讀者對真相的期待，
它同時讓我們反思社會經濟發展背後，月的陰暗面。

——李惠仁（《不能戳的秘密》系列導演）

兇狠即資本，計謀即創意，人生勝利組的暗黑競爭力你練就了多少？職涯耍心機一讀就上位
教戰手冊。

——石孟慈（GREY group葛瑞廣告資深創意總監）

把熱鬧解謎置於庶民生活的日常中，將冷硬動機藏在社會現況的脈絡裡，埋伏在推理作品裡的動機與解謎如冒險遊戲，要讓人有動力追尋又得引讀者入甕糾纏癡迷。

作者行文如流水如輕舟引領著讀者，找尋問題的答案與去到人性的深處。

生生剝開事件背後的陰鷙心靈，並厚描社會結構裡人與人的關係。除了對反諷社會怪象與其暗黑幽默給予無奈苦笑，還對天地無限腦袋裡究竟裝了什麼東西十分好奇。能把輕與重、是與非、處理得那麼細緻，且深植人心。

——劉瑋（智冠科技IP商務處處長）

一出手必傑作，華文推理界絕不能錯過的稀世奇才天地無限揭起他的「新社會派」大旗！繼走訪台灣社會光明與陰暗角落的《第四名被害者》電視台記者系列，這次更驚艷地融合與你我最息息相關的上班族文化，創造了有別日系企業小說的獨家品牌「辦公室推理」！創業、投資、理財、行銷、經營客戶與同事關係……看完半澤直樹沒學到的，追這系列就對了！

——喬齊安（出版業編輯／百萬部落客）

環環相扣的嚴謹邏輯，加上神來一筆的命運之手，是天地無限作品中的醍醐味。從長篇到短篇幾乎沒有失手，他筆下的故事、詭計都讓人拍案叫絕。《達達戰爭》裡有日常可見的辦公室文化、充滿狂想的創業概念，以及文字構築的謎團詭計，故事滿載人性的幽暗與幽默，是一本絕對要讀的推理小說集！

——秋千（資深推理迷）

你瞧見這世界的荒謬了嗎？

從《血讎的榮光》開始，到近年長篇系列作《第四名被害者》、《懸案追追追》，以及這次的短篇合輯《達達戰爭》，天地無限筆下的重點從來不是象牙塔內的虛幻國度，而是活生生、血淋淋的現實，是你我就在其中的台灣社會；很多時候直接得令人難堪：歧視、排擠、酒駕、外遇、貪小便宜、偷工減料、開賭盤……我們在夾縫中求生存，我們也都難辭其咎。

然而當大家尚未意識到這點、真正付諸行動，還在當鍵盤酸民，抗議司法不公、政治黑暗時，他已然試圖在文本中實行「屬於推理作家的正義」，這樣的視野和執行力，放諸台灣文壇，能有幾人？

他擅長以幽默不說教的方式，呈現這世界的荒謬，如本書《達達戰爭》中，一篇又一篇的「小市民狂想曲」，從白領、藍領，到社會邊緣人，各行各業、人生百態，有人為了賺錢無所不用其極，有人為了保護所愛寧願痛苦一生，最後笑看風雲的，往往是那些有所堅持，心志不隨慾望沉淪的人。

因此，他帶給我們的是希望，是堅持不懈的勇氣；所謂社會正義，只要你相信，它就一直存在，在你的良心、在你的智慧裡，即便小人物如你我，都有能力讓這個社會變得更美好。

天地無限帶領我們積極向前，迎戰明天。

——戲雪（推理愛好者）

達達戰爭

「咕唧咕唧！」隨著一聲輕快的蟋蟀鳴叫，電腦與手機同時彈現了一個LINE的訊息框，打斷了正專注做男性香水企劃簡報的東尼。他定睛一看，傳送者是電子商務商品部經理米凱達，內容是「十分鐘，老地方見！」

那瞬間，想認真投入眼前工作、一鼓作氣解決簡報的衝勁煙消雲散了。東尼嘆了口氣，繃緊的身體放鬆下來，往後仰躺在靠背椅上。他早知道今天米凱達絕對會找他「懇談」一番，只是沒料到他這麼迫不及待，不肯乖乖等到午休，竟佔用上班時間來處理這種事。

東尼朝米凱達的小偏間辦公室裡瞄了一眼，他正裝作沒事人似，拿起煙盒悠哉地朝外頭踱去。東尼先把幾個處理中的文件存檔後，接著也拿起馬克杯，假裝要去茶水間一趟，順道跟新來的櫃臺小妹打了招呼。然後趁著四下無人時，快步閃身進電梯，直赴頂樓。

自從「達達戰爭」開打後，東尼便常被米凱達找去天台「籌謀畫策」。雖然有幸被長官視為貼身心腹，但東尼心中可沒有「雞犬得道」的喜悅。他總覺得這不過是兩個主管間的奪權鬥爭，卻把兩大部門搞得這麼「無間道」，未免折騰得太過份了。

※※※

這裡是美商企業「豪徠仕」的台灣分部，當今全球排名百大的電子商務網站。雖然超過九成九以上的員工都是本地人，不過就如同大部分台灣公司的慣例，裡面每個員工都習慣稱呼彼此的英文小名。

記得前年加拿大籍的亞洲區總監李桑•洛爾欽來本地上任時，看到這種情形還很驚訝，私下問了當時的台灣分部總經理佛朗克：「陳，我不明瞭。每個台灣人都已經有了父母取的中文名字，為什麼我的同事在公司，另外有了一個英文名字？我該稱呼哪個名字才不會冒犯對方？」這該死的老外，根本就不懂台灣人的習性。東尼邊爬著通往天台的樓梯邊想著。搞點小洋化是台灣職場的時髦浪漫，可是搞小圈圈明爭暗鬥也是台灣職場的不變天命嘛！

雖然洛爾欽也幫自己取了個拗口的中文名「黎慕漢」，並要求同仁們往後都要用這名字稱呼他。此外，他每週都會寄一些國外風情、管理哲學的垃圾電子郵件給全公司的每位同事，真花了些苦功想淡化自己的客卿身份，但他顯然仍沒摸透這些複雜晦暗的「本土文化」。

話說從頭！

今年四月份的時候，總經理佛朗克利用職權之便套利的事情被揭發了！因為公司職員往來各國的商務旅行與金融轉帳很頻繁，每個月出差與匯兌費用就高達上百萬元。但因為大公司的銷帳流程頗為冗長，加上今年新台幣對美元的匯率變動劇烈，所以便讓佛朗克看到套利的機會。

佛朗克先註冊一家空頭旅行社，然後利用職權之便將一些買來回機票、代訂本地旅館、臨時通訊等零星業務丟過去，而當有同仁們出國銷帳或對外匯兌的簽呈跑到佛朗克處時，就會被他「不經意」地給延誤個四五天，讓公款以各類業務名義到空頭旅行社內「轉一轉」，假如台幣升值就以美金簽核、反之則用台幣。每個月的零星價差竟然能因此賺上好幾萬元。

佛朗克早年做過網站程式設計師，功力相當深厚，因此一些敏感的技術環節都能自己搞定，不擔心消息走漏。但也因為佛朗克太貪心，又把套來的錢拿去炒股票，後來因為融資股票被斷頭，加上有人密報會計長歐文，安排了會計師暗中查帳，佛朗克索性鋌而走險，把三月份的業務款項近四百多萬元一口氣捲走，隔天就再沒進辦公室了。雖然公司向警方報了案，但至今仍找不到佛朗克下落。

手下捅了這麼大的簍子，外傳黎慕漢先生似乎也被美國高層狠狠訓誡一番，不過完全無損這老加的雄心壯志，反正他一開始也覺得佛朗克不可靠，早就在培養自己的班底了。他念茲在茲的，除了繼續「擴大業務」外，就是新一任的總經理該由誰來擔當。

理論上，當總經理缺空出來時，應該是由副總經理戴克直升上去。不過只因為黎慕漢先生一句：「我的意見是，把這機會留給更有創造力的年輕人」，所以戴克目前僅能暫行代理職。（戴克這老傢伙全身一股待退公務員習氣，黎慕漢是看他不順眼吧！）本地人可完全不吃老外「有能者得」那套用人哲學，私底下對於不升戴克的看法都很一致。

而原本電子商務商品部經理米凱達，一直以為這位「有創造力的年輕人」指的就是他，畢竟前任、前前任總經理，都是由商品部經理經由副總經理一路直升上去的，而電子商務商品部的資源、人脈也是其他部門無法相比的，他還為這句話而心中暗樂了好一陣子，直到……

「本地的同仁們也許有不同的想法，但是這完全出於我個人思考，使用適當的競爭機制來選出新經理，是非常必要的。」

在四月底部門經理月會上，黎慕漢用蹩腳的中文闡述自己的理念：「有能力的人，應該給他們多一點的獎賞。如果只是在位子上等著時間流逝，然後沒有阻力地升上高位，我不認為這能鼓舞其他同仁們想努力的心。」

黎慕漢點頭示意讓電子商務商品部經理米凱達，以及他的死對頭，也就是廣告業務部經理普拉達兩人起身。

「總部的決策部門認為，站在各位眼前這兩人，有資格來競爭這個總經理職務。我們評估到七月底，這期間會觀察兩位領導部門的績效，也希望兩位可以用總經理的角度提出戰略簡報，讓總部來選擇誰是下屆總經理。但除了兩位，各位知道的，在場每個人，不要理會職位高低，只要你認為，自己與這兩位同仁一樣出色，都可以提交企畫報告，公平競爭這個職務。」

黎慕漢說完，在場十多位高階主管沒人吭聲，更沒有他預期中「激勵人心」的轟然叫好效果，不過對於台灣人這樣的冷淡反應他也慢慢習慣了。其實他很清楚，這兩大部門主管是台灣分部的主力部門，裡頭個個是驕兵悍將，不可能會有其他部門主管敢不自量力提名角逐的。

但一直被同事認為有暴力傾向的米凱達可火了，他得暗中深呼吸好幾次，才能壓抑住把手上馬克杯朝黎慕漢臉上扔的衝動。

開什麼玩笑！那個每天只懂穿名牌、看暢銷書作管理的女人，憑什麼來跟他堂堂電子商務商品部經理競爭？難不成今天談「藍海策略」、明日搞「老二哲學」的人就有資格當總經理？莫名其妙！

（不用說，普拉達一定跟黎慕漢有一腿！）官場裡要牽涉到女性角色，部分本地人的腦袋就淨朝這方面想。

想當然爾，向來自信滿滿的普拉達，從貴族小學、耶魯大學一直到全球百大企業任職，一直都是平步青雲的，自然也沒把喜歡標榜自己苦幹實幹、英雄不怕出身低的米凱達給放眼裡。

於是，這場「達達戰爭」從兩人踏出會議室的那一刻，便宣告開戰了。原本就在內部搞小圈圈的兩大部門，更將使出渾身解數，把公司上下全搞得雞犬不寧。

因襲台灣職場的優良傳統，第一封攻擊黑函在一週內準時報到，並且周到地送抵了每一位同仁的電子信箱裡，就連櫃臺總機凱莉也沒漏掉，省去大家轉寄傳閱的麻煩。

信件的主旨是「米凱達經理，這樣對嗎？（1）」，內容則是質疑米凱達，為何總獨厚鴻吉科技，讓它們的商品活動頁面長期盤據在網站首頁，偏偏鴻吉當年度的業績根本還不到其他大廠的一半？

一千餘字的爆料信最後還若有似無地，暗示米凱達跟鴻吉科技的高層有些兒裙帶關係之類的曖昧。最猛的就是信末最後一句：「彰顯公義，一日一爆！敬請期待第二集！」

擺明就是要來個八點檔演不停了。

當然，這就是為什麼東尼要頂著烈日上天台的原因了。

※※※

一推開頂樓安全門，中央空調的清涼庇蔭到此止步，陣陣躁悶焚風撲面而來，東尼躲在樓梯間半瞇著眼睛，適應一下強烈日照後，才慢慢走出天台。

其實二十一樓天台上的風景挺不錯的，最遠可以看到南港火車站或內湖科技園區一帶，天際線也開闊，讓人一整個心曠神怡。不過除非犯了煙癮或想來段「無間道」，否則十二樓的同仁大多不會特意跑上來曬太陽的。

左方護牆處隱隱傳來「乒乓乓乓」的聲音，東尼轉頭看去，只看到米凱達正叼著煙，對著護牆「拳腳交加」地發洩著。看來他有暴力傾向的傳言八成不假。

東尼嘆了口氣，朝他走去，一邊喊道：「別打了，我肯定不是這面牆寄黑函出來的！」

米凱達停了手，靠著牆邊呼呼喘著氣：「我不是打牆壁，我是打想像中的普拉達！那個畢曲！」

「是說，就算是真人在你面前，你這種拳頭也未必打得過她呀！」東尼打著哈哈。

米凱達臉部突然扭曲，倚著牆緩緩坐倒在地，像個剛被禁足的小孩頹喪地揪著頭髮道：「你兄弟我這次真的打不過她了……雪特！我沒料到她竟然會使出這種賤招。他媽的最毒婦人心，還每日一爆咧！」

「唉，說真的，這件事未必就是普拉達幹的呀！全公司就你們兩人在競爭，老外又很忌諱在背後放冷箭這事，普拉達沒那麼笨，不會明目張膽地這麼幹啦！」

東尼倒也不是空口安慰。畢竟他在普拉達底下做過大半年，對她的脾性很清楚。她寧可把時間用來加強工作表現，也懶得去扯競爭對手的後腿。除非這競爭對手真的把她給惹毛了。

「哼哼，是啊，說不定就是你這種預期心理，她才想來個將計就計吧！就算不是她，也許是哪個護主心切的小嘍囉搞的，結果還不是一樣？」

「那你也發信給全世界去澄清嘛！就說你跟鴻吉科技沒關係，你跟他們之間清清白白的，就算黑函天天來，也沒人信啦！」

米凱達撫著紅腫的拳頭，苦著臉低吼：「哇咧法克！問題是黑函內容不假啊！」

「……」

「隨便誰在這種大公司、在我這位子幹個幾年，難免會有需要『折衷通融』的時候嘛！可現在有人衝著我一件一件挖出來，都快能搞個一千零一夜了！」

東尼無奈地搖頭。「權力使人腐化」這老話不假，也難怪會搞出佛朗克這樣的醜聞了。

「唉，算了，兄弟。你知道我找你上來，不是想跟你告解的。要緊的是，解決之道是什麼？你好歹是資訊碩士，給個Solution嘛！」

東尼把列印出來的資料遞過去。「想從電子郵件的ＩＰ來源追查是行不通的。這封郵件是從國外一間叫做AnonymousMe的郵件代發網站寄出來的，聽它名字就知道，是專門給人家寄黑函匿名用的。」

「這個網站平台是架在澳洲，可是發信地是隨機挑選會員電腦寄發，像是寄給我的黑函從俄羅斯發過來、寄給你的則是從尼泊爾發過來的。想找台灣這邊的偵九隊去反查，我看大概可以等到你退休那天了。」

「雪特！你這說了不等於沒說嘛！」米凱達又急著亂揪頭髮。「解決辦法，ＯＫ？我・想・要・的・是，怎麼反制黑函的辦法！」

（若要人不知，除非己莫為！）這句心底話都哽在喉嚨邊上，但東尼還是沒膽子說出口。

「那叫網管老大凱文幫忙怎樣？直接從伺服器那邊過濾信件，只要是黑函就一律攔截下來，其他同事都看不到，如何？」

米凱達完全不考慮這提案：「凱文是普拉達的人馬，他肯不肯幫這個忙很難說，而且就算只有凱文接觸得到黑函，還不是轉成普拉達攻擊我的材料？最好的辦法就是別讓黑函寄出來嘛！」

「……」

「有辦法嘛？不然老子就找幾個老共駭客，去把那個該死的黑函網站端掉，算是幫全世界等著升官的人做點功德！」

「那你得好歹準備個一兩千萬，找個一打駭客差不多吧！」東尼冷笑道。

「雪特！」米凱達握拳大吼。

兩人相對沉默了一會兒。

「……這個職位對你真的那麼重要嗎？米凱達先生？」東尼問。

「上個月月底，你知道嗎，就在上個月月底，佛朗克一跑路，我老婆就說要預先慶祝我會升副總經理，拉著我去看天母的房子……」米凱達一臉痛苦道：「鬼迷心竅啊，兄弟。就這麼一頭熱地給我訂了間小豪宅，說什麼這樣才符合我的身份地位……他媽的一個月貸款就要四萬八呀！」

東尼一驚：「你跟嫂子的腦袋是進水了啊？升官的事八字都沒一撇就急著慶祝？」

「所以怎麼讓薪水翻兩翻是我當務之急呀！唉，就說不是來告解的，我自家的糗事還要你來複習嘛！」米凱達煩躁地用右手手背猛拍左手掌心。「辦法呀，兄弟。給我好好想個辦法度過眼前難關才是真的！」

東尼踱了幾步苦思著。「……有了，我想到個好辦法！」

米凱達眼睛一亮，激動地雙手緊抓著對方肩膀：「我就知道兄弟你行！簡直是苦海明燈啊，說說看是什麼好法子！」

「就是……」東尼認真地盯著米凱達道：「我也來寄發攻擊你的黑函！」

「嗄？……」

「這是烏賊戰術。」東尼解釋道。「我同樣每個禮拜照那格式寫一封攻擊你的黑函，內容當然是愈誇張不實愈好，像是什麼你養小三啦、你酗酒啦、你跟別家公司勾結啦等等，然後也經由那個國外網站發送到每個同事的信箱裡……」

「只要多寄個幾封，讓人一核實就知道是假消息，這樣大家就會認為全部的攻擊信件都是無的放矢，這樣電子黑函就沒威力啦！」

米凱達聽出興味來，接口道：「而我也可能因為這樣撈到幾張同情票，最好的情況是，那些老外認為普拉達狗急跳牆亂散發黑函的，這麼一來兄弟我就更有機會上位啦！好，就這麼辦！不過……」

「不過？」

「不過你可別提到我有養小三……我還真有一個呢！」米凱達搓著手扭捏地說道。

那瞬間，東尼還真有把他一腳踹下二十一樓的衝動。

※※※

下午三點多，正當東尼在座位上埋首製作「爆料黑函」時，耳邊聽到急促的高跟鞋「喀喀」聲走近，空氣中的「殺意濃度」快速攀升。

（該來的總是躲不掉……）東尼心中有數，但仍裝作沒事似地敲著鍵盤。

高跟鞋的聲音在他座位旁倏然煞停，一道陰影籠罩在東尼上空。東尼已先調整好「陪笑臉」模式，對著側坐在他辦公桌上的珍妮佛打個招呼。

珍妮佛寒張粉臉，一言不發地瞪著他。

「怎麼啦？心情不美麗呀？」東尼臉上洋溢著諂媚笑意。

「怎麼美麗得起來？你上禮拜丟來的陶瓷錶案子，老娘還沒弄完，現在又丟數位相機的廣編案過來是怎樣？尊重一下好不好！」

「唉，是米凱達看我最近比較忙，把工作平均分配的嘛！這部門除了妳、我，只剩下米凱達跟佩妮，總不能叫米凱達做吧，佩妮能力又沒妳強，所以就請妳多擔待了嘛！」

其實這是東尼跟米凱達的交換條件。東尼認為，「鬥爭要鬥，工作也不能漏」，所以他每幫米凱達幹點小陰謀時，就會要求把手上的工作給丟出一件，他可不想熬夜爆肝只為了幫主管搞鬥爭，實在很沒營養。

不過這部門除米凱達外就三個小主管。據說佩妮是靠著佛朗克的「庇蔭」而升起來的，之前米凱達也不敢丟太過繁重的工作給她。久而久之，這部門的「二把手」就由東尼跟珍妮佛輪流擔當了。只是珍妮佛的缺點就是斤斤計較，果然對東尼的解釋非常不滿：

「你們很機車耶，什麼叫多擔待？這工作接了我大概週末都得來加班。你可不可以跟我說你到底在忙什麼？平均分配了什麼工作？一條條列出來看啊，這一季的外包案都是我在做了，你手上到底還有什麼？」

東尼沒奈何，忙壓低聲音道：「大姊拜託妳小聲點。我還能忙什麼？非常時期啊！只要能幫咱主管高升的事情，也是我的首要任務嘛！所謂一人得道……」

「就你升天！」珍妮佛冷笑：「你們再這麼搞，我看我會一路升到西天！就說嘛，這幾天你們兩個人老是搞失蹤，LINE訊息都同時未讀，老娘就知道一定有鬼！」

「冤枉哪，哪有什麼鬼呀！我們在討論的是部門等級的戰略性問題，米凱達對妳的能力也是讚不絕口，老是說等他革命成功後，一定要把妳升官加薪呢！」

「哎唷，這麼抬舉我，我可不敢當。只是在這節骨眼上，人家都下重手出黑函了，革命什麼時候才成功啊？我看假如陣前倒戈，升天的機會還大點吧？」

東尼也只能賠笑附和，心中叫苦不迭。

眼看氣勢壓過東尼後，珍妮佛隨即口氣放軟：「哎，開玩笑的啦，你也知道老娘在這部門做了七年多，真的是比忠犬小八還忠心耿耿！可是呢，你也知道女人最沒安全感啦，就好像你剛剛說的，現在是非常時期，老闆最倚重你，你的辛苦都被看在眼裡，但我的辛苦誰人知？萬一日後被打回原形，我還不是什麼都沒有，你說對吧！」

「那……是該檢討改進啊！」東尼打哈哈。

珍妮佛湊近東尼眼前。「那你說說，怎麼改進才能彌補我的擔待呀、付出呀？」

「這……該去問米凱達吧，我哪有權限決定啊？」

「自己跑去跟主管討福利？像是我這般乖巧的Office Lady該做的事嗎？搞不好他還以為我在趁火打劫呢！」

「那……」

「那不如你去幫我談！為了要應付這些多出來的工作呢，我需要從你那邊調兩位人手，也需要二個月的工作獎金跟七天額外假期當作鼓勵囉！」

「……我盡量。假如米凱達能上位，我想這一定沒問題的。」

珍妮佛冷然道：「別想亂畫大餅！老娘沒那個耐性，這兩天就得給我安排好，不然你就自己一邊幫他搞陰謀，一邊跟客戶搏感情去！」

東尼頓時頭大如斗。誰知珍妮佛又瞬間換上一張溫煦笑臉，道：「哎，好啦，看你這麼乖的份上，跟你透露一個小八卦，你得先有點心理準備啊！」

「大姐你是要結婚了還是喜獲麟子？」

「耍嘴皮子老娘K你，八卦敢洩露出去也要滅口。」珍妮佛朝佩妮座位上瞄了眼，確認人不在後，低聲道：「那個佩妮可能下個月就要閃人。」

東尼揚揚眉：「喔？是挺意外的，不過也在預料之中吧！那個佛朗克捅出這麼大簍子，都自顧不暇了，哪管得到留在大後方的小三呀？」

「你好壞！」珍妮佛笑得花枝亂顫。平常他們跟佩妮少有交集，難得講上幾句話，跟珍妮佛也存有點女人間的敵意。此時同一陣線對她說三道四倒有種莫名快感。

「話說回來，米凱達都沒聽到風聲，妳是怎麼知道的？」東尼反問。

珍妮佛得意道：「我可是都有在盯著她的Facebook。她提到下個月後要好好放個長假，可能會去尼泊爾來個十日遊。她年初才放了五天假、上禮拜又請了兩天，哪還有假可放？所以說一定是要離職了。另外更勁爆的是，我嚴重懷疑常在上面幫她按讚的某個網友，很可能就是佛朗克化名的。」

東尼睜圓眼睛：「真的假的？佛朗克都被發佈通緝了，這條線索報上去可是大功一件呀！」

此時珍妮佛的眼角餘光，注意到佩妮已經走回位子上了，於是換了正經語氣，對東尼說：「好，等等我把連結傳給你，看有什麼結果再跟我說。」

珍妮佛走回位子上，不過她剛剛透露的一些訊息還挺具衝擊性的，讓東尼發呆了一陣子，直到LINE新訊息框的蟋蟀聲，再度把他拉回現實中。

「晚上有空吧，一起吃個飯。」

發訊者竟然是普拉達！

※※※

晚上七點，東尼已經準時地等在離公司兩個街口外的「東興燒臘」門前。這個地點是他提議的，一來是幾乎不會有同事刻意繞過來吃晚餐，兩人碰頭可以少點閒話；二來則是清楚普拉達的性格，知道她不願意花太多交際費在像自己這樣的「雜魚」身上。

「公司附近那些高檔餐廳，是給高層主管擺闊用的，你們這些小兵去那邊吃飯就是冤大頭。」記得米凱達也曾這麼說。

反正東尼也大概猜到普拉達想談些什麼，一碗「叉燒飯」的長度就足夠了。

七點十分，東尼聞到一股清淡幽香，轉頭一看，果然是「人未到，香撲鼻」的普拉達女王駕到。

普拉達的視覺年齡約四十歲出頭，但臉蛋身材保養得宜，據傳兩年多前還有大學生當街向她搭訕。每次看到她總是一襲Prada當季新款套裝與包包行頭，羨煞那些剛畢業的小女生們。她原本取名叫莉莉（百合花），但見識過她全身架勢後，大家還是覺得「普拉達」這稱號名副其實多了。

普拉達朝東尼微一頷首，率先走進燒臘店內。她仔細地避開靠窗座位，優雅地坐下後，先拉正裙襬、衣緣，挺直肩膀調整軸線，看著東尼在對邊入座，這才慢慢開口道：

「東尼哪，打從你離開廣告業務部後，咱們多久沒一起用餐啦？」

「……大概兩年多了吧？」東尼彆扭地說。

「兩年兩個月又四天！」普拉達正色道。「瞧，我是不是沒少放心思在你身上？」

「哎，哈……這話讓人毛毛的……」普拉達說話的特色，就是愛用讓人難以招架的反問句。

「逗你的。瞧你坐立難安的模樣，還是像個小弟弟。」普拉達似乎很高興先給了個下馬威。

「我還是先把正事給講了，省得你待會兒消化不良。哪，你覺得今天那封黑函，是不是我發的？」

「這……很難說，不過一般人都預期您會是最大受益者。」

「呵，還真是拐彎抹角的。」普拉達不以為意地輕笑：「那我可不可以認為，這系列的黑函其實是米凱達自導自演，想要用來抹黑我的？我也納悶了，像米凱達這樣的單細胞暴力生物，最複雜的功能就只會說十三個國家的『早安』，實在不可能會想出這種苦肉計的。嗯？」

東尼苦笑。「話說前頭，我可沒幫他想出這種損招喔……其實他上週又學了一句冰島語，現在會說十四國的『早安』了。」

「就算會說剛果語也沒用！想要爭總經理這個位子，不應該先去了解一下遊戲規則嘛，不是一上來就搞台灣選舉那套。」

這時兩盤叉燒飯已經送上桌，不過東尼絲毫沒有動筷的意思，普拉達則帶著嫌惡的表情把飯盤推開一邊，繼續說：

「我從一開始就希望我跟米凱達間，是光明正大的競爭。因為我研究過老外在美國遴選公司經理的規則，我早已經勝券在握，不需要骯髒手段，也沒必要讓老外看笑話。你想想看，米凱達能拿出什麼跟我競爭？就只會講十四國『早安』？他手上的好牌就是有你跟珍妮佛。沒了你們兩人，他的能力跟佩妮是同一水平的。」

東尼試探性地問：「您在競爭這個職位上這麼有把握呀？」

普拉達微笑不答，身體朝後靠著椅背，話鋒一轉：「我最近看了本書，叫做《向兔子學習》，很有意思的，你也應該看看。」

「學兔子？學三杯兔還是紅燒兔？」

「瞧，這就是大家的偏見，覺得像這樣的被獵食者有啥好學習呢？不過在職場上，如果可以學學兔子的惹不起就躲、跑不動就藏、小心低調加人見人愛的性格，那在職場上是不是肯定會平步青雲？」

東尼苦笑。他知道普拉達又要發表最新的暢銷書讀書心得，雖然實在沒啥興趣拜聽高論，但還是客套地拉一下話頭：「那麼哪一種特點，對我們這種上班族最有幫助呀？」

普拉達意味深長地一笑：「當然是『狡兔有三窟』這個特色最有用、最能保命啦！聰明的兔子會找好三、四個可以藏身的洞窟，也懂得把資源，嗯，也就是職場上的人脈、投資、努力等，分散到那三四個洞窟裡，這樣萬一哪天危險來臨，一兩個洞窟被毀掉了，但還是有安身立命的餘地。這是不是東尼你最該學習的地方呢？」

「……」東尼早聽出對方的話中之意，但他不確定怎麼回應比較好些。

「你回家要好好想想，真的。」普拉達誠摯地說。「相信依你的聰明，在一週內一定會想通的。新的洞窟早點安排好，也早點有貴人相助。」

「謝謝您的慧眼識英雄，太抬舉我了，不過我會想想的。」東尼覺得喉嚨發乾。他看準時機趁機提道：「其實我現在可以提個建議，也許對您就會有幫助。」

「哦？」

「阻止爆料黑函，其實對你們雙方都有利。要達到這目的，最快的方式就是請ＭＩＳ（資訊管理人員）透過公司內部伺服器設定去封鎖。如果您同意的話，我們想要藉助凱文的幫忙。」

「哎，奇了，你跟我打招呼幹嘛？你們想找凱文就自己去找呀！他是公司的人，我可沒發薪水給他，ＯＫ？而這話又說回來，就算凱文出手了，那對我有什麼幫助？」

「誰都知道凱文對您崇拜如神明，假如您吩咐他做事，跟別人拜託他做事的效率可是天差地遠呢！假如他出手了，這樣對您也是最好的澄清了，就算是米凱達，也不會傻到以為您是幕後黑手啦！」

普拉達微笑不語。東尼眼珠一轉，又補充道：「換個角度來看，這也會讓米凱達更為迷惑，會分心去找是誰暗算他，把力氣用錯地方，這樣您競爭的勝算也大增，不是嗎？」

「想找凱文就去吧，他應該會幫你們忙的。」普拉達不以為意地說。「我剛剛有提到，我勝券在握吧！」

「是。」

「我告訴你也無妨，讓米凱達早點明白，不要再做無謂的努力了，他如果願意，早點和解的話，或許未來我跟他還有合作的可能……在老外的遊戲規則裡，業績是評估總經理人選的重要一環，七月底前我有一筆三千多萬元的海外廣告業務會入帳，這可是你們部門大半個年度的業績，你覺得米凱達還有絲毫勝算嗎？」

說罷，普拉達把眼前的叉燒飯盤推給了東尼，站起身道：「帳算我的，你慢慢享用吧！打從我升到這位子的那一刻起，我就告訴自己，不要再來吃這種一盤八十元的燒臘飯了。」

目送普拉達離開後，東尼嘆了口氣，倒杯免費紅茶一飲而盡，然後把那份餐盤裡的叉燒肉與愛吃的配菜全挾了過來，毫不客氣地全吃得精光。

※※※

離開燒臘店前往機車停放處時，東尼傳了LINE訊息給米凱達，轉達普拉達同意凱文幫忙的訊息。但正當他發動機車時，米凱達直接撥了電話過來：

「在哪？」

「剛從東興出來，先回家去。」東尼答道。

「回公司一趟吧！有話跟你說。」

沒奈何，東尼嘆口氣後，調轉車頭騎回公司去。

已經八點多了，不過至少還有三分之一以上的同事留在辦公室內。雖然外商公司福利不錯，但工作壓力也著實不小。東尼很肯定，普拉達也是直接返回公司繼續加班的。

回到辦公室，佩妮早已離開，珍妮佛一邊吃著便當一邊訝異地看著他：「你怎麼又捨得回來？要下紅雨囉！」

「捨不得讓妳一個人加班嘛！」東尼展現油嘴滑舌的看家本領，但珍妮佛不領情：

「聽說剛剛米凱達去找黎慕漢先生了，臉色不是太好……不管他叫你做什麼，老娘可是醜話說在前頭，不要再丟工作過來，不然絕對翻臉！」

「是，是……」

「還有啊，下午跟你說的話，別忘了。」珍妮佛用筷子朝他比畫道。

東尼打著哈哈，走進了米凱達辦公間，順手把門帶上。

「我剛去跟那個黎慕漢談過了，媽的真想當場幹掉他！」米凱達餘怒未消地說。

「又怎麼啦？」東尼疲倦地問。怎麼這些當主管的都喜歡賣關子，讓底下的人來拉話頭呢？

「我先是找戴克談了黑函的事，不過這老滑頭壓根不管事，只會往上推，我只好直接上報黎慕漢啦！在這競爭總經理的關鍵時刻，竟然有惡意黑函這麼嚴重的事情，但你猜猜黎慕漢怎麼回我？」

「猜不到。」

「哼，這死老外說要給我個忠告，管好自己的事，只要問心無愧，不管惡意的黑函怎麼攻擊，上帝的眼睛是雪亮的，心術不正的人終自斃……我說這死老外怎麼不去當牧師呀？」

「老大啊，我覺得或許這也是解決問題的方式。」東尼委婉地說：「說不定老外壓根不理會黑函，你就別浪費太多時間在上頭，趕快把部門的業績作起來、心思全用在戰略報告上，這樣才是升官之道吧？」

米凱達沒好氣地瞪了他一眼：「ＯＫ呀，你的意思是，就讓那些黑函每個禮拜爆料一次，把我搞得遍體鱗傷，威信蕩然無存。就算我能升上總經理，你想下面的人還瞧得起我嗎？我還能帶得動誰嗎？」

「你想想，咱們目前最好的防守策略，不就是進攻嗎？主動去揪出亂發黑函的王八蛋，也最好是發現這跟普拉達有牽連，沒牽連也搞出有牽連，這樣我不但順順當當升上去，還順便給普拉達踩一腳，多開心？……好啦，你去跟普拉達談得怎樣？」

東尼嘆氣，道：「她對升官這事信心滿滿，人家也不怕你知道，她花了功夫去查過老外的升官規則。她說自己的部門業績亮麗，角逐總經理可是勝券在握。」

米凱達捧腹大笑。「國外是國外，台灣是台灣，老外講的話又不是聖旨，她都四十好幾的女人了還裝天真！也好，這樣讓她鬆懈也不是壞事。」

「普拉達她說想光明正大地……算了，她同意我去找凱文節制一下黑函的事了。假如『真的』黑函可以擋下來，那咱們就沒必要發送『假的』黑函混淆視聽啦！」

「唉，這些破事真的得靠你啊，兄弟！」米凱達感激地把手放在東尼肩上。「老外嘴裡說不在意黑函的事，但實際上我聽會計部的人說，黎慕漢今天叫了會計長上去，講了大半個小時……我看你也得幫忙爆些普拉達的料，轉移一下他們的注意力，怎樣？」

東尼苦笑不答。「我先去找凱文，幫你把眼前的事情給解決了再說吧！」

※※※

電商網站二十四小時都有專人在維護，所以資訊部門永遠燈火通明，今晚剛好輪到凱文值班。東尼走到他座位旁時，凱文正一邊啃著麵包，一邊來回盯著桌上三台螢幕。

一台螢幕在瀏覽ＢＢＳ笑話版、一台螢幕在播放電視新聞，另一台則顯示網站後台數據。（難怪常有人說ＭＩＳ只花三分之一的力氣在辦公事，眼前就是鐵證！）東尼心想。

東尼自己拉了一張空椅子在辦公桌對面坐下，凱文先開了口：「是來談黑函的事吧！」

東尼點頭。

凱文說：「有交代了，我會騰點時間來弄。話說明天份的黑函已經寄過來了。」

東尼有時挺喜歡凱文這種懶得客套的個性，雖然他也常被同事在背後形容成不懂人際關係的死肥宅男，但找他辦事總覺得省力、可靠多了。

「媽的這黑函應該是設定每日排程了，每天晚上十點就自動寄出來，跟電子報一樣分秒不差。黑函電子報，哈哈！」凱文乾笑幾聲，把右方的螢幕轉了個邊朝向東尼。

不用說，這次的標題是「米凱達經理，這樣對嗎？（2）」。不過發信者很聰明，不對前一封的鴻吉科技事件窮追猛打，而是把矛頭指向新的話題，試圖製造更多的火頭……

「米氏地下部門？」東尼瞪大眼睛看著內文第一行。這回的爆料內容還「挺有料」的，裡頭有這三年來的交叉分析財務資料，用表格打得整整齊齊，而源頭是來自於「酷樂資訊有限公司」，這是一家幫豪徠仕本站進行Facebook口碑行銷的外包公司。

信裡的大意是，由於本公司在聘僱員工、福利活動、契約承包等業務上，往往要歷經冗長的申請與審核流程，所以身為部經理的米凱達，為了便宜行事，透過酷樂資訊另行安排了一間辦公室，以酷樂名義聘僱了約六位職員，但實際上做的是豪徠仕本站的事務。

換句話說，幾乎是沿用了佛朗克的手法，米凱達把酷樂當成人力派遣公司，在外頭籌組了一間「米氏地下部門」。雖然名義上做的仍然是豪徠仕本站的公務，但這種方式繞過了公司本身的規章、也繞過了勞基法的規定。更可議的是，米凱達還用這間「黑部門」私下承接了外頭的業務撈錢。

至於米凱達因此多賺了多少「業外收入」？這間黑部門的詳情如何？信末表示請大家拭目以待，箇中詳情絕對是驚爆內幕，要讓每個人大呼「天理何在」……

老實說，看完這封黑函，就連東尼自己也感到震驚不已，同時被勾動了好奇心。

米凱達自己本身有無這樣的能力？絕對有！他每年可調配的部門預算、績效獎金加起來至少有新台幣八千萬元以上，要在外頭花個二三百萬籌組一個小部門甚至小公司絕對不難。

米凱達有無動機這麼做？絕對有！要知道在豪徠仕公司內，光是要買個兩百張電影票當作網友抽獎的贈品，公文流程得跑個一個多月、蓋上十來個電子章才能完成。至於更複雜的員工聘僱、勞退申請什麼的就更不用說了。

至於米凱達有無可能用這個黑部門去承接一些外頭的業務，把賺來的錢放進自己的口袋裡？……想起米凱達自己招認的每個月四萬八小豪宅貸款，東尼也不能不承認，這封黑函八成不是無的放矢。

看著東尼陰晴不定的臉色，凱文彈了一下手指。「這封信一樣設定寄給全公司的同事了，我先從伺服器這裡，把相同主旨的電子郵件都給擋下來了。怎麼樣，要不要寄一份到你的信箱裡留存？萬一你不滿意年終獎金的話……」

兩人相視一笑。

「我好奇的是，為什麼這份黑函有辦法寄到每個人的電子信箱裡？」東尼問。「你知道嘛，我好歹也是資工所畢業的，所以我想想呢，一種情況，是這個人手上有每個員工郵件帳號的名單；第二種情況呢，是這個人就是公司內部的人；第三種情況呢……」

「嘿，少來。」面對東尼狡黠的眼神，凱文嗤之以鼻。「我這個資訊部可是清清白白的，行政中立。你們外面搞鬥爭是你家的事，我們可不想沾上邊。」

「那我們公司全部的員工有設個郵件群組嗎？我的意思是，比方寄信的時候選個業務部門群組，就可以把同一封郵件都寄給業務部每個員工。那有沒有一個群組可以一次寄給公司全部員工？」

「沒有這種東西。」凱文斬釘截鐵道。「你想也知道，公司這麼大，流動率也高，每個月來來去去至少有二、三十個人，搞這種群組不是自找麻煩嗎？平常哪個無名小卒也沒必要這份東西吧？除非想在公司搞直銷，哈！」

「那之前我們每個人都會收到的一些公司文告，像是什麼三節獎金發多少、尾牙吃什麼、補假補幾天那種的郵件，是怎麼發出來的？」

「就是相關部門把信件擬好寄給我，然後伺服器會根據已經註冊的員工帳號，從A～Z的順序一封一封自動發送出去囉！本部連同桃園倉儲的大概六百多人，跑一輪大概得花個十二秒。」

東尼追問：「那麼像黎慕漢先生每個禮拜發的那些勵志郵件呢？也是這樣發送嗎？」

「嗯，高階主管的情況又不太一樣了。」凱文將一封黎慕漢先生的勵志信給秀在螢幕上。「官大學問大嘛，想跟全部員工講話的機會也很多，所以我幫高層們開通了權限，只要他在主旨裡面註明這串代碼，然後把信寄到系統信箱，系統就會自動將這封信轉寄到每個員工帳號了。」

「哦？這麼方便？」東尼摸著下巴思考了一會兒。「那誰會有這樣的權限？」

「亞洲區總監、總經理、副總經理、雙達經理，這五大掌門人。」

「嗯……是這樣的，我有去那個專發黑函的AnonymousMe的網站註冊試用過了，它的作法是讓使用者上傳郵件內容跟收件者的電子信箱帳號，然後透過不同的會員電腦把郵件給散發出去。理解我的問題嗎？也就是要用這匿名信的服務，得先整理好一份收件者的電子郵件帳號列表才行。那你覺得這些有權限讓系統自動大量發信的人，有無可能也拿到所有員工的電子信箱清單？」

「有！」凱文不假思索地回道。「這五個高階主管都行！」

「嗄？」

凱文在螢幕上展示了另一封電子郵件，裡頭竟然洋洋灑灑地列出了一千多筆電子郵件帳號，按照字母先後排列得整整齊齊。

「這怎麼回事？要弄到這個東西這麼簡單啊？」東尼傻眼了。

「給老闆們看爽的啦！」凱文雙手一攤，道：「為了顯示這系統有在努力做事，如果在信件主旨裡加一串指定代碼，系統在發送信件完畢後，會將寄送過的電子信箱做個列表，回傳給發信的主管。這個代碼是可加可不加的，不過想也知道，那些主管的電腦功力都不怎麼樣，根本不知道這些代碼是幹嘛的，一律都是複製之前的信件內容來貼上，所以每次都會回傳這個信箱列表囉！」

「所以說，這個黑函網站所用的員工電子信箱名單，很有可能是這麼來的？」

凱文揚揚眉，不置可否。

東尼仔細地研究了一下那串代碼後，好奇地問道：「……呃，我發現調用名單的時候，是直接去撈資料庫的第三組欄位吧？」

凱文指著旁邊一台螢幕畫面：「嗯，第三組欄位就是信箱帳號。」

東尼轉頭看去，第一組是員工編號、第二組是員工姓名，第三組是信箱帳號。但看到第四組「密碼」欄位時，東尼不禁倒抽一口冷氣：

「等等！你們的信箱密碼是用明碼登記的？」

一般較嚴謹的信箱帳號管理方式，是將使用者密碼以「*」號來儲存，從螢幕上看不出任何文字的「暗碼」形式。而「明碼」則是將密碼大喇喇地顯示出來。

凱文兩手一攤：「你也知道，一堆人包括那些高層在內，三不五時就忘記密碼，又嫌重新設定麻煩，老是一通電話打來問我，後來不勝其煩，乾脆都改成明碼了。這也是我前輩交接下來的，我做不了主啊！」

沒想到公司資安標準竟然這般低下，說出去恐怕會給同業笑死！東尼翻了翻白眼，又盯著螢幕想了會兒，登時有個主意。「你知道門口有個新來的櫃臺妹？來了一個多月了吧！就是坐在凱莉旁邊，長頭髮那個？」

凱文眼睛一亮，點點頭。「不過她有男朋友了。」

「喔？你怎麼知道？」

「我是ＭＩＳ嘛！她跟男朋友在LINE上頭打得火熱，我這邊可都是看得一清二楚的。」

「你這個死宅……算了，重點不是這個。我想問的是，她的公司電郵帳號開通沒？」東尼追問。

「開啦，每個新人報到後一週，就都會有電子郵件帳號啦！」

「問題是，她沒有收到這封黑函！這樣你了解我的意思嗎？」

凱文想了一會兒，頓時恍然大悟。

「哦……你的意思是，想過濾哪個主管在櫃臺妹來了之後，有要求回傳信箱列表嗎？」

東尼一彈手指。「對啦！還是凱文哥你聰明，我的意思就是這樣。假設這一個多月來，有某個主管都要求回傳過信箱列表了，那麼要是他寄出黑函，新來的櫃臺妹肯定也會收到吧！我們以櫃臺妹開通電子郵件帳號的日期作為分界點，把有更新過名單的主管排除掉，這樣剩下來的人就有嫌疑，對吧？」

凱文運指如飛，敲了幾下鍵盤，將結果呈現在螢幕上。這一個多月來，有更新過信箱列表的，除了每週固定兩封打氣郵件的黎慕漢先生外，還有米凱達。剩下有嫌疑的人只剩副總經理戴克，以及業務部經理普拉達了。

凱文乾咳一聲。「嗯，不是我要維護某人，只是你這想法不太靠譜啊？萬一有哪個主管電腦還是伺服器被駭客了，或是有誰故意把名單洩漏出去，都不是沒有可能的吧！」

「那你覺得……普拉達……嗯？」

「嘿，我可沒有偏袒哪一方。老實跟你說啦，普拉達根本也不屑幹這種事。她那邊的姊妹兵團都認為，這些黑函根本都是米凱達的苦肉計！」

東尼沒理會他，自顧拿出手機，把更新過信箱列表的主管名單畫面給拍了張照。

「喂，你可要講點義氣，別說這是我秀給你看的，不然你以後電腦怎麼都連不上網路的話，可別哭著找我求救！」凱文恐嚇道。

看出他是真的急了，東尼笑著說：「放心吧，我會說你讓我進來自己查的，你先下班回家了，這總行了吧！」

東尼回過頭繼續去看第二封黑函。仔細檢視後，他發覺這封黑函所引用的數據，似乎有點眼熟。他轉向凱文，投向詢問的目光。

凱文再次雙手一攤。「是啦是啦，你他媽的早該看出來了不是嗎？這些歷年的數據都是從ERP裡面撈出來的，一般員工不會有這種權限，也只有五大掌門的帳號才能看得到。」

東尼對著他手心朝上，手指擺動了幾次，示意要他把監控資料交出來。不過這回凱文猶豫不決。

東尼嘆了口氣。「唉，人家都說識時務者為俊傑。不管我今天拿到什麼資料，我一定都會詳加調查再呈上去的，蓋印畫押都是小弟的名字，你一點事都沒有。可是要論功行賞的話，你這種技術活兒肯定是大功，對吧！」

凱文右手的五指像敲鍵盤似地，在桌上快速敲了幾下後，心中似乎有了計較。「好吧，就信你這次。等等我會反查防火牆，看看近期有誰撈過ERP裡的這些資料。使用者的帳號會直接顯示在你前面的螢幕上，我這邊可是什麼東西都看不到的喔！」

東尼哈哈大笑。「為什麼這部門有那麼多技術阿宅，卻只有你可以升到組長這位置？因為你根本就是做官的料嘛！」

沒幾秒鐘，凱文已經完成查詢程序，將搜尋結果呈現在畫面上。東尼比對一下，除了經手人米凱達與佛朗克兩人的帳號外，另一與該案無關的帳號竟然還是……普拉達！

「不會吧！」東尼訝異地指著螢幕，說：「撈資料的這人是……」

凱文摀住耳朵，嘴裡哼著：「我什麼都沒聽到，沒我的事，啦啦啦……」

東尼掏出手機對著螢幕再拍張照片後，苦笑著離開了資訊室。

※※※

「吃飯飯囉！」中午時分，趁著佩妮離開座位的空檔，珍妮佛跑到東尼座位前，雙手食指像是打小鼓般輪番敲著辦公桌隔板，招呼他往外走。

「唉，我今天不大餓……」東尼猜得到珍妮佛想用來配菜的「話題」是什麼，不太想出門助興。

輕快的鼓聲一停，珍妮佛蹙起眉頭、目露兇光：「小子，多少男的想約我吃午餐，網路上都預約到明年三月了，有人還打架送急救！老娘特地指名你坐檯，你該搖著尾巴趕快出來吧？我叫你幫忙跟米凱達說的事，你還沒給我交代呢！」

東尼實在抵擋不了她的猛烈火力，只好無奈地收拾一下手邊東西，鎖定電腦，認命地乖乖起身。

「快點快點！」比國劇變臉還神奇，珍妮佛瞬間又換了張新表情，露出燦爛笑靨：「佩妮去上廁所，差不多要出來了，你快動起來呀！」

畢竟在這個辦公室裡，佩妮實在是個格格不入的異數，但出於同事間的基本禮儀，大家出門吃飯時如果不出聲互相約一下，總感覺有點怪怪的。但要當佩妮真的「客套一下」跟著出門時，三人同桌吃飯的氣氛反而更彆扭！所以每次珍妮佛想來找東尼用餐時，都趁著佩妮不在座位上，或是用LINE約在外頭，兩人再先後溜出部門。

「只是吃個中飯，有必要偷偷摸摸的，搞得像偷情一樣嘛！」東尼說。

珍妮佛給了他一拐子。「哎喲，很敢說嘛，吃老娘豆腐呀！」

東尼肋骨發疼，珍妮佛自顧道：「今天有正事要談，附近找間店隨便吃吃就好。」

兩人到公司附近巷弄的簡餐店，珍妮佛還特地挑了靠牆的位置。點了餐後，她用筷子指著東尼的鼻子，先來個下馬威：

「我說東尼先生，你最近愈來愈誇張了，連每個月例行公事都不管，月報表、週一會報、工讀生督導、跟外包商開會，每一樣都丟過來？我說你這個月的薪水怎不也分一半過來呢？」

「唉唉，別這樣嘛。現在米凱達正值生死關頭，我得先幫他穩住陣腳啊！」東尼故做神秘道：「而且妳交代的事我跟米凱達說了，他基本上都同意，這樣沒問題了吧？」

珍妮佛冷笑：「你當老娘第一天出來混的？基本上同意？換句話說也可以是基本同意口頭獎勵，但進階的放假、獎金不同意。老娘沒看到白紙黑字可不算數啊！」

東尼苦笑，珍妮佛的牙尖嘴利向來讓他難以招架。「是，是。我下午就呈個公文給米凱達簽名背書，這總行了吧？」

「看你誠意啦！不然我把工作丟回去給你，我看你不加班到爆肝才怪！而且你說在幫米凱達穩陣腳？但這幾天不又冒出一封黑函了？」

「你是說那封檢舉米凱達性騷擾暑期實習生的黑函？」東尼賊笑著。「那就是我的傑作啊！你沒看到早上那名實習生還特地在Facebook上幫忙澄清，說根本沒有這回事？」

「打烏賊戰術啊！自作聰明……」珍妮佛「嘖」地一聲：「我還想米凱達怎麼這樣不挑食了？瞧那實習生的模樣身材，男人一看都沒胃口的，難怪這黑函對賭盤沒影響啦！」

「什麼賭盤？」東尼好奇地問。

「切！還虧你是米凱達的狗頭軍師，連這件事都不知道？」

珍妮佛點開智慧型手機上的一個App，呈現出一個簡單賭局事件的頁面，最上方有三組鮮紅數字公告：

「普拉達-0.86」、「米凱達-1.34」、「X-102」。而在賠率公告下方，則有匿名留言版，上頭有不少人在討論黑函的效應、雙方陣營的八卦，就連週會時黎慕漢先生的某句話，都被拿出來揣摩個老半天。

「這是什麼玩意兒？」東尼傻眼了。

「賠率啊！跟外邊選舉還是賽馬的意思一樣，賠率愈低表示當選機率愈高。這不必我教你吧？」

「不是啦，我的意思是，公司怎會有人搞這個，然後還真的有同事花錢去賭？」東尼失聲道。

「誰叫外商薪水也跟本地公司一樣低，還搞責任制？連加班費都不給了。」珍妮佛無奈地雙手一攤：「所以，有什麼好大驚小怪的？就幾百個人各自丟個幾千元玩玩，當作是有娛樂效果的互助會啦！」

東尼哭笑不得。他指著上頭的欄位問：「那這X事件指的是？」

「就是指其他可能的狀況。只要這總經理位子，最後不是由這個達或那個達坐上，通通就算是X事件。」

東尼滑動網頁仔細一瞧，發覺這頁面做得相當精細，各項功能、情報齊備，賭金能透過轉帳、信用卡甚至薪水代扣來支付，還做到了「跨螢幕」、「跨平台」的需求，同仁們開會時也能透過手機下注或上傳情報，賭盤還會每分鐘即時更新。

「等等，賭盤有變化了。你看看有人PO了一則即時訊息。」珍妮佛指著下方「最新消息」版面道。

東尼點進去一看，一分鐘前有人貼了則短訊：「【八卦】黎慕漢找雙達開會，兩人大吵，普拉達怒向MIS下達取消攔截黑函指令。」

賭盤隨之微調成「普拉達-0.77」、「米凱達-1.48」、「X-102」。

「這誰PO的消息？究竟是誰在做莊的啊？這頁面做得也太專業了吧！」東尼嘖嘖稱奇。

珍妮佛哂道：「誰知啊？基本上有參與賭盤的，一接收到什麼風吹草動的就會趕著去貼文，有真有假。還有啊，我們家就是做網站的，你還怕沒人才啊？」

東尼記下App的名稱，也在自己的手機上安裝後，才把手機遞還給珍妮佛。

「好啦，那大姐妳今天要交辦的是什麼？」

珍妮佛笑咪咪道：「今天呢，是要給你個將功贖罪的機會。既然你是米凱達的狗頭軍師，那有什麼蛛絲馬跡的肯定先知道吧？尤其是會影響賭盤的那種……反正你要第一時間讓我知道。很簡單吧！」

對東尼來說，這「機會」顯然沒有「乖乖接受」以外的選項。他乾笑幾聲道：「大姊啊，妳最近缺錢缺很大嗎？連這種賭局也不放過。」

「唉，誰叫男人們都不爭氣，我們女人看上的包包、鞋子還是什麼漂亮衣服，都得自己動手張羅呢？」

「正事」談完後，兩人有一搭沒一搭地聊著，等眼前的豬排飯一掃而空、正啜飲著無糖紅茶為這頓午餐做結時，兩人的手機不約而同地響起收達訊息的鈴聲。

（八成又是什麼公司發出的系統郵件吧！）東尼心想著。兩人抄起手機查看。一看到這新郵件主旨名為「米凱達經理，這樣對嗎？（４）」，這黑函效率之高，差點驚得沒把他口裡的紅茶全嗆出來。

「看吧！賭盤爆料是真的，ＭＩＳ已經不擋黑函了！」珍妮佛邀功似地說著，一邊倒是迫不及待地點開郵件。

東尼沒空回答。點開了爆料信後，手指快速地滑動螢幕閱讀。這次對方仍有備而來，結集了一堆信件擷圖跟照片，舉發米凱達在佛朗克的捲款潛逃事件中，擔任了重要的「內應」角色。

在這風頭浪尖上，這樣的爆料內容可說是格外惡毒。尤其是信件內還貼上了幾張資金流圖片，故意在日期、時分處標註醒目紅圈。對照佛朗克的跑路時間，任誰一看都會懷疑米凱達有暗中協助的嫌疑。

此外，裡頭還特別標出有三處流向「酷樂資訊」的公款，但卻沒有對應的入帳記錄，很有可能被米凱達給中飽私囊。對方還若有似無地暗示，米凱達因為炒作期貨虧空公款，所以才透過「酷樂資訊」這小金庫來填補。

（難怪米凱達這麼缺錢……）雖然這種匿名爆料不可輕信，但米凱達本身也是問題多多，實在很容易讓人動搖對他的信任感啊！

這些爆料內容，全都是一般基層接觸不到的資訊。要說這爆料信件背後沒有高層主管介入，不可能會有人相信的。

更勁爆的是這信件最後的預告：「彰顯公義，一日一爆！米凱達在公司大搞不倫戀，小三同事的真面目請看附件照片，明天要讓骯髒情史全面曝光！」

東尼可以想見，當米凱達看到這句時，應該會當場心臟病發作了。這封爆料信就只夾帶一個圖檔，東尼用略微顫抖的食指點開，但並沒有看到預期中的某位女同事玉照，手機只跳出了一個錯誤訊息，說這檔案格式不相容，找不到對應的程式可開啟。

東尼頗為納悶，但眼下不容他多想。他起身走出店外，撥通凱文的公司分機，但接聽的同仁說他不在座位上。

猶豫片刻後，東尼正打算傳LINE訊息詢問米凱達時，珍妮佛突然跟著走出店外，臉上滿是驚懼的表情，她衝著東尼喊道：「網站出事了，我們快點回公司！」

她將手機畫面轉向東尼。那上頭是自家購物網站的「3C電子館」頁面，看起來跟平常似乎沒啥兩樣……不，只有一點點不同！

架上的商品價格全都變成一元！當紅的蘋果手機、八十吋大螢幕液晶電視，還有要價十多萬元的單眼相機，價格通通變成新台幣一塊錢！

東尼如遭雷殛，臉色變得蒼白、心臟漏跳一拍，大難臨頭的恐懼感正衝擊他的大腦。

「還楞著幹嘛？快啊！」珍妮佛喊了聲，快步轉身，哪管身上還穿著套裝窄裙與高跟鞋ＯＬ裝束，照樣像個短跑選手般，放腳在大街上奔跑起來。

此刻各公司的午休時分正要結束，上班族們在外覓食告一段落，手上正拿著咖啡、手搖杯等三兩成群地往辦公室走去。珍妮佛像隻靈巧彩燕似地，在重重人潮裡穿梭突進，路人們不禁紛紛側目。

看著輕熟女同事那甩動的馬尾、擺動的腰身，一種平日難得一見的律動美感，讓東尼也看得呆了。

（認真的女人最美麗！）東尼腦子裡突然冒出這不合時宜的廣告詞。比起埋頭認真工作的女人，其實一往無前奮力衝刺，試圖認真解決企業危機的女人才是最美的！

數秒鐘後，東尼才回過神來。「一元標價」的災難重新喚回他的理智，他看著腳下新買的休閒皮鞋，重重地嘆了一口氣後，也快步追了上去。

※※※

雖然只是出門吃個午餐，算算離開辦公室也不過五十分鐘，但眼前卻起了天翻地覆的變化，這已然不是他們所熟悉的公司樣貌了。

商品部的同事全瘋了！報價異常警示機制在值班人員的主機上蹦出數以萬計的視窗，系統無法負荷當場當機。他們瘋狂地試圖調出資料庫備份，想在最短時間內把商品資訊覆蓋回伺服器，讓架上商品的標價恢復原狀。誰知道覆蓋上去的資料瞬間又全被修改，就連ＵＳＢ行動硬碟一插上去，裡頭的數據也瞬間都被竄改。

公司的客服專線全瘋了！接連不斷的顧客電話湧入，電話分機上「等待中」的紅燈永遠亮著。有顧客來抱怨才剛花了八千多元買台電視機，但下一分鐘竟變成一元，他想退貨重訂但系統卻只願退他一元；有顧客好心提醒似乎系統出了問題，也有人想問問這是不是什麼別出心裁的行銷活動。

供貨商全瘋了！他們卯起來撥打豪徠仕各業務或窗口的手機，要求他們立即修正價格！賠本生意沒人做，更何況是「賣一台至少賠兩百台」的慘痛代價，他們絕對無視消保會的「標價錯誤仍得照常出貨」的鳥蛋法令。豪徠仕每件交易平均抽成達24％已經是業界最高了，現在還想讓廠商「一元出貨」熱銷到倒閉？供貨商們絕對豁出老命拚到底！

ＭＩＳ資管部門全瘋了！一個前所未見的新病毒在公司內部網路四處流竄，不清楚其特徵碼且不破壞系統檔案，讓防毒軟體全無用武之地。但這病毒的目的性十分明確，會把資料庫內的商品標價全改成一元，還把內部伺服器的某些資料加密打包後化整為零地傳往外界。所有的ＭＩＳ

全跳下來與病毒搏鬥，但它變異的速度比想像中快，往往清除了一個後，另一個進化後的病毒隨即又啟動補上，搞得他們疲於奔命。

但最可怕的還是，網友全瘋了！「一元搶便宜」的消息在Facebook、LINE與ＢＢＳ上火速瘋傳，網站上的訂單像是土石流般，每秒鐘一波一波地凶猛湧入。從後台管理頁面觀看訂單列表，螢幕畫面就像是逆流瀑布一般誇張地全速捲動著。

在短短十分鐘內，豪徠仕官網就湧進八千多筆訂單，其中有九成都是同一帳號的一筆多單。勞力士、蒂芬妮鑽石、香奈兒包包被秒殺一空，還有人一口氣訂了三十台電腦或五十台液晶電視，最誇張的是有人直接下訂一百二十支iPhone，讓該商品在第一時間就呈現「缺貨」狀態。

反正就算是總價近兩百五十萬的高價單品，現在只要花一百二十元就全打包帶走，加上運費頂多五千元有找，簡直是天上掉餡餅啊，投資報酬率完全海放大樂透了！

為了避免訂單成立但豪徠仕不肯出貨，網友們也互相交流刷卡金額擷圖，以及定型化契約跟消保官申訴範本，估計光這十分鐘所產生的後續消費爭議，足可抵過豪徠仕經營一年的額度了。

在那驚心動魄的十分鐘內，人在高速公路上的黎慕漢先生，一接到凱文的來電後，立即緊盯著左腕上的手錶讀秒，一邊用手機下達了共五種解決方案給各部門，試圖力挽狂瀾。在第十分零一秒，凱文向他回報所有方案全告失效、一小時內也不保證能夠解決後，他當機立斷，立刻以維修名義緊急關閉網站。

在台營運十多年的豪徠仕購物商城，破天荒地開了天窗，高掛起「網站維修中」的頁面！

但公司內的瘋狂狀態並沒有因此稍緩。相反地，這回瘋狂叩應客服的對象，還多了沒搶到便宜而來興師問罪的消費者，以及來探問有無勁爆內幕的各家媒體。

趁著救火告一段落的空檔，東尼推開十二樓氣窗往下探，人行道上有兩台ＳＮＧ車已停在下方，半個街口外處還有另一輛正在停等紅燈。可以想見，稍後下班的同事一踏出公司大門，就會被拿著麥克風的記者堵個正著，問些莫名其妙的問題。那些喊著「無可奉告」的熟悉嘴臉，倒是挺適合當作晚餐佐料。

可惜的是，有幸準時回家吃晚餐的幸運上班族，肯定不包括自己。他轉頭看向米凱達的小偏間，他正忙得焦頭爛額：右頸間夾著分機、左手還邊輸入手機LINE訊息，時不時騰出手回一下電腦上的電子郵件。還有兩名同仁拎著速記本，無奈地杵在他的桌前等待指令。

原本東尼是想先找米凱達或凱文了解一下狀況。他想知道為什麼黑函能這麼精準地鑽了空子？而幾乎與此同時，病毒也開始在公司內散播開來？不過這兩人已經一整個焦頭爛額，他自己也沒有這閒心。

當他跟珍妮佛一回到辦公室，米凱達立即命令他們在最短時間內調集人手，試著用手動方式直接從網站後台修改商品價格。但要一邊看著進銷存報表，一邊修改站內近十五萬多個品項報價欄位，這絕對是件恐怖的苦差事。

就算把補休的同仁全都叫回來，所有的工讀生也召集過來後，他們估計還是得花上四十八個小時才能搞定。偏偏當下午三點多、大夥兒好不容易修正了近一萬多個品項價格時，病毒又再次襲擊了資料庫，把所有商品通通改回一元出售，全部門一陣哀鴻遍野。

更不可思議的是，豪徠仕原本在信義區設有一套「異地備援」系統，沒料到這病毒居然有辦法鎖定ＩＰ、繞過防火牆、回答正確口令，然後精確地將裡頭的商品價格全數竄改完畢！

直到近四點，資管人員才發布了緊急命令，要求所有同仁不要再開啟爆料黑函的附件檔案。這時大家才明白，原來全是那份黑函惹的禍！有人故意把病毒執行檔包裝成圖片模樣，然後在爆料信裡用聳動詞語引誘同事去點開它。

能夠親眼目睹主管搞不倫戀的女同事真面目，不管是誰都會第一時間去點開它吧！更何況這黑函在之前的爆料中已經展現了它的「公信力」了，也讓所有人都失去戒心。

東尼這時也才恍然大悟，為何用手機打不開圖檔，因為它骨子裡根本是電腦執行檔，手機系統認不得嘛！老實說，東尼回到辦公室後的第一件事，也是先點開圖片看個究竟，防毒軟體也沒能攔下這自製病毒。

等到ＭＩＳ調動了外包的資安部門，找出其特徵碼並製作解藥程式，把區域網路內的病毒全清空後，已經是晚上八點多了。眼看威脅暫解，ＭＩＳ部門爆出一陣歡呼，但很快就平息下去。他們仍得嚴陣以待繼續監控，而且還得試圖查出這病毒究竟還外洩了什麼資料出去。

不過，因為資料庫數據仍未完全恢復，所以豪徠仕線上購物網站還是無法上線。自從下午被病毒再次襲擊使得努力全白費後，商品部的同仁們學乖了，調集了幾台乾淨的電腦，先把網路線拔開後再進行作業。但忙到深夜十一點多，也才恢復了不到五分之一的資料。

從窗外望去，大街上的車流漸稀、陷入沉靜，其他建築物的燈光逐戶逐棟地熄滅了。舉目所及彷彿只有這十二層樓整片燈火通明。

難熬的夜，還漫長著呢！

※※※

凌晨四點多，商品部、資訊部與業務相關部門的同仁們依然奮戰不懈。東尼的體力全透支了，大腦變得混亂甚至發疼，眼皮也沉重不已。他勉強修正完所有「冰箱」項目的價格後，行屍走肉般朝休息室轉進。

好幾位同事已經累到不管公司禁令，把天花板上的煙霧警報器拆了後，直接站在走廊上吞雲吐霧起來。東尼婉拒了一位同事遞來的洋煙，他還是需要劑量更強的咖啡因來讓大腦重新啟動。

這驚濤駭浪般的十五個小時，商品部的工作人員們，已把兩箱樣品咖啡罐頭以及茶水間的即溶咖啡全喝光了，東尼被迫走到休息室找自動販賣機解癮。只不過當他走到門口室，卻看見佩妮也正在投幣，他下意識想轉身暫避，但佩妮已經先一步看見他，朝他點點頭。

沒奈何，東尼也朝她笑了笑。接著把口袋僅剩的二十元硬幣餵進販賣機，按下「咖啡易開罐」按鈕，然後彎腰在取物口內撈半天，拿在手上才發現掉出來的竟然是罐蘋果汁！

「喔！不會吧！」東尼楞了會兒。他一手撐著販賣機，遲鈍的大腦運轉了幾秒，想確認是不是自己眼花按錯了鈕。正當他猶豫著要老實喝掉這蘋果汁、還是一拳朝咖啡欄搥下去時，佩妮從旁邊遞來一罐咖啡，細聲說道：

「販賣機的按鈕好像故障了。這是最後一罐咖啡，跟你換果汁吧！」

兩人交換了手上的飲料。東尼看向佩妮，她累到眼珠兒老往鼻樑靠攏，成了雙鬥雞眼，黑眼圈也變得更明顯了。整個人沒精打采地，有著說不盡的疲憊。

兩人坐在休息椅上，邊喝著咖啡、邊吃著晚餐剩下的披薩片當宵夜。

「妳那邊情況怎樣？還好吧？」東尼問。

「就先挑幾個熱門的高單價商品來做。才剛把美妝保健弄得差不多了，接下來還有包包、鞋子跟服飾，想到就沒力，唉……」

「珍妮佛沒幫妳做嗎？」東尼問道，這才想起，打從六點後似乎就沒看到她的人影了。「她之後好像都沒留在座位上，不知去哪兒了呢？」

「她去找米凱達了，說可以幫忙擬幾份對不同單位的公關稿，我以為她去秘書室蓋大小章去了。」

「怎麼可能那麼久！」東尼苦笑。「那……妳跟工讀生弄得來嗎？」

佩妮沒回答，低頭默默啜飲著果汁。她是喜歡獨來獨往的神秘女子，不喜歡討論電影、美食這些熱門話題，每年總設法攢著存款跟假期，前往正常遊客不會感興趣的地點旅行。東尼一個禮拜可能跟她說不到十句話，因此現在公事聊完了，兩人一時間也不知該說些什麼。

（佛朗克會喜歡這樣的類型？總覺得那注重外貌的老色狼，應該比較偏向珍妮佛那一類的才對。）東尼心想。

當氣氛變得尷尬，東尼正打算告忙離去時，佩妮又幽幽說道：「……你不是專幫米凱達出主意的嗎？你有沒有去問問是怎麼一回事？黑函怎麼又會流出來的？」

「他都一副快死掉的樣子，我是沒力氣、也沒膽子去問他的。你怎麼知道我幫米凱達出主意的？」

「辦公室又沒多大，你跟珍妮佛談情說愛的時候，有些片段就會飄過來嘛！」佩妮若無其事地回道。

東尼尷尬一笑。這番話中帶刺，難怪同事們不喜歡跟她打交道。雖然兩人沒在Facebook上互加好友，但東尼想還以顏色：

「哎，妳知道女生愛講八卦嘛！不也聽說妳過陣子要去歐洲旅行嗎？是打算請年假還是有其他計畫？我只是先問問，看到時業務上要不要幫忙之類的。」

佩妮的臉色變了變。「……又是珍妮佛亂說的吧？我只是在Facebook上放些景點照感嘆兩句而已，哪有錢有閒去玩？」

（佛朗克不是挺有錢嗎？）原本東尼想這樣回，還好話到嘴邊就硬生生忍了下來。他附和地點了點頭。

「我沒有要請假還是離職啦，你們不要再亂猜了，那都是沒有的事！」

看到佩妮忽地煩躁起來，東尼趕忙藉口要繼續去跟資料庫奮戰，灰溜溜地跑出茶水間。誰知剛要走過長廊，在轉角處便有一陣異香撲鼻而來，東尼想轉身躲開，但卻慢了一步。

普拉達正拎著包包似乎要回家。雖然一夜未曾闔眼，但她依然將自己保持在最完美狀態：面容端整、腰桿挺直，水藍色套裝上找不到一絲皺摺。

「怎？看到我就急著想躲？是心虛還是嫌我臭？」普拉達輕咳一聲，冷冷問道。

像是被當場抓了個現行犯，東尼停格在轉身的動作，慢慢回身過來：「大姊，您說哪兒的話。我剛好要去投罐咖啡，一聞到您的香味，就急著想轉身跟您請安了。」

普拉達冷哼一聲，緩緩前行：「你跟那個達還真有閒情逸致啊，一個喝咖啡聊我是非、一個找老闆扯我後腿。我看啊，網站這幾天注定要繼續開天窗了，是吧？」

東尼搔頭苦笑。「不會啦，我們會奮戰到底，沒讓網站上線我們絕不回家。倒是您為什麼也要留這麼晚？」

「一堆客戶因為網站掛點，廣告上不了或促銷活動辦不成，我們家不用一個個打電話去安撫嗎？我能不親自坐鎮嗎？」普拉達邊講著，火氣也上來了：「你說，我會故意寄這種黑函嗎？這種苦肉計不是把自己的前途也一併搞垮了？只有某人腦袋不清楚，才會一直咬定這是我的陰謀。」

不就是一封公關信能解決的問題嘛！但在這節骨眼上，沒將整個部門留下來熬夜，展現跟公司同生共死的氣魄，也就不配當總經理候選人了。眼下東尼只能唯唯諾諾地點頭附和。

「是了，能跟您打聽一件事嗎？」東尼心想既然偶遇，不如就直接問個明白，省得總是牽腸掛肚。

「有啥就問，不要扭扭捏捏。」

「我前天去ＭＩＳ查防火牆記錄，您之前有從家裡連回公司ＥＲＰ，撈一些關於米凱達的歷年核銷資料吧？」

普拉達皮笑肉不笑地看著他。「兜來兜去還是在問黑函的事吧？」

東尼搔著頭道：「就只是看到什麼疑點就提出來分析分析，沒別的意思。」

「酷樂資訊的事，是佛朗克跟米凱達搞出來的。歐文被要求派人查帳的時候，為了不打草驚蛇，我也借了ＥＲＰ權限給他，好讓他可以撈些沒走正式管道核銷的財務資料來做比對，這樣明白了嗎？」

這下子東尼沒話說了。他陪著普拉達到茶水間洗了杯子後，再跟著她走到電梯口。一路上，她仍持續抱怨著「諸事不順」，不過比起米凱達的口無遮攔，她的格調顯然高出許多。

「算了，你也不容易啦！」普拉達走進電梯後，聲調放軟道：「家裡的兩隻貓要餵，我回去換個衣服就來。別偷懶啊！」

東尼目送著電梯燈號往下。一時間，他心血來潮地，掏出手機點開賭盤Ａｐｐ。現在的賠率已然變成「普拉達-1.06」、「米凱達-1.77」、「X-92」。看來「一元事件」的確讓雙達主管皆受重傷，兩者的賠率都提高了，其中又以米凱達的「傷勢」重些。

東尼搖搖頭，收起手機，轉身往自家部門走。又要繼續那沒完沒了的挑燈夜戰了。

※※※

早上十一點多，豪徠仕網站重新上線。

之所以能夠這麼順利解決，是因為凱文忽然靈光一閃，想起資訊部上週離職的同仁，之前專門開發新的購物網站比價軟體，他會定期把公司商品資料庫下載到自己的電腦裡以加速作業。由於他的電腦這一週來都沒開機過，應該可以躲過病毒攻擊。

凱文將那台電腦的網路線拔除後，小心地進入硬碟裡查看，果真發現一份完好無缺的資料庫。得知這消息後，原已熬夜熬到不成人形的商品部、資訊部兩部門爆出一陣歡呼，趕忙複製了四、五份到不同的備份碟後，再覆蓋回線上伺服器。雖然是上個月資料了，免不了得多一層校對程序，但總比從無到有、原先預期要連續熬夜三天以上的慘烈重建要快速多了。

午間新聞開始播報豪徠仕網站恢復正常了，全公司上下暫時鬆了一口氣，但責任追究才正開始。畢竟這事除了鬧到全台皆知，自然也逃不過國外總公司包括各大小股東的眼睛。儘管美西時間近凌晨時分，總部高層照樣召開緊急會議，透過跨海視訊把黎慕漢給罵個狗血淋頭。

會議一結束，這下黎慕漢懶得再維持紳士風度，臉紅脖子粗地用英文把凱文跟米凱達叫去臭罵了一頓。即使隔著氣密門，這加拿大腔的吼聲還是傳了老遠，讓十二層樓的所有同事著實震撼了一把。

這也是東尼又上天台的原因。

一整晚沒睡，腦子變得混沌遲緩，眼睛也格外畏光。他站在樓梯間內適應溫差與明暗，但一踏出天台，強烈陽光讓他浮腫的雙眼更感刺痛，頭重腳輕地有種奇妙的飄浮感。

話說以前大學時代，就算連續熬幾個晚上打線上遊戲也不成問題。但隨著年紀漸長，熬夜後燒肝兼口臭的副作用格外惱人，熬一個晚上往往得花上兩、三天才能把身體調整回來。儘管他想回家去好好補眠，但看到一同熬夜作戰的米凱達有難，他實在很難說出口。

米凱達躲在水塔陰影下，一副奄奄一息的模樣。他連基本的主管形象也不顧了，鬆開襯衫領口、領帶，穿著拖鞋，像個遊民似地一屁股坐在鐵製排水管架上，周邊地面滿是煙蒂。
「你是嫌自己死得不夠快啊？」東尼看到米凱達嘴上竟同時叼著兩根煙，驚訝地問道。
米凱達眼神渙散道：「還不夠快？已經死透透啦，雪特！」
東尼無奈地挨著他坐下，也學他一次點起兩根煙抽著。一開始還挺嗆的，但接下來幾口卻讓他腦子清醒些。
「尼古丁覺醒法。這是祖傳的熬夜秘方啊！」米凱達呵呵笑著。
「我想先問一下，你跟戴克熟嗎？他有沒有可能知道你那些被爆料的內容？」東尼搶先問道。
「嘿嘿！」米凱達冷笑兩聲：「怎麼，你懷疑那老傢伙嗎？他根本都不管事，一副想退休閃人的死樣子。跟他私底下沒說過兩句話，哪會知道我那些破事。你就當他不存在吧！」
東尼道：「好啦，既然這樣，老大，事情還是從頭說說吧！我跟不上劇情發展了。唉，下午要是能放我回去補個眠就更感謝了。」
兩人抽完一輪後，沉默了會兒。米凱達這才把事情原委緩緩道來。
原來昨天早上十一點，黎慕漢大概覺得台灣人喜歡攀關係、玩陰的，缺乏公開公平競爭意識，於是把角逐大位的「雙達」給叫進辦公室，想要具體談談海外專業人士們「最看重」的主管特質，結果卻演變成雙達的批鬥大會。
你來我往的吵架過程就很無聊了：先是米凱達指責普拉達的黑函中傷、但普拉達也反咬是米凱達的苦肉計；普拉達要求以「業績」決勝負，但米凱達抗議拿去年度結算業績來灌水不合理；普拉達氣沖沖地指責米凱達使小人手法，故意用種種奧步，來壓縮廣告部在首頁的活動與宣傳版面……

「等等，你真的把廣告部的宣傳活動做了手腳？」東尼驚訝地問。他這才赫然想起，難怪最近在電腦頁面上的廠商廣告橫幅都變小許多，還以為是首頁設計師為了減少消費者看到太多廣告所做的視覺調整。

米凱達洋洋得意道：「什麼玩陰的？老子正大光明地跟她玩！我就硬是要求本月份開始增加首頁欄位，這是老子的權限，咬我啊？」

東尼嘆了口氣。畢竟首頁版面就這麼大，對各部門來說可都是「寸土必爭」。商品欄位一擴增，排給廣告或活動的空間自然就被壓縮，加上美國高層對本地愛玩的全頁滿版或大型動畫廣告格外感冒，嚴禁出現在自家網站，也難怪普拉達要挺身捍衛自家部門的固定領土。

原本黎慕漢找兩人來，是想訂個公平遊戲規則，最好能列出個一翻兩瞪眼的KPI公式，誰知雙達心中各有盤算，一開了頭反而激烈爭執起來，於是兩人一起被黎慕漢給轟出辦公室。

接下來不必米凱達解釋，東尼也能猜到後續是怎麼發展的。普拉達自然是嚥不下這口氣的，於是讓MIS放行最新的黑函，誰知這次黑函夾帶了自製病毒，躲過了掃毒軟體監控，造成了豪徠仕有史以來的最大危機。有了這次慘痛教訓後，至少MIS是不敢再縱放黑函了。

「哼，真要說起來，要不是那女人讓MIS放行那封黑函，我們會搞成這樣？都上新聞了呢！」米凱達怒道：「看到那女人囂張的嘴臉我也超氣！一直拿那筆三千多萬的業績說嘴。說實在的，這筆業績也不該全歸她，跑路的佛朗克還有一半功勞呢！」

的確，這筆三千多萬的業績，也是佛朗克帶著普拉達跑了兩趟馬來西亞才談成的。當初大家都不看好當地那間SLIK代理商，誰知道他們試著在豪徠仕上架的「起司圈圈餅」大受台灣網友歡迎，之後又陸續引進二十多支零食品牌，才有那麼傲人的銷售業績。

米凱達忽地眼睛一亮，一臉壞笑道：「有了、有了。兄弟，該我出絕招啦！你看，那女人愛說嘴的就是那筆三千多萬的業績。不如呢，我們就設法找SLIK，編個理由什麼的，拖延那三千多萬的付款期限，至少拖過總經理人選決定的日子，我看那女人手上還有什麼籌碼！怎樣？」

東尼對這餿主意大翻白眼：「……不是吧，老大。黎慕漢找你們商量的意思，就是希望你們在各自的領域公平競爭的吧！我認為呢，現階段的策略，不是用手段去打壓對方，而是該想想怎麼讓大老闆看見你的特質，你適合當上總經理的那種特質，對吧！不然一直互鬥……」

看到米凱達貌似廣納諍言、但實則百無聊賴的表情，東尼識趣地打住不說。反正說了也是白說。他索性改口道：「好啦，我知道了，我會去研究看看是不是可行。但中午過後能不能讓我回家補個眠啊？已經快三十個小時沒睡了。」

聽到想要的回覆後，米凱達爽朗地哈哈大笑起來，拍著東尼的肩膀道：「大家齊心協力抵抗外侮，這才是我的好兄弟、我未來的左右手嘛！回家補休是吧？一句話！」

「再跟你爆個猛料！我在黎慕漢面前狠批那個該死的凱文，這人就是百分之百的罪魁禍首！縱放那些打擊我的黑函，然後連偽裝成病毒的附件檔案都沒辦識出來，無能至極！本來黎慕漢是同意直接叫他走路，不過看在普拉達的面子上，先讓他做到月底，然後調去桃園管倉儲。」

看著米凱達「未竟全功」的惋惜表情，東尼忍不住出聲：「這不是凱文的錯啊！我聽ＭＩＳ那邊說，那時凱文被找去別的地方開會，普拉達是直接叫其他ＭＩＳ撤掉防火牆上的過濾規則，他們也是照章辦事呀！要凱文去桃園，還不是等同裁員？這樣對他不公平啊！」

米凱達白了他一眼，好氣又好笑地罵道：「喂，東尼先生，你倒同情敵將起來啦？想到ＭＩＳ居然是普拉達那邊的人馬，我晚上睡覺都睡不好啊！你知道我有時候傳些機密郵件還得切換到自己的手機４Ｇ連線呢！趁這時候拔掉普拉達的嘍囉爪牙，不是一大戰術勝利嗎？」

米凱達說到氣頭上，繼續問道：「你認為凱文很清白？別鬧了！不然你說說看，那封夾帶病毒的黑函寄送時機怎這麼精準？剛好防火牆規則一撤下就馬上寄給所有同事？假如ＭＩＳ那邊稍微攔截確認一下，同事們有機會去打開這病毒夾檔嗎？」

東尼無言以對，但卻心生絕望。公司都到這節骨眼上了，兩大主管卻仍熱衷「內戰」，他對米凱達剩餘的最後一絲尊敬之意也煙消雲散了。正要起身離去時，他又想到珍妮佛似乎跟佩妮有嫌隙，忍不住提醒道：

「對啦，你也注意一下。珍妮佛跟佩妮處得不太好，她覺得工作分配不均，有空的話你也調解看看，不然這兩個互為代理人不太妙啊！」

米凱達冷哼一聲：「調解啥呀！就是我叫珍妮佛幫忙盯著她的。」

「盯什麼？」東尼一愣，反問道。

「嘖，大家不是都在傳，佩妮跟佛朗克有一腿過？你沒注意到，自從佛朗克出事後，這小妮子怎麼沒跟著閃人？你沒發覺她變得更低調、有時還鬼鬼祟祟的嘛？我懷疑她根本就是留在大後方當內應、幫忙善後抹消罪證。連珍妮佛也回報她幾次可疑的舉動，我才把佩妮的業務逐個抽掉，留些不痛不癢的雜事給她辦。」

「她本來就沒在跟同事打交道的，人家行事低調些也不能說成鬼鬼祟祟的啊！不過珍妮佛怎肯幫你暗中幹這事呢？」

「女人嘛，互看不順眼原本就天性！」米凱達壓低音量：「另外珍妮佛這兩天應該沒跟你吵業務太多、要錢要假的事吧？」

「沒，你安撫她了？」

「我跟她說非常時期有非常加給，我會從酷樂資訊撥個十萬給她當業務獎金。當然，我要是順利上位，你領的肯定是她的好幾倍。」

「雪特！」東尼低聲罵道。「前一封爆料黑函說你在外頭還弄個小公司，居然是真的。連我都瞞過了？」

米凱達故做無辜道：「這可是那個佛朗克一手促成的。他想說公司發的外包業務這麼多，肥水不落外人田，就自個兒下去承包了。他現在出事了，資金沒那麼充裕，這個月底恐怕要在酷樂資訊裁掉一半的員工了。」

東尼為之氣結，心中再次湧起想謀殺自己老大的衝動。但他仍然只能無奈地搖頭嘆氣，轉身回家補眠去了。

※※※

打從那天起，公司上下全都繃緊神經，唯恐商城再出什麼亂子。不過還好除了一堆消費爭議待處理外，商品交易方面倒是沒再發生大問題。反而是公司內部的狀況比較多。

公司的區域網路忽然變得很擁塞，透過內網傳個資料都要等上半天，ＥＲＰ系統更是反應遲緩，於是許多同仁只好拿起隨身碟，直接穿梭各部門交換資料。另一方面，ＭＩＳ始終沒查出病毒究竟打包什麼資料送出去，只好每個小時都勤做備份，並積極呼籲所有同仁們更換全部的網路密碼。

當然，大家都忙得焦頭爛額，除了剛報到不到一個月的菜鳥外，也沒幾個人會認真地去換一個讓自己都記不住的複雜密碼。

東尼則是連續兩天一回家倒頭就睡，狠狠睡上十個小時，這才勉強將生理時鐘給調整回來。他不得不承認，自己真的是老了，體力早不復大學時期。

眼看商品部各項問題解決、暫時恢復正常，他又想起米凱達的交代，得設法推遲SLIK那筆三千多萬的匯款才行。他對這雙面諜的角色感到煩躁不已，偏偏身為過河小卒，很多事總是身不由己的。

東尼從ＥＲＰ系統裡撈到當年委託SLIK海外代理的公文，偏偏裡頭經手的人沒半個是米凱達陣營的，於是只好透過LINE旁敲側擊。他好不容易查到一位跟SLIK打過交道的離職同仁，但特地走到公司外打手機交談，卻沒得到什麼有用訊息。正當東尼尋思要不要冒險找會計部的誰來打聽時，桌上的分機響了。

「來找我。」普拉達簡要地下達指令，也不容商量地掛上電話。

東尼苦笑。明明已經不是自己的主管了，但口氣仍是頤指氣使。他評估了一會兒，還是乖乖起身前往廣告業務部報到。

這是公司內男女比例最懸殊的部門，十二位女業務與一位男性助理——之前東尼就是坐這位置——撐起了豪徠仕網站廣告的半邊天。不管春酒還是尾牙活動，普拉達率領十二金釵出場，永遠是最壓軸的戲碼。

這群娘子軍每天早上開過例會，十點半後就會陸續出門。因此當東尼踏入業務部時，只有那位忙著整理資料的男性助理留在座位上。東尼朝他微笑點頭，走到普拉達的小辦公室前輕敲了門。

「進來，門帶上。」普拉達吩咐，示意他坐下。

看著她波瀾不驚的表情，東尼心中浮現不妙的預感。

「怎麼，到處調查SLIK的消息，想對我那筆業績做手腳啊？」

東尼行使緘默權。普拉達轉過手機給他看，上頭是封十多分鐘前寄出的電子郵件。寄件者被巧妙地遮住了，信裡頭只寫了「米凱達手下在查SLIK，請留心」這句話。

東尼暗暗鬆口氣，果然方才的沉默是明智之舉。

普拉達冷笑：「我剛剛就在想，憑米凱達那智商，能想到這招數？不，還是你小孔明出的餿主意，可能性還比較高些。我說，你東扒西挖的，怎麼就沒來想直接問問我這當事人呢？嗯？」

東尼繼續沉默。他很清楚普拉達絕不是找他來玩一問一答的。

果不其然，普拉達自顧說道：「這筆款子後天就會到帳，剛剛那家公司已經把撥款的公文發給我了，你們想做什麼手腳就省省吧，我要對付米凱達，可不光只有這一招。」

「SLIK這間公司在二年多前曾經被網路釣魚郵件給詐騙過。有個奈及利亞的詐騙集團先駭客了他們的廠商電子信箱，然後朝SLIK會計部寄出要求更改匯款帳號的郵件，結果他們信以為真，將八萬多美元給匯到了那個人頭戶去。」

「之後呢，凡是廠商、客戶的款項有任何異動，都必須要經過經手人、會計部的確認，還要發張有公司大小章的正式公文才行。所以說，你想的那些伎倆是行不通的，懂吧！我不想讓你難做，你就這樣照實回報米凱達。說完了，你可以滾了。」

普拉達隨意地擺了擺手，目光轉向桌上的公文夾。東尼如獲大赦，忙夾著尾巴溜出業務部。經過總機櫃臺前的走廊時，東尼看到珍妮佛站在打開的電話配線箱旁，像是在研究線路。

「怎麼，有問題嗎？」東尼上前問道。

珍妮佛搖頭嘆氣：「我的電話不通，剛剛換了電話機還是不行，我才想說是不是線路問題，乾脆在這邊查查看。」

東尼看著那五顏六色的雜亂線頭，笑道：「這哪查得出來呀？還是叫MIS來看看吧！」

「問啦，他們說最近缺人手，管不到這兒，給了我一張配線圖要我自己查。唉，當初拉線時居然沒貼分機標籤在線頭上，現在亂糟糟地要從何找起？」

東尼抄起配線圖想幫忙研究一下，不料珍妮佛阻止了他：「米凱達剛從外面回來，正到處找你呢！你還是省省心，去幫他出主意吧！」

東尼苦笑地放下手邊物事，轉朝自家部門走去。誰知道在走廊上竟碰見背著大電腦包、兩手還抱著大紙箱的凱文迎面走來。兩人照面時楞了一下，隨即點頭禮貌招呼。

「最後一站了，讓會計長蓋個章，我就直接搭電梯滾出去。」凱文揚揚手上的離職單，上頭各部門的交接章都已蓋得七七八八。雖然黎慕漢讓他轉調桃園倉儲中心，但他在台北有家小要照顧，之前已經在抱怨工時太長了，他不想每天再多花二個小時在通勤上，因此勢必只有離職走人一途。

不知怎地，東尼突然覺得有些心酸酸的。「保重！」眼下他只想得到這詞兒。

凱文自嘲似地聳聳肩，回以一個不在乎的笑容，轉身走進了會計部。

回到商品部後，米凱達一看見他就大呼大嚷起來：「唷，東尼大爺回來啦！正全世界找你呢！」

東尼沒好氣地走進他的小隔間。門一關上，米凱達便壓低聲音道：「怎地，推遲她那筆三千多萬的款子有眉目了嗎？」

「沒辦法。我問過幾個跟SLIK打交道的人了，他們都說這代理商曾經被網路釣魚詐騙過，扯到錢的事都一板一眼的，要申請、變更什麼的都要來回一堆公文認證，這條路行不通！」

「唉，沒關係，這事本來就不好辦。倒是珍妮佛給我出了個主意。」米凱達雙手一拍，道：「她說咱兩個部門的業務屬性不同，假如沒有客觀的評判方式，純粹以業績論英雄，那對我們是大大的不公平。」

「唔，也是有理啦，那出了什麼好主意？」

「她說，台灣的領導統御風格就是『帶人要帶心』嘛，既然總經理這職務是要帶領各部門的同仁打拚，那至少要辦一場公開活動，讓各同仁有機會為其傾心長官拉個票，日後新官上任也才帶得動人心嘛！」

（你還真好意思提領導統御呢！）東尼暗自在心中吐嘈，但表面上仍不動聲色：「也算是個辦法，那你跟黎慕漢先生提了嗎？」

「兄弟，你不覺得她說得超有理嗎？女同事看事情的角度就是不一樣！我說我的對手是女的，怎就沒想到以夷制夷這招呢？哎，我可沒否認兄弟你的貢獻，別想歪啊！反正呢，我聽得對頭，馬上就去跟黎慕漢報告，他也覺得挺合理，說或許考慮找個時間安排。」

「他是敷衍你的啦！」東尼回道：「今天都七月二十七日了，他明天一早就要去日月潭參加外商大會，三十一日才會進辦公室。哪還有時間讓他找呢？」

全國外商高階經理人大會是由在台外商俱樂部所發起的，每年固定在七月份最後一個星期五、日月潭某渡假山莊舉辦，在台七大外商通常也都會列席。去年是黎慕漢帶著佛朗克參加的，估計今年這事要成為大會的茶餘笑談。

「沒差，反正這老外只要答應的事，多半都會做到。就算他七月沒時間，我也要他拖延幾天，把這公開評選辦一辦。」

「他明明只答應『或許考慮』而已，我認為……」

米凱達嘀咕：「好啦，不管怎樣，萬一真的有公開評選，我們也要先做好準備才有勝算啊！推遲三千多萬行不通，那你就把全副精力放在怎麼幫我『拉票』這事上。都這節骨眼了，我們可不能一個人一個人拉，而是要以部門為單位來拉。你先把外頭白板扛進來吧！」

感覺這到頭來是場浪費時間的「辦家家酒」遊戲，但東尼也只能認命。接下來幾天，包括週末在內，米凱達打算逐步完成他的拉票大業：先在白板上畫出各部門的勢力分布圖，然後尋找各單位的弱點／軟肋／喜好／慾望，用手邊資源或空頭支票說服他們，爭取他們的支持。

這肯定又是個沒完沒了、終歸一場白工的活兒了。絕望感再次籠罩了東尼。

※※※

出乎意料的，東尼的惡夢在隔天早上十一點時就宣告結束。不，精確點說，整場達達戰爭就這麼倏地落幕、所有商品部成員的命運也都隨之改變了。

從來沒人預料到，這鬧劇似的結局，竟也成了那時期「豪徠仕人」的共同記憶：哪怕他們已離開公司，各奔四方、各自營生，但每當有機緣在某時某地聚首時，總有個人會眉飛色舞地談起那天「熱鬧歡樂但結局震撼」的往事。

早在七點四十分時，黎慕漢先生就準時搭上開往台中烏日站的高鐵，在那裡轉搭接送專車，預計能順利參與十點整的開幕儀式。不過奇怪的是，在九點五十分時，一封發自黎慕漢帳號的郵件，傳送到公司上下所有同仁的信箱中：

主旨：【活動執行】請競選總經理一職的候選人們執行公開評比活動

注意：本案需豪徠仕全體員工團結運作

昨日，商品部米凱達經理提議我，應對競選總經理一職者展開公開評比，這麼做，除了有更公正與具體的分數可評判好壞，對於同事間的團結我相信也有助益。考慮到八月份就要選出總經理一職，我們的時間不多，因此我在此以公開信方式給予評比提案，規則列在下方，請所有員工團結協助，讓歐文會計長作為公證人，而我的秘書也會將所有人的表現看入眼睛。

這評比規則是如此簡單的：今日早上十一點，每位候選人，兩腳各踩一箱八十公克的A4紙（十包裝），用包裝繩纏繞紙箱以形成六十公分長的手持部位。接著候選人們同一時間從我的辦公室外出發，一步步走下樓梯，誰先走到一樓大廳中央者就是贏家。

所有員工們都來為候選人們歡呼、加油吧！用最好的熱情來激勵你們未來的領導者。

誠摯　日安

亞洲區總監　黎慕漢

一讀完這封信，東尼整個傻眼！選出總經理的公開評比活動居然是「踩高蹺趣味競賽」？這完全不是什麼國情不同的問題，根本就是整人來的吧！東尼不認為黎慕漢會下這種兒戲般的指令。

「有什麼好懷疑的？這完全就是那死老外的思維、死老外的語法！」米凱達倒是斬釘截鐵地說道。而且毫無遲疑地，一邊命令佩妮準備製作「A4紙箱高蹺」、珍妮佛去動員其他部門製作加油道具，自己則快速換上運動服並開始熱身。

「別鬧啦，怎麼可能會有這種事？太不合理啦！」東尼仍不敢置信地問：「踩高蹺走得快跟總經理職務到底有什麼關係？你好歹也打個電話去問問他吧？」

「你不懂啦，老外都認為強健體魄是擔任主官的要件，你看美國總統哪一個不愛慢跑、打獵的？我現在打電話去問他，那不承認我質疑他的指令、執行能力有問題？」

「……」東尼無言以對。他立即仔細檢查電子郵件帳號，也確實是黎慕漢慣用的沒錯。

「你看看，我運動神經本來就發達，只要稍加練習，我相信可以輕易勝過那個女人，這機會不是很好？再說了，整個公司都來一起加油、見證，就算死老外是開玩笑的，當這麼多人眼前我也可以挫挫那女人的銳氣，何樂不為啊？」

不過後來聽說，普拉達可不吃這一套。她對那封信根本嗤之以鼻，拿起桌上電話就直撥黎慕漢的手機，只是彼端始終處於關機狀態，直接進入語音信箱。

當然，打去他們在日月潭下榻的飯店或許可以聯絡得上，但真要大費周章地，把參加開幕式的老闆給叫到飯店櫃臺，質疑他下達的指令是否屬實？這後果恐怕讓人難以承擔。

眼看剩餘時間不到一小時，沒有任何查證的餘裕。普拉達一咬牙，也立即下令把在外征戰的十二金釵全調回來，並要其中兩人路上順道跑一下Prada專櫃，帶一套合她尺寸的當季運動套裝。哪怕這是長官一時興起的想法，她也一定要做到最好！

收到這封信後，所有職員的情緒都沸騰起來了。不管是輪休的還是在外跑業務的、不管是站在雙達陣營的哪一方，這下子全都沒了工作心情，紛紛呼朋引伴搶佔位置，好事的人用電腦列印加油用的大字報到處張貼。而大夥兒也從抽屜深處，將歷年尾牙宴上用過的小汽笛、螢光棒、碎紙花等小道具全挖了出來，打算做個稱職的啦啦隊。

珍妮佛走過一間間部門，像是來為選情造勢般，邊打躬作揖邊揚聲請託道：「請各位稍後為米凱達經理加油，謝謝，謝謝！」稍後趕回公司的十二金釵，也一字排開在走廊上齊聲大喊口號：「廣告天下，業務如虹！普拉達勝，誰與爭鋒！」

為了讓己方氣勢再上一層，十點三十分時，米凱達使出了超級殺招：操縱賭盤！這時東尼才明白，原來米凱達早就知道這地下賭盤的存在了。

米凱達直接在賭盤上留言板聲明，今天這場賽事，是黎慕漢聽從他的建議舉辦的。未來的總經理必須有強健的體魄才能勝任，因此今天這場賽事他是志在必得，豪徠仕未來的「總經理」將在半小時後現身！因為這自信滿滿的聲明，讓賭盤起了些微變化：「普拉達-1.33」、「米凱達-1.45」、「X-106」。雖然還未能反超對方，但只要稍拉近距離扳回一城，米凱達也心滿意足。

「臭婆娘，這次一定要讓妳知道我的厲害！」搞定前置的宣傳作業後，米凱達立即踩上紙箱高蹺，來回走動幾次抓穩節奏，接著一步步挪往樓梯間。「我敢說勝負關鍵就是在下樓梯的時候。東尼，去把那台高解析度攝影機拿來，到時你就沿路跟拍啊，這肯定是豪徠仕的珍貴歷史鏡頭。」

眼看時間差不多了，各部門的同仁們紛紛放下手邊工作，轉朝黎慕漢辦公室門前聚集，手上都拿著手機搶拍這「歷史性的一刻」。東尼也乖乖地扛著攝影機卡位待命。

普拉達換上一襲藍肩淡粉色的Prada運動套裝，看來幹練俐落，率領十二金釵好整以暇地等待著。臨陣苦練的米凱達頭上滲著汗珠、氣息粗重，但一看到對方擺出的陣仗，也故做氣定神閒地微笑招呼。

「米凱達經理，你看起來喘得很哪？要不要喝杯水歇歇腳呢？」普拉達冷笑。

米凱達回敬：「要，要。不過等我先走到一樓去再休息吧，反正不花幾分鐘的。」

「就怕先摔壞你那副老骨頭呢！」普拉達譏道。

「我會摔著肯定也是踩到躺在地上的妳吧！」米凱達不甘示弱。

這陣火花四射的賽前嗆聲，讓圍觀的同仁們不停地鼓譟怪叫。

「嗶！」一記長哨聲吸引眾人注意，周遭安靜下來。平日不苟言笑的歐文會計長，這回也笑意盈盈地走到兩人中間。他跟女同事借來支防狼哨子當裁判道具，一邊示意前方群眾清空過道。

「我說，時間也差不多了。這次老闆欽定我當裁判，也要求同仁們都要來加油。我沒別的廢話，只要求比賽開始後，大家不要擋到他們的路就好。」接著他轉向兩人道：「再來就是注意安全，好嗎？一個不小心摔下樓梯不是好玩的，萬一缺胳膊少腳的，就算給你當上總監也開心不起來吧！」

歐文深吸一口氣，轉朝群眾吼道：「大家是不是期待很久啦？要不要讓他們開跑了？」

「要！要！」大家興奮地吼叫著。

「大聲一點，我聽不見！」

四周的歡呼聲更加洶湧了。「要！要！要！」

大家都沒想到，會計長這麼悶騷，還懂得帶動現場氣氛呢！

「來，選手做好準備！聽我哨子一吹，你們就全力以赴、一心一意往前衝！」

米凱達跟普拉達踩上Ａ４高蹺，微蹲身子，一副蓄勢待發的模樣。

「好戲登場！來，在場每個人跟我一起倒數，五、四、三、二、一！」尖銳的哨聲響起，雙達邁開步子，全力以赴地向前衝。如眾人預料地，米凱達一馬當先，他利用身高優勢邁出大步，連續幾步後就將兩人距離拉開五公尺以上，直往樓梯間衝去。

普拉達的手腳協調性沒那麼靈活，手臂力氣也不夠，每踏出一步前，要先呲牙裂嘴地拉起Ａ４紙箱，這趣味競賽儼然成了一場折磨苦行。在十二金釵聲嘶力竭的加油聲中，普拉達緩慢但穩健地一步步邁出。

五分鐘後，米凱達順利地抵達樓梯間，他小心翼翼地跨過門檻。這時他已然滿頭大汗、手臂、大腿肌肉都開始顫抖。他探頭看去，普拉達才正轉過走廊，兩人相距足有三十多公尺。

「我歇歇好了，給她點面子，不要贏太多。」米凱達試著往下走了兩階後，坐倒在樓梯上。此時看熱鬧的同事們早已佔滿樓梯兩側，還有人遞上面紙跟礦泉水。

「經理加油！」、「一鼓作氣衝衝衝！」、「不要忘記龜兔賽跑耶！」旁邊不斷傳來鼓譟、打氣的聲浪。

此時東尼把鏡頭轉向普拉達。她正走過一半走廊長度，臉色蒼白、汗如雨下，整個人幾乎都快攤軟了，但仍憑著堅強的意志力逐步向前。東尼不禁暗暗為她擔心起來，萬一在樓梯間失足可不是好玩的。

等有人通報普拉達已逼近十公尺處，米凱達隨即起身，「喝！」地一聲大吼，為自己壯壯聲勢。誰知道，當他往下一階再跨出一步時，因為錯估紙箱的觸地面積，結果腳一滑來了個大劈腿，隨著一聲重響，整個人側翻滾落了七、八階，直到樓梯轉角處才止住勢頭。打氣聲突兀地中斷，代之而起的是眾人的一陣驚呼。接著大家七手八腳地忙把米凱達扶起來，他的右手、左小腿跟額角都擦傷了，長褲撕裂的缺口還滲著血，但他嘴裡還是逞強地吼道：「沒事，沒事。繼續比賽，我好得很！」

周遭有人覺得不忍、也有人幸災樂禍，但米凱達完全不以為意，腦子裡念茲在茲的只有一件事：「那個……會計長，我接下來是從這裡開始呢，還是得回到第二階再繼續？」

歐文沉吟片刻，跟身邊參謀快速商量後，大聲宣布：「雖然總監沒有仔細訂定規則，但既然交由我裁判，碰到這種情況的話，我要求選手們回到原本的地方再繼續，不然要是有人取巧，這麼一路往下滾到一樓，難道就判他勝出嗎？」

雖然這種苦肉計也太可怕，但大家一想也覺得挺有道理。米凱達默不作聲，一步一階地慢慢往上爬了回來。就在此時，走廊上的打氣聲也漸漸移動到樓梯口了。

等到米凱達好不容易爬回第二階、正挪騰轉身時，恰好跟普拉達打了個照面。兩人的臉色都很難看，普拉達更是一副快虛脫的模樣，但嘴上仍逞強道：「哎喲，你們瞧瞧，米凱達經理還真好心，等著我一起下樓呢！」

米凱達也試圖掩藏自己的狼狽樣，大方笑著：「怕妳走得慢，超過妳太多贏了也寂寞。不如跟妳同行，最後贏妳個兩三步就好。夠紳士了吧！」

普拉達翻了翻白眼。「那你現在走還是不走呢？可別擋我的路呀！」

米凱達往下探了探，小心地邁開腳步：「我看妳還是歇一歇再走。金枝玉葉的，小心把妳給摔壞了！」

原本計畫想就地歇息幾分鐘的普拉達，這時拉不下老臉，一賭氣下也決定繼續下樓，挫挫對方的銳氣。

如大夥兒所預期的，這場賽事的決勝關鍵確實在於「下樓」。但並不是比誰走得快，能先走完這最長的賽程。看看剛剛米凱達摔下樓梯的慘況就知道，這裡該比的是誰走得穩。要是誰在主樓層再腳滑摔落，那可就不只跌落個七八階這麼簡單了，或許對手還會直接宣布勝出、再幫忙叫輛救護車呢！

東尼無法理解，為什麼黎慕漢會下這種指令？難不成加拿大人升官也會附帶要求比個賽跑還是跳遠的嗎？

五分鐘後，白熱化的賽況轉移到下一層樓梯間，加油人潮慢慢轉向十一樓去，連樓下公司都好奇地跑來湊熱鬧。不料就在此時，東尼發現錄影機出現硬碟快滿的提示符號，他暗罵自己大意，在錄片前忘記先清空裡頭的微型硬碟。

（對了，辦公室裡還有另一台樣品，也是用同樣尺寸的硬碟）東尼想道。眼看硬碟剩餘時間還有五分鐘左右，得找個人幫忙掌鏡，自己再衝回去拿另一顆硬碟來換上。

他抬頭在人群裡尋找熟悉的面孔，原本希望交托給珍妮佛，不料卻沒看到她的身影。還好，他沒多久就看到佩妮走在人龍後方，抱著雙臂亦步亦趨地關注著比賽情形。

東尼說服了佩妮接手錄影，接著衝回十二樓，但一回到長廊上，他就看到珍妮佛的身影消失在彼端轉角處。

「大概也是衝回辦公室拿東西？」東尼心想著。依照珍妮佛的貼心個性，或許會找些巧克力棒、礦泉水還是ＯＫ繃支援米凱達吧？不，要是她把賭盤全押在米凱達身上，那她應該會去弄個絆馬索之類的小道具來對付普拉達？

東尼邊胡思亂想著，腳下不停地衝回辦公室。但出乎他意料地，辦公室裡居然沒有半個人影兒。東尼納悶了，要是珍妮佛真的拿了東西又折返，照原路返回是最快的方式，兩人就一定會打個照面。

那，她究竟是去忙什麼了呢？一種異樣的感覺在東尼的心中隱隱攪動著。

從另一台樣品機上拆下微型硬碟後，東尼估計還有點時間，於是他轉朝休息室方向走。一踏足會計部前的走廊時，東尼隨即注意到不尋常的地方：配線箱又被打開了，而盆栽後面有道人影，似乎在忙著裝配什麼機器。

東尼忙退到轉角後，探頭定睛一看，果然是珍妮佛！那台機器還從配線盤處拉了一條線出來接著，等到珍妮佛把幾張Ａ４紙塞進去，東尼才確認那台是傳真機。

確認傳真機進入待命狀態後，珍妮佛小心地環伺四周，然後挪動盆栽位置，讓花盆擋住傳真機，並把配線箱外門合攏，方才若無其事地站起身，站在會計部門口附近觀望。

會計部裡頭還有兩個職員留守，珍妮佛應該是在監視他們的動靜。她為什麼要這樣做呢……東尼沉思著。從抹黑信轉變成病毒信、公司內部某種不明資訊被竊取、莫名其妙舉辦的趣味競賽……

驀然間，東尼想通這一切了！如果他不是恰好跟米凱達、珍妮佛共事，又從普拉達、凱文那裡獲得相關情報，他也不可能這麼快推斷出真相。

但東尼仍然不敢置信。他沉思了數十秒後，決定用自己的方式來驗證：他退回到長廊另一端，然後掏出手機，撥通了珍妮佛的手機號碼。

珍妮佛的手機在包包裡震動了起來。她伸手掏出看了螢幕一眼，猶豫片刻，還是選擇接起電話：

「喂？」

「跑哪兒去啦？我幫米凱達錄影，電池快沒電了，想找妳幫忙回辦公室拿電池呢？」東尼故做輕鬆的口吻道。

「這樣啊。哎，我在下面幾層這裡，想說等米凱達走下來就能幫他拍張照。你急的話，我等等搭電梯上去幫你拿吧？」

「好。就放在我最上面那格抽屜，麻煩妳了。」

東尼掛斷電話，重新走回轉角處觀察。珍妮佛將手機放回包包內，一副若有所思的樣子，但全副心思仍放在那台傳真機上，絲毫沒有離開的意思。

就這樣了吧！東尼心想。遠處隱隱又聽到為雙達賽事打氣的加油聲，一陣悵然所失的情緒襲來，他心底泛起了苦澀的感覺……

東尼心中交戰片刻後，打開手機上的瀏覽器，搜尋日月潭那間飯店的電話號碼，請櫃臺立即聯繫豪徠仕亞洲區總監黎慕漢，哪怕他正在台上致詞、正在用餐還是正在上廁所，都務必要在第一時間讓他接起這通電話。

因為要是再拖個十分鐘，豪徠仕將會面臨比之前「一元出貨」還要更恐怖的損失！

※※※

兩個星期後。

米凱達站在新任總經理的辦公室門口，下意識地再一次檢查手邊文件順序，也不忘整理一下身上行頭。看著門牌上那嶄新金框紅木標示的名字，一種熟悉卻又陌生的忐忑感覺從心中油然升起，這讓他覺得原本準備好的開場白似乎稍嫌輕浮，也許該多用些正式辭令比較保險些。

身後一陣冷香與高跟鞋的聲音傳來。不必回頭也知道，普拉達駕到了。

儘管遭受了競逐總經理失利、在「趣味競賽」中受傷的雙重打擊——她在八樓時氣力耗盡而摔下樓，要不是十二金釵看到她狀況不佳，預先在樓梯旁一字排開護主，恐怕就不是小腿骨裂住院一週這麼簡單了——不過，普拉達依然是一副自傲矜持、冷若冰霜的神色。

如同開始一樣，那天的趣味競賽也結束得很突兀。雖然米凱達如預期般勝出，但普拉達僅靠著意志力撐得比想像中還遠，也同樣贏得眾人的喝采了。

當載著普拉達的救護車笛聲遠去後，米凱達接受了眾人的英雄式歡呼，賭盤出現有利自己的波動。但下午三點多，急如星火趕回公司的黎慕漢召開緊急會議，除了狠狠訓斥米凱達等高層主管「天真愚昧」、「表現無能」外，也同時安排ＭＩＳ進入會計部徹底檢查、並要求歐文立即展開查帳。當晚七點多，警方也來到公司帶走了珍妮佛。

當時包括米凱達在內的多位主管被罵得一頭霧水，但他還來不及跟黎慕漢說上話，這老外已匆忙地趕赴醫院探視普拉達去了。之後他怎麼琢磨都搞不清楚箇中原委，連東尼都諱莫如深，他也只好悶在心裡。直到又過了一週後，總經理的人事命令下達各部門，米凱達才隱隱猜中幾分內情。

米凱達思潮起伏，楞在原地，直到普拉達催促：「發什麼呆呀？該進去了吧，別讓新任總經理留下壞印象。」說罷，他才抬手敲了敲門。

「請進！」裡頭傳來爽朗輕快的回應。米凱達在心中嘀咕著，這貨剛上任倒也懂得藏拙，等他嚐到權力的滋味後，估計再過一個月就不會那麼客氣請人進門了。

東尼站起身迎接兩位老長官。他身上穿著手工剪裁的西裝、髮型也重新打理過，左腕那塊積家錶更是炫麗奪目。比起之前那總是穿著休閒裝與球鞋的小職員模樣，實在是天差地別。

「嘍，你看你這小子……我是說東尼經理，您升官後，整個人氣勢就是不一樣啊？」米凱達說道。

普拉達頷首附和：「帥多了！」

東尼苦笑：「總監建議的，換個位子也要換個造型，看起來得老成些，不能像以前穿得那麼輕鬆了。兩位，坐吧！」

三人坐定後，東尼讓秘書端來咖啡，接著擺出一副「公事公辦」的態勢，先解決公務上的問題：米凱達必須解散外頭的「黑機關」、把手邊私帳理個清楚、從此專心在本業上；普拉達則升任副總經理，同時掌管業務部與商品部兩大部門。

想當然爾，這職務調動是東尼想出來的。也只有雙達之一能夠達到制衡另一人的位置，並將其導向良性競爭，這場沒完沒了的「達達戰爭」才有結束的一天。至於在上位的那個人，東尼屬意度量稍大、沒那麼暴力的普拉達。

「看來狠捧一次也值得了。」普拉達微笑道。

米凱達則是一臉哀怨的模樣。東尼建議：「把大嫂訂的那房子給退了吧！雙達好好合作，你過兩年說不定又能把它買回來了。」

米凱達唯唯諾諾地答應了。

眼看公務談得差不多，普拉達出聲：「東尼經理，你知道我們今天來首次拜會外，也想聽聽你的升官秘辛。之前已經說好的，今天不會再繼續賣關子了吧？」

東尼苦笑：「之前你們有問過我了，但我不是不願說，是不能說。因為這事牽涉到一些機密，所以那天黎慕漢先生從南投一衝回來，就把我抓進去做簡報，接著還讓我簽下一張保密協定。因此……」東尼從抽屜取出兩張A４紙，推到兩人眼前：「我覺得這事沒必要隱瞞高層主管，兩位也剛好都是當事人。但若想聽故事的話，還是得先簽一下保密協定了。」

米凱達接過協定，斟酌著上頭的條文。普拉達則沒接過，大方地站起身，笑道：「過去的事情就讓它過去吧！既然是東尼升上總經理，那從今而後，我會好好地跟你配合，鞠躬盡瘁、盡心盡力罷了。那些陳腔濫調何必重提？」

普拉達站起身，頭也不回地推開門走了出去。東尼欣賞她識時務的眼光，知道將她升官的決定是正確的。而米凱達則坦然地掏出筆，大筆一揮地簽了那份協定，「反正我夠黑了，但死也要死得瞑目。我倒要看看死老外為什麼會把你升成總經理，好歹讓我學個經驗。」

東尼微笑地將保密協定存了檔。其實他原本預期雙達都不會簽這份保密協定的，因此也沒怎麼認真地理清故事順序。迎著米凱達渴盼的目光，他思索了一會兒。

「該從哪裡說起呢？……好吧，就從第一封黑函開始說起吧！」

※※※

收到第一封攻擊黑函時，東尼並不相信這是出自於普拉達的手筆，畢竟明眼人都看得出來，檯面上競爭總經理職務的就兩個人，而普拉達的贏面要比米凱達高出很多，沒理由冒著降低自己在黎慕漢心中的評價，發出這封效果甚微的黑函。這想法與普拉達在燒臘店會談後更是堅定。

難道是米凱達自導自演的苦肉計嗎？但問題是裡頭的爆料內容，對他在豪徠仕的職涯是極為致命的，沒道理使出這種「傷敵五百、自傷一千」的荒謬招數。

可是檯面上競爭總經理的，就只有這兩個人，寄發黑函究竟能讓哪個第三者從中獲益呢？與凱文討論過黑函的寄件列表後，東尼第一個懷疑的是低調到幾乎隱形的副總經理戴克。如果他能透過黑函操縱選情，讓雙達都無法上位，他自然就能夠持續「代理」總經理職位。

但是戴克與米凱達有私交嗎？是否了解到足夠去炮製出黑函的內容？詢問過米凱達的結果是

否定的，東尼暫時將戴克排除在外。剩下的人選就只剩下亞洲區總監黎慕漢了，雖然這有些陰謀論的味道，但如果他要操縱選情，能動用的手段多的是，完全沒必要採取黑函這種方式。

排除那些不可能的人選，剩下來的八成就是幕後黑手了。

知道米凱達曾經開設黑公司，而且有辦法撈到全公司電子郵件帳號，且有一個多月沒更新郵件帳號列表的人選，只剩下一位了，就是前總經理「佛朗克」！

但他跑路都來不及了，為什麼還有閒情逸致來寄出黑函干擾前公司的選情？總不可能是他還想著哪天風光回鍋吧？因此東尼也只有抱持著懷疑態度，但始終無法理解其用意。

直到那封夾帶病毒的黑函出現，東尼這才明白，原來前面兩封黑函只是佛朗克的鋪墊，他真正的用意是為了放鬆所有人的戒備，確保每個人都會信任這些黑函內容，而迫不及待地去點選夾帶的附件，好將病毒程式從內部網路爆發開來。

如果病毒程式是佛朗克自己或找人編寫出來的，那麼病毒知道公司防毒軟體的弱點、繞過防火牆的口令、以及準確攻擊備份伺服器ＩＰ位置，也就合情合理了。而且這病毒還從公司伺服器偷走了重要文件，如果不是熟悉檔案目錄結構、有技術背景的高層人士，是做不到的。

最關鍵的一點是，為什麼佛朗克能這麼精確掌握病毒黑函的發送時機？要知道在那半小時前——也就是黎慕漢找雙達開會時——黑函都會被防火牆給擋下來，負責過濾內容的ＭＩＳ很快就會發現夾檔有蹊蹺，但病毒黑函偏偏就那麼巧合地趁空鑽了進來。

東尼認為，如果不是靠內應通風報信，那麼另一可能的就是那賭盤了。他還記得，珍妮佛第一次展示手機賭盤那次，就是有人發布了一則「普拉達讓ＭＩＳ取消攔截黑函」的指令，隨即病毒就大肆展開了攻擊。

之後珍妮佛也假藉關心賭盤情報的名義，希望能從東尼這邊獲得更即時的內幕消息。想到這兒讓他覺得心裡有點酸酸的。

但，佛朗克的目的只是為了搞破壞而已嗎？還是為了掩護病毒好偷走某些檔案？東尼始終摸不清佛朗克的意圖。

直到他被米凱達要求去推遲SLIK那筆三千多萬的匯款，意外得知要跟那家公司打交道，需經過多道的驗證關卡後，他才對相關的程序變得格外敏感。

他其實也跟其他人一樣，聽信了公司的八卦流言，覺得佩妮是佛朗克的內應。但當他在「雙達趣味競賽」那天，意外撞見珍妮佛在會計室外的可疑行徑，並且故意打了手機試探她的意圖後，這些事情才在一瞬間於他的腦海中聯繫起來……

珍妮佛之所以能在會計室外盜收傳真，是因為公司內大部分的人，都給「調虎離山」到逃生梯那邊幫雙達趣味競賽加油去了。而之所以會舉辦這場趣味競賽，是因為一封來自黎慕漢的電子郵件所引起的。

如果這封電子郵件是有人假冒老外筆法所寫的，他又怎麼知道黎慕漢的帳號密碼？東尼自問自答：應該跟病毒所盜取的伺服器內容有關，也就是那份全公司電子郵件帳號密碼的文件。因為全都是明碼記錄，讓有心人士省下許多功夫。

這件事也佐證了珍妮佛才是佛朗克留在公司的真正內應。她積極地與東尼親近，只是想套出米凱達的最新動態，好讓佛朗克能夠趁機佈局、混水摸魚。如果不是米凱達聽信珍妮佛的建議，跑去向黎慕漢要求「公開競爭」，也不會那麼輕易地給「自我催眠」，輕信了這封偽造郵件。

當然，為了避免收到這封奇怪的趣味競賽郵件後，普拉達會直接打電話向黎慕漢查證，因此佛朗克仍做了其他布置：之後東尼曾詢問黎慕漢在日月潭參加會議時，為何要關閉手機？黎慕漢表示一抵達台中後，就連續接到多通騷擾式的無聲電話，逼使他不得不暫時關閉手機圖個清靜。「原來是詐騙集團慣用的老招數啊！」東尼心想。

而佛朗克處心積慮地盜取全公司職員的電子郵件帳號密碼，目的還有一個，就是假冒普拉達名義，向SLIK公司提出更換匯款銀行戶頭的需求。曾經被詐騙過的SLIK自然要求提出標準的認證程序，包括：

經手主管與會計人員所發出的正式信函。佛朗克已掌握豪徠仕所有帳號密碼，他將寄件信箱設為公司帳號，使得收信的SLIK人員認為這是由豪徠仕寄出的正式信函，但收件信箱卻設為佛朗克自己的信箱，因此普拉達與會計部都沒起疑。

蓋有大小章的正式公文。在「一元特賣」風波時，珍妮佛就假借發送公關稿名義，去秘書部弄到了大小章，很有可能是趁那時偷蓋了偽造公文。

匯款帳號金額的傳真回覆。由於SLIK每兩週都會向豪徠仕傳真廣告主的資料，對傳真專線很熟悉，佛朗克無從造假，因此才想出以「趣味競賽」方式引開眾人，讓珍妮佛在那時間段從配線盤處攔截這份傳真。

其實SLIK也不是草率行事，他們的會計部也曾打國際電話到豪徠仕來求證，但佛朗克早料到此舉，因此在偽造的電子郵件簽名檔下方，留下的是珍妮佛的分機，所以也給蒙混過關了。

那天東尼打電話給黎慕漢說了自己的推測後，黎慕漢立刻要他以最快方式將電話轉給任一位留守會計，東尼二話不說衝進會計室，珍妮佛一看到他出現便知道東窗事發，但仍以最快速度將文件回傳，只要SLIK出納人員將款項匯到指定戶頭，她跟佛朗克就能遠走高飛了。

可惜的是，留守的那位是個精明能幹的老會計，說得一口流利英文，得知事態緊急，立刻打電話給SLIK出納部門，得知出納已經完成網路匯款後，隨即再致電給熟識的警察，協助凍結銀行戶頭，總算搶在佛朗克前頭，幫豪徠仕保住了三千多萬。

珍妮佛眼見苗頭不對，扔下傳真機正想閃人時，已經被公司保全給攔住了。之後黎慕漢趕回來坐鎮，也不敢把這件事說得太明，畢竟這醜聞要是爆出去，他這總監位子也沒得坐了，只好先低調地設法平息事件。

「所以佛朗克搞了那麼多事，全都是為了三千多萬而來的？」米凱達一臉震驚地問道。

東尼點點頭。「是啊，這全都是他佈的局。他之前雖然捲走了四百多萬元，但根本不夠他花啊！只好鋌而走險，回頭來打這筆三千多萬的主意。」

「那珍妮佛呢？有供出他的下落嗎？」

「她一開始就很爽快地願意用供出佛朗克的下落，來換取無罪釋放。後來檢察官只幫她安了個『偽造公文』的罪名，但佛朗克還是先一步得知風聲，跑得不見人影了。」東尼苦笑道。

「服了，東尼總經理，我服了。」米凱達像是有許多苦水要吐露，但隔了半晌，卻只能幽幽嘆服幾句，豎起大拇指朝他比了比。「我跟個睜眼瞎子一樣，這麼多明顯的事證擺在眼前，卻什麼都看不見。」

說罷，他俐落起身朝外走。東尼在後頭追加了一句：「那黑函上的事記得要處理啊，我等著你的報告呢！」

米凱達頭也不回，又再向後豎起大拇指，瀟灑地走出總經理大門。他已暗暗下定決心，一回到商品部就立即打一份辭職書寄出。屈居於之前手下的地位，或是能力輸給年輕人，對他來說也許難受但終會適應。只有發現自己因為利欲薰心而被蒙蔽時，才是最讓他感到羞辱挫敗的致命傷。

※※※

東尼目送米凱達的背影離去，心中也是思潮起伏。

「達達戰爭」使得自己獲利最大，這是他始料未及的。看看身上這襲精緻手工西服、寬闊華麗還附帶小浴室的個人辦公室、頂級堅實的胡桃木辦公桌、一疊如小山高等著他裁示的紅／藍／白皮公文等等……

這些東西能屬於自己多久呢？東尼看向窗外，出神地想著。

也許會將自己破格拉拔成總經理，不過是黎慕漢先生的權宜之計吧？就連他一開始聽到這樣的人事派令，也是嚇了一大跳。以三十出頭的年紀坐上這位置未免太早了些呢！

東尼當下的第一個念頭是：黎慕漢很可能是想將自己當刀使，除掉一些專權跋扈、不聽將令的資深主管，培養出一批聽話的中生代主力，最後再把普拉達扶正。

但，考慮這麼多又如何呢？不管別人存了多少私心，既然自己有機會坐上這位子，就該努力向前、全力以赴不是嗎？

東尼點開手機上的賭盤App，新的一輪賭局又開始了：「一年內米凱達幹掉東尼 -1.32」、「一年內普拉達幹掉東尼 -0.51」、「東尼穩坐大位超過一年 -1.88」、「X事件 -42」。

大家還真是「看好」自己呀！東尼再次搖頭苦笑。職場生涯總是有這些沒完沒了的小心計與人際戰爭來調劑，這不正就是上班族的永恆宿命嗎？

（全文完）

新創殺手事業群

距離那棟公寓大樓還有一個街口遠，開著黑色中古休旅車的阿隆打亮右轉方向燈，靠邊斜停在社區公園旁。之前他已經調查過，這區域剛好是兩邊監視器的死角，入夜後也沒什麼行人經過，是守株待兔的好地方。

阿隆將頭探出車窗外，謹慎地倒車微調一下，讓車頭對準了大樓前方的單行道，同時車身與馬路預留個三十度斜角。

雖然這車停得有些歪斜，但阿隆可不是隻剛拿到駕照的菜鳥。恰恰相反！他故意不把車身貼近牆邊，只為了稍後出勤時，能夠快上三秒鐘！

三秒鐘，足夠讓這台鋼鐵猛獸，從零加速到五十公里了。

這台車的外觀沒什麼整理，看起來就像是一輛偷兒也不屑一顧、頂上只差一塊「五萬元廉售」標價牌的待報廢車。不過，引擎蓋裡可是剛加裝上兩支如手臂粗的鋼樑，車頭前還銲上了全新的防撞鋼條、以及底盤強化套件……

「我告訴你，這已經不是休旅車了，請改叫它『小坦克』！別說跟一般小轎車對尬，就算你開這台去撞砂石車，包你一點事都沒有！」跟公司長期配合的修車廠老闆拍著胸膛保證道。

雖是賣家的廣告詞兒，卻也讓阿隆安心許多。他感覺自己像是駕馭一頭驃悍的鋼鐵猛獸，藉著夜色隱身在都市某個不起眼的角落，等待著「獵物」出現。

不，不該說「獵物」的。阿隆搖搖頭重新整理一次想法。憨面董事長有交代過，身為公司主管層級的人，不能再用以前那種草莽思維行事，就算是平常開會、聊天、思考甚至作夢，都要套用恰當的企業術語才行。在枝微末節處也能徹底實踐，才有資格叫真正的「產業升級」。

是的，不能叫「獵物」，要叫「商品」！阿隆好不容易從腦海裡抓到這個詞兒，喃喃地復誦幾次想要好好記牢。

接下來能做的事，也只有等待「商品」出現了。精確點說，應該是等著「商品」發現自己的「需求」進而被「製造」出來。

過了22分又35秒……

助手座上放了半瓶高粱酒與一包洋芋片。阿隆在黑暗中摸索著、拆開洋芋片的鋁箔包裝。從小學月考到公司面試，每次他心裡一緊張，就會忍不住想吃東西。嘴巴裡有個東西咀嚼著，總能讓他感到放鬆。

只不過，這牌子的洋芋片變得不耐吃。阿隆發現，超商的零食都在偷偷漲價，現在一包的價格，在五年前可以買上兩包了。更糟糕的是，每當他一拆開封口時，整個包裝就像被刺破的氣球，瞬間萎縮成原來的五分之一大小，恰是洋芋片們安身立命的空間，往往吃沒幾下就見底了。

不只洋芋片是這樣。阿隆轉開高粱酒蓋子，先灌了兩口潤潤喉。很明顯的，就連酒的味道也大不如前。

明明是「偷工減料」但也有個美化洋名，好像叫做「科西盪」來著的？阿隆思索了半天還是忘記這洋文該怎麼拼，只確認讀起來是這個音沒錯。

因為這詞兒的發音他太熟悉了，憨面董事長這大半年老愛掛在嘴邊「科西盪」、「科斯當」的洋文，意思好像是省成本還是減開銷之類的，反正就是花出去的錢少了，老闆能賺的錢自然就變多了。

這年頭科西邊就是王道！不管哪門子行業，從產品用料到員工薪水，每個老闆總是千方百計地「偷」個不亦樂乎，想多省點銀子放口袋。不然阿隆現在也不至於坐在這裡玩命了。

砰！

終於來了！

前方路口傳來讓人心臟一震的猛烈撞擊聲，裡頭還摻雜著讓人耳疼牙酸的尖利金屬撕裂聲！接著是重物摩擦馬路面、一路咔噹咔噹的翻滾聲，親眼目睹盛況的路人們，像是大合奏般一起尖聲驚叫起來。

夜空中，有一道人影被橫空撞飛起三層樓高，手腳扭曲得像個破布娃娃，在空中畫出一道低拋物線同時急速地翻滾幾圈，然後「啪！」地一聲，重重落在對街的人行道上。

一隻紅貴賓狂吠著逃離現場。

在人影騰空的那瞬間，一輛車頭凹陷、半邊擋風玻璃破碎的藍色福特車，在拋物線下方飛快地衝出巷口橫過大街，直到撞上對邊停放的轎車才止住勢頭。

劇烈的撞擊力道，讓鄰近停放的汽車警報器，全都饒有默契地「嗚嗚」亂響起來。

哦哦，現在還不是輕拍心臟來壓驚的時候，精彩的金屬交響樂還沒結束呢！有請壓軸巨星阿隆小坦克登場！

阿隆快速地發動休旅車引擎，然後抄起了助手座上的酒瓶，狠狠地大口灌下，接著轉動方向盤，對準了那輛福特車的駕駛座，將油門直踩到底，一百多公尺的距離順利加速到一百二十公里以上……

十二秒鐘後，阿隆身下這頭鋼鐵巨獸的腳步猛然停頓，然後像是電影慢動作特效般，上半部的擋風玻璃如蛛網一絲絲碎裂開來、引擎蓋在他的眼前逐吋逐分扭曲變形，混合機油滾水的大塊金屬朝內潰縮。一股巨大力量直想把阿隆往外扔，安全帶緊勒得他的肩頸一陣疼痛！

那該死的安全氣囊居然沒有爆開，他只能眼看著儀表板連同方向盤一起擠壓到他的胸口上，另一股回彈力道拉著他的額頭重重撞上擋風玻璃，瞬間綻放出一朵白亮繁複的幾何白花！

然後這時阿隆才感受到一陣像是無止盡的天旋地轉，窗外的景色全都扭曲在一起，像是坐雲霄飛車的感覺，自己的身體不斷上下擺動、五臟六腑震動移位，讓他直想張口嘔吐。

等到變成一團廢鐵的車身好不容易穩定下來，阿隆這才發覺自己頭下腳上地被卡在車內。從那碎裂花白的側窗玻璃朝外望去，外頭的光線好像正慢慢黯淡，景象如馬賽克特效般溶解開來……阿隆駭然發現，是自己的意識慢慢模糊了。

緊接著，這十年來大大小小、點點滴滴的事件，在他的腦海裡如走馬燈飛快掠過。像是在看一部快轉播放的ＤＶＤ影片，可是每個鏡頭、細節，卻又是無比地親切熟悉。一個個事件如漣漪般擴散，帶出更多讓他懷念眷戀的回憶。

強烈的醉意湧上腦部，那模糊的畫面突然又變得清晰。對了，想起來了！那好像是很多年很多年以前，某一個熱鬧、溫馨、快樂的夏日午後……

★人才，是企業最重要的資產

午後的陽光照耀在斗南鄉間的水田裡。成排如成人小腿高的青綠水稻，迎著夏風搖曳，空氣裡洋溢著讓人愉悅、舒散的泥土草腥味兒。一隻大黑狗慵懶地躲在鐵籠子裡，偶爾揮爪擺尾趕走討厭的蒼蠅。田地旁有幢三層樓高的磚造農舍，時不時地傳來陣陣笑語聲。

客廳裡，阿隆家的親朋好友圍坐在一起。地板上鋪了一大塊紅絨布，扇形排列了線裝書、爆米花、金元寶、算盤、筆墨、麥克風、木尺、銅錢、雞腿與摺扇等十樣東西。

阿隆媽抱著剛滿一歲的阿隆，站在紅布的尾端。身穿傳統長袍的主持人，看著祖先牌位前的香枝燒得差不多了，朝阿隆爸點頭示意，阿隆爸高舉著鈴鼓，用力敲了三響。阿隆媽把阿隆放上紅毯，拍著手鼓勵他往前爬行。

在親朋好友的鼓譟與導引下，阿隆搖搖擺擺地朝金元寶方向爬去，一臉好奇地抓起這金燦燦的玩意兒打量著。

主持人用台語喊道：「水啦！手拿兩隻金元寶，有吃有穿招財好！」

阿隆把金元寶湊近嘴邊，想嚐嚐咬起來的口感，但馬上給旁邊的大人們阻止了。阿隆覺得沒勁兒，扔下金元寶，轉朝散發奶油香味的爆米花爬去。

當他一把抓起爆米花，主持人又適時喊道：「來喔，阮男兒仔吃米香，將來處處都吃香！」

太容易到手的東西反讓人膩！阿隆又放開爆米花，呵呵笑著朝另一邊緩緩爬行。

主持人：「抓週抓三次，步步高升真袂壞！鄉親啊！咱的眼睛都放亮點，看看阮男兒仔將來靠什麼大富貴！」

誰知道阿隆一路往電視櫃方向爬，爬出了紅絨布外。親戚們哈哈大笑起來，阿隆媽一臉不好意思地想把他給抱回來，但是主持人伸手阻止了：

「唉呀，這時代變化實在太快，三百六十五行已經不夠阮男兒仔賺四海。咱就給他自由自在發展，看他以後是要選總統、當將軍還是上太空啦！」

在眾人的注目下，阿隆好不容易地爬到電視櫃旁，小手抓著櫃門，吃力地抬起上半身，然後一把抓了個大玩意兒下來。接著一屁股坐在地上，開心地把玩起來。

那是一台汽車造型的ＶＨＳ錄影帶捲帶機。

這台機器的主要用途，是在ＶＨＳ或Beta錄影帶看完後，如果想再重頭看起，就把磁帶放進捲帶機裡倒捲回去。不過讓阿隆感興趣的自然不是這功能，而是那流線精緻的車身造型。

他像是發現一個迷人有趣的玩具，在手上翻來覆去把玩。最後甚至無師自通地，將車子四輪著地後，在地板上來回挪移著。

小孩子抓週，抓到意料之外的東西，搞得大人們反而尷尬起來。但這點小變化還是難不倒主持人的。只見他哈哈一笑，豎起大拇指讚道：

「看看咱們的男兒仔，這叫啥米？這就叫做正港有前途！打破規矩勇往直前，一心一意堅持要成功，將來靠四輪車就能賺大錢。鄉親啊，啥米四輪車？不是開賓士就是坐寶馬，吃穿玩樂都不愁！認準阿隆大富貴的親戚朋友讚個聲，拍子給他用力催下去，好不好！」

圍觀的群眾們大力鼓掌，齊聲叫好！紛紛交頭接耳地稱讚起主持人的急智與口才。差不多也是入席時間了，在阿隆爸媽的招呼下，大家起身前往後進餐廳，準備大快朵頤。

只有暫時被忽略的阿隆，仍沉迷在新玩具的魅力下，來回推行著車子，彷彿已置身在車內馳騁，看著窗外模糊遠去的風景。

★立定志向，提早培養競爭力

阿隆在農舍前的曬穀埸騎著小三輪車。粗短的小腿飛快踩踏，歡快地沿著中央的稻穀繞圈圈，撲面而來的微風裡有股稻香味，他第一次感受到「自由奔放」的美好。

粗短的小腿變得瘦長，小腿肚也長出了結實的肌肉，一雙長筒白襪覆於其上，那是阿隆第一次踩著變速腳踏車，馳騁在馬路上的時候。沒有太多想法，他只趕著到學校。他第一次感受到「速度」的重要。

長筒白襪轉變成褲腳緊縮的卡其長褲。有著結實肌肉的小腿踩在野狼125的打檔桿上，後座還多了雙纖細修長、白裡透紅的小腿。他的腦袋裡充滿青春的悸動，只想趕快載著她奔向那處好風景。他第一次感受到車子帶來的「附加價值」。

記憶裡的故鄉，彷彿永遠都伴隨著無止盡的燦爛陽光。那個秋日午後，穿著高中制服的阿隆，騎著野狼125載著穿學生制服的王珍妮，在鄉間小路奔馳著，兩邊是一望無盡的金黃色稻浪。

迎著風奔馳的感覺真好，比待在那了無生趣的教室裡要強過千百倍！兩人沒戴安全帽，任憑呼嘯迎面的風吹亂他們的頭髮。王珍妮的雙手抓著機車座墊邊緣，她還不想像那些隔壁班的小太妹一樣，跟男生出來玩兩三次，就緊緊抱著前座的腰，像隻無尾熊似地。

王珍妮傾向前座，問：「他們為什麼都叫你阿隆啊？」

「蛤？」聲音被風吹散，阿隆沒聽清楚。

王珍妮右手捲成喇叭狀，對著阿隆耳邊再一次吼道：「我說，他們為什麼都叫你阿隆？你的名字又沒有『隆』這個字？」

阿隆無奈地笑了笑，沒有立即回話。五分鐘後，他騎到了他覺得是這個鄉野小鎮的最美角落：灌溉渠道的上游。停好野狼，兩人把鞋子脫了，把腳踝浸在清涼的流水中。後方堆攏的草跺堆裡，剛好是能遮陽的天然枕頭。

阿隆仰躺在地，王珍妮坐在一旁，兩人仰望著遠方藍天，靜靜享受這難得的午後時光。

沉默幾分鐘後，阿隆開口了：「妳剛不是問我為什麼叫阿隆？那原因真是笑死人了，妳一定不會相信。」

王珍妮饒富興味地瞧著他：「講嘛、講嘛！跟你有關的事，愈好笑愈好，我一定都要聽！」

阿隆做了個鬼臉，說道：「我小時候，大人安排我去抓週，我呢，放著滿地現成的東西不抓，偏偏爬呀爬地去電視機旁邊，抓了一台裕隆的玩具車，所以他們之後就阿隆、阿隆地叫上癮了。」

王珍妮哈哈大笑。

「是吧，這原因我真沒臉講，夠好笑的吧！」阿隆無奈地說。

「不，我想到一個更好笑的。」王珍妮俏皮地做足表情說：「要是那天電視旁邊擺的是牛車，那你就該叫『阿牛』對吧！」

阿隆也被逗樂了：「我家老頭說，我這輩子肯定跟車特別有緣，將來還說不定要靠車吃穿。我想以後要是給我的小孩抓週，至少放台法拉利嘛！改叫阿利、阿利的，多響亮啊！」

「你叫阿隆比較酷啦！叫阿利太娘娘腔，我就不敢跟你出來了。」王珍妮若有所思道：「喔，我想起來了，那些男生只會看什麼西洋電影還是美女雜誌，只有你特別喜歡看車子雜誌呢！等你以後有錢啊，說不定真的可以買法拉利了。」

阿隆一副自信的神氣。「會的，妳等著瞧！到時候我阿隆一定會開著法拉利，帶妳全世界走透透！」

這話說得多甜蜜呢！王珍妮輕笑著，也決定不去管制服髒不髒的問題，學著阿隆般仰躺下來。飽覽著前方田園景色，王珍妮注意到不遠處有顆鳳凰樹。

「阿隆。」

「嗯。」阿隆閉著眼睛應了聲。

王珍妮說道：「鳳凰花都掉得差不多了。」

阿隆半睜開眼睛，看見那顆孤伶伶的老鳳凰樹，只剩下十多朵凋零紅花高掛樹頭，更映襯出它原本該演繹的「別離」、「畢業」意味。

「你真的不考三專了嗎？」王珍妮又問。

阿隆哂道：「我又考不上，幹嘛考！我要去台北打拚，闖一番轟轟烈烈的事業。不然怎麼買法拉利？」

「喔？真好，我爸還是逼我要唸完商專。你不想留在家裡幫忙嗎？」

「啐！誰想留在這種鬼地方？」阿隆一臉不屑的模樣：「妳看，小時候抓個週的破事，傳到全村都知道了，連村長那個五歲孫子看到我，都朝我喊『抓車哥哥』，我可不想一輩子都當這種鄉下人！」

王珍妮瞧著他的側臉，一副欲言又止的模樣。

「怎麼啦？」阿隆問。

「台北的學校我也考不上。那……你覺得，我們以後還能常見面嗎？」

阿隆豪氣地笑著：「妳忍耐一下。我上台北後，一定能跟那些上班族一樣，很快就能買台車，可能還不是法拉利，但至少是裕隆的。到時候每個禮拜都可以回來，帶著妳去遊山玩水，怎樣？」

王珍妮笑了笑，沒說話。

兩人間又沉默了片刻。阿隆想起什麼似地，問道：「對了，妳會不會騎摩托車？」

王珍妮搖了搖頭。

「要不要騎騎看？我教妳！」

王珍妮看著眼前這台專務農事的老野狼，不敢置信地問：「不會吧，你要我騎這台？人家才不要咧！」

阿隆拉著她起身道：「拜託！如果妳是全校第一個會騎打檔車的女生，多酷！練到明年畢業典禮，妳就這樣載我去繞操場一圈，轟動全校好不好！」

「最好是啦！會先被教官抓去修理啦！」

兩人笑鬧一陣，最後王珍妮跨坐在野狼前座，阿隆從後面抓著龍頭跟離合器，野狼歪歪斜斜地上路，時不時地熄火、重發，伴隨著王珍妮幾聲尖叫。

燦爛陽光下，那段農村景色的回憶，顯得格外純真可愛。

★創業人生，熱情比啟動資金更重要

拿到高中畢業證書的那一天，仍然是豔陽高照的好天氣，阿隆的心頭也有一束不安分的火焰在躍動著。

有幾分期待、幾分刺激，也有滿滿說不上來的恐懼感。可是，今天就是計畫必須成真的那一天。他也確定，會是他人生里程碑中最值得紀念的一天！

家裡沒有大人。他載著王珍妮回家一趟，把制服給扔到垃圾桶，換上預先準備好的白色格子襯衫與黑色西裝褲——雖然自己偏瘦的體格讓襯衫看起來有些鬆垮，但鏡子裡看起來已然是副大人樣了。

接著他從床下拖出打包好的簡單行李，從客廳花瓶下偷走老爸的一疊私房錢，接著跨上野狼載著王珍妮直奔斗南火車站。

離開家門前，他不由自主地煞了車，轉頭再朝後方看了一眼：十八年來熟悉的晒穀場、水稻田、磚造房，還有那隻看門的大黑狗。雖然現在心裡對它們有著說不出來的厭惡，但他不確定，未來的某一天會不會又無比懷念？

甩甩頭、一咬牙，將雜念摒除在外；踩下打檔桿，催緊油門，往前方盡情奔馳！

兩人在火車站旁的那家老油飯店吃了午餐。王珍妮邊吃著，突然就啜泣起來。

「哭什麼啦！想我的時候，就打電話呀！」阿隆說道：「我一租好房子，就會趕快牽支電話，把號碼跟妳說的。」

「沒啦，人家羨慕你，為你高興嘛！」王珍妮抹去淚水，強顏歡笑著。

兩人沒再多說一句話。吃飽後，阿隆直接騎到火車站前。王珍妮挪到前座，把背上的背包遞給阿隆。

「你等一下幫我把車騎回家，鑰匙就從門縫底下塞進去。」

王珍妮猶疑不決地問：「你真的不打個電話跟你爸說一下嗎？」

阿隆一臉不耐煩回道：「別那麼婆婆媽媽的。好啦，妳騎回去吧！」

王珍妮似乎有話想說，吞吐道：「那……」

「那就莎喲娜啦！」阿隆背上背包，轉身揮手。

他面向著火車站，嘴角揚起一絲笑意。深吸一口氣，抬頭挺胸，大步邁向前去。但是沒跨出幾步，身後卻傳來掃興的喇叭聲。

王珍妮邊按著摩托車喇叭邊喊道：「阿隆，等一下嘛！人家還沒說完呢！」

剛剛營造出的遠征悲壯感，瞬間被破壞無遺了。阿隆沒好氣地轉過頭，走回幾步。「又怎麼啦？」

王珍妮泫然欲泣的模樣：「我有東西想給你。」

她遞過一張書局賣的那種古典卡片信封給他，封口處還貼了一張小叮噹貼紙。阿隆不耐煩地伸手接過，看也不看地塞入口袋。

「好啦，火車要開了，我先走，騎車小心點啦！」

他再次轉身，意氣風發地走進了火車站內。王珍妮欲言又止，只能默默目送阿隆的背影離去。直到阿隆上了火車，把背包放在行李架上，在座位上坐下後，長吐了一口氣，喜悅之情溢於言表。他覺得這時所有的事才算成了定局。現在看似無甚重要的一小步、卻是未來人生的一大步啊！

從火車窗外看去，斗南火車站的月台正慢慢朝後退，阿隆開心、好奇地看著這新鮮景色。突然間，王珍妮那單薄的身影出現在月台上，隔著一面面的窗戶搜索著阿隆。

阿隆下意識地蜷曲身體，縮在椅子內，並用外套蓋住上半身。王珍妮焦急地尋找著，從他座位窗外經過。火車速度愈來愈快，她的身影終於被拋在後頭成了一個模糊小點。

阿隆冷哼一聲，坐直了身體。忽然想起口袋內的信封，於是掏出來拆開。裡面有一張卡片，並夾了一張剪裁過的王珍妮照片。卡片上只寫了「勿忘我」三個大字，署名為「愛你的珍妮・92/6/23」。

阿隆把卡片隨意地塞進座位前的垃圾網袋內。他再凝視了一下照片，翻到後面，寫有一串電話號碼。阿隆來回翻看幾次，最後下定決心似地，把照片揉成一團，也一起塞進垃圾網袋。

阿隆若有所思地看向窗外。隨著火車韻律擺動，他沉沉睡去。他相信，等他醒來，有個不一樣的人生在等著他。他還年輕，只要肯拚，沒什麼做不到的！

★找尋志同道合的創業伙伴

復興號車廂內的廣播響起：「台北，台北站快到了。要下車的旅客請準備好隨身的行李。」阿隆驚醒過來。這時他才發現，已經是入夜時分，火車駛進地下道正減速停靠月台。他趕忙把行李架上的背包拿下。

下到月台，他朝左右張望幾眼。對眼前如夜市般洶湧的人潮感到頗為驚訝，在偌大的車站迷宮裡，他顯得有些徬徨。不過一步出台北車站，看著眼前陌生卻又期待的一切，深吸了一口大都會的空氣，他的表情卻顯得陶醉。

「台北，我的台北到了！」阿隆歡欣地傻笑。他抬頭看向對街高聳的新光大樓，城市的繽紛光影在他臉上不斷變換著。五十一層高樓每個窗戶都透出黃暈燈火，頂上還有神氣的探照燈，與街上的霓虹燈、數不盡的車燈交織成輝煌的夜景。

車站前的天橋上，來來往往的人潮，擁擠得讓阿隆邁不開步伐。為什麼每個人都像要去趕火車似地，洋溢著一種匆忙急促的氛圍？他其實沒幾分把握，自己能不能適應這座城市。

不過從今爾後，自己的生活完全由自己作主了。就像許多北上的打工仔一樣，阿隆也不免俗地站在車站天橋中央，看著夜台北的紙醉金迷暗暗發誓：

「頂多十年！我絕對會在這裡買房子、開好車，找個漂亮女人風光過一生！」

收拾心情，阿隆坐進一輛排班計程車的後座。車內正播放著張雨生的〈我的未來不是夢〉。他覺得很開心，這是切合心境的主題曲，絕對是個好兆頭。

司機看著後照鏡問：「帥哥，要去哪裡？」

阿隆回道：「隨便一家旅館，便宜的就好。」

司機楞了一下。「後站就很多啊！帥哥，你是第一次來台北玩呀？」

「我來台北做事的。」

「先跟你說一下，車站排班要多收五十塊，OK嗎？」

「好啦！」阿隆回道。

計程車往前開動，往前開沒幾百公尺，窗外就經過了好幾片旅館招牌。阿隆不禁有些懊惱，應該挑車站附近住，找工作時交通也比較方便。但轉念一想，過兩天就該去租間房子了，趁這機會逛逛台北也好。

司機跟他聊著：「帥哥，你從南部上來的啊？」

阿隆回道：「我從斗南來的，在雲林。」

司機面露喜色，從後視鏡中看了一下阿隆。「唉唷，小老弟，我們同鄉吶！我老家在小東那邊，你知道吧！」

阿隆興奮地說：「真的嗎？我住大東附近。」

司機道：「喔，我有個嬸婆還住在那邊。唉，好久沒回去看看囉！」

「大哥，你上來台北多久了？」

「十二、三年有囉！高中畢業就上來啦。」

「開計程車好賺嗎？」阿隆試探地問。

「唉，不好賺啦，一天跑十幾個小時，被車行抽得又多。要我說啊，最好還是去辦公大樓裡面吹冷氣、打電腦啦！那種做得爽、錢又多。怎麼，你還沒找到工作啊？」

阿隆聳肩道：「還沒啊。也是高中一畢業就上來，想說先打個工，慢慢再找工作。」

「唷，你跟我一樣，當年也是想都不想，一頭熱就跑上來，辛苦啊！你看，拚了十多年，就孤家寡人的加一台破車。你大哥我是負面教材啦，不要學我。哎，到了！」

計程車在萬華一間破舊旅社門口前停下。阿隆掏錢給司機，不過他把一張五十元退了回來，並附上自己的一張名片。名片上面的本名，不如後頭用括弧加註的綽號「憨面」來得醒目。

司機大方地說：「都是北上打拚的老鄉，排班費就不跟你收啦！」

阿隆喜道：「謝謝憨面大哥。」

「想去哪兒就給我打手機，我再算你便宜！」

「好，一定。」

下車前，憨面從座椅後袋隨手拿起幾本雜誌，一股腦兒塞給了阿隆。他看一下封面，全都是《天下》、《商業週刊》等這類管理雜誌。

「我跟你說，跟台北人比起來，我們這些南部小孩吃虧在什麼地方？情報啦！」憨面老成地說：「南部小孩還在打彈珠、玩泥巴的時候，北部的小孩都在看這種書了，難怪人家敲敲鍵盤就賺大錢，我們一天開了幾百公里還不夠吃三餐哩！所以，聽老哥的話，你一有空，就要多看這種書，懂嗎？」

阿隆苦笑點了點頭，拿了書下車，走進旅館。

當時，阿隆跟憨面都沒想到，在人海茫茫的台北市，彼此居然還會有見面的一天，而且攜手踏上轟轟烈烈的創業旅程。

★缺乏技術門檻的業務容易被取代

十一點整的免費停車場裡，介於上班尖峰與午休換班，正是最冷清的時刻。由於無人看守，這裡的機車停放也顯得很隨興，趕時間的騎士甚至大喇喇地就把車停在過道上。

阿隆沿著停放摩托車的過道緩步前行，裝作忘記自己把車停在哪兒的模樣、臉上擺出一副焦急的表情，雙眼則銳利地在車陣中梭巡著，尤其是每台摩托車的鎖孔……

賓果！

逛了十來分鐘，阿隆發現標的物了。一台光陽125cc的鎖孔上，還掛著一大把鑰匙串。幸運的是，這車況還頗新，應該不超出三年。

阿隆切換成如釋重負的表情。喜孜孜地轉動鑰匙、拿出置物箱的安全帽戴上、然後啟動機車，騎出停車場。這禮拜的三餐費用算是有著落啦！

這就是阿隆在台北的第一份職業。

北上第二天，阿隆「北伐」的雄心壯志很快被潑了冷水。光鮮亮麗的城市都有其缺點，而「高物價」肯定是最致命的一點，尤其是對阮囊羞澀的打工青年而言。

食衣住行都貴得嚇人！台北光一個速食店漢堡的價格，就抵得過雲林老家的二盒爌肉飯！沒有一技之長的阿隆，想光靠打零工討生活很不容易。北上半年後，阿隆就因為拖欠房租被趕出公寓，不得不露宿在公園。

但正如當年抓週的預示，也就是在他人生最困頓的時節，阿隆從「車子」找到了自己的獨家謀生之道。

他意外發現，艋舺夜市附近有個超大型露天停車場，每天有幾千輛次的摩托車出入，而且至少有一名糊塗車主會忘記拔鑰匙。

這幾乎是沒什麼技術門檻的打工方式，錢也來得輕鬆容易。免費停車場沒人管理，阿隆只要逛上一圈，找到一輛沒拔鑰匙的機車，然後將它騎到附近願意接手的車行去，就能依車況獲得二至五千元的酬勞。

假如每兩天打一次工，就算一輛只賣三千元，算算酬勞也有四萬五！那麼阿隆的收入馬上就直追「受薪族」了，就是他最羨慕的那種每天早上拿杯星巴克咖啡、拎著公事包趕打卡的貨色，甚至還不用繳所得稅！

每到中午，附近華西街店家就會放起那首〈我的未來不是夢〉，這十足唱出了阿隆的心聲。他邊哼著歌邊努力打拚了二年多。雖然每月收入起起伏伏，但總算有餘力匯點錢回老家了。

雖然阿隆盡可能小心，同一個停車場，在一週內絕不光顧第二次，但好景依然不長，很快地便栽了跟頭。

第三年起，台北城的大街小巷，開始裝起了監視系統。儘管單幹了這麼久，但阿隆缺乏標準化作業，於是被埋伏的警察給順藤摸瓜，連同贓車店通通送辦。

阿隆再一次地失去自由，但卻迎來了更多生平的「第一次」：第一次坐牢、第一次領教監獄生態、第一次在身上刺青、第一次升級自己的犯罪本領……

最讓他永生難忘的是，第一次發現在牢裡只要有錢什麼都能買！

所以他花上了幾週在牢裡打工的工資，跟牢友們湊了份子，吃到了生平第一個鼎泰豐小籠包。用幾片薑絲捲起那晶瑩透亮的包子，輕輕咬開外皮後流出的滿口湯汁，還有芳香四溢的豬肉餡與麵粉味，讓阿隆突然回味起當年剛抵達台北車站的心情……真他媽的爽！

那監獄位在台北城近郊，三坪大的空間塞了七個人。

阿隆進去蹲了四個多月，室友換了兩輪。第二輪中迎來了一位讓他在犯罪路上走得更長遠的良師益友……憨面！是的，就是當初他離開台北車站、搭上那台計程車的司機。

阿隆看到認識的「老鄉」驚喜萬分，不過憨面沒認出他，自我介紹時還說是從台東來的，等到之後聊上兩句，憨面才勉強有了印象。

「所以，你不是雲林人？」阿隆問道。

「開計程車時，跟客人拉近距離的話術啦！」憨面大方承認：「全台灣319個鄉鎮我都走跳過，說哪裡我都熟！假如客人覺得你是同鄉，就會比較照顧你的生意！然後第一次少收一點車資，他們以後就會一直打電話叫你的車啦！」

阿隆難掩臉上的失望神情。他當初自以為北上異鄉便碰到第一位同鄉的好運道，原來只不過是一嘴生意經罷了。

憨面的學歷也有造假，他其實是那間牢房裡唯一大學畢業的受刑人，說是因為開發「賣發票給別的公司少繳點稅」的新副業而進來的。憨面那張嘴很厲害，做人做事也真的夠周到，不管是否又是另一套「生意經」，舉目無親的阿隆，還是跟他結成了莫逆之交。

兩個多月後，阿隆的假釋申請通過了，而憨面至少還得在裡頭蹲個兩年半。出獄前一天，憨面對他說：

「阿隆啊，聽老哥一聲勸。你之前牽機車那活兒，沒什麼技術含量，風險又高，別再做了。去我介紹那車行，先開陣子計程車，熟悉一下台北市的路，以後一定用得著。」

有生以來，阿隆第一次感受到有人真心為自己著想，他頓時熱淚盈眶。

「大哥，我等你！」

「還有，以前跟你說的，有空就要多看書，尤其是商業管理方面的，懂嗎？也偶爾帶個小籠包來看老哥，平常多幫忙存點本錢。等我出去後，咱兄弟倆一起聯手，大・殺・四・方！」

憨面意味深長地說道。

★在日常生活裡留意新商機

不過阿隆的事業運總是夠背！他出獄那陣子，剛好趕上台海飛彈危機、股市大跌。偏偏每當台灣的景氣一差，台北路上的黃色計程車，也會跟著多了起來。

因此，儘管借了憨面的人脈，阿隆總算有個落腳處，也考上了營業執照，但靠行開計程車的收入不太理想。每天開著小黃繞行市區七八圈，大街小巷是混熟了，可每天頂多兩三千元入帳，扣掉油錢跟靠行費，月薪又回到當年剛北上的水平。

更糟的是，萬一路上給條子多開了幾張紅單，那個月馬上就被打成低收入戶了。

為了能吃上一趟火鍋、或是給車子來個大保養，阿隆偶爾還是得重操一下舊業。不過先前他從牢裡，學到了怎麼用網球開車鎖，以及用9V電池破壞行車電腦的技巧，所以再也不必去賺那幾千元的「低技術」牽摩托車活兒，而是一下躍升成萬元起跳的四輪房車業務員了。

阿隆總覺得憨面是做大事的人，可以投資一番，因此也沒忘了小籠包的事情。他還特地跑去那間名店，跟著一群日本、香港觀光客排了一個小時的隊，總算買到了那在獄中可賣到一籠一千元的小籠包。但阿隆吃上一口，卻不復當時那讓人難忘的美味。

也許這樣的美食，得坐在圍欄裡享用才顯得特別好吃吧！阿隆心想著。他沒打算再吃第二個，權充是留給牢獄之災的紀念吧！

阿隆每個月都會去排一個小時的隊，拿著小籠包去探望憨面一次。而憨面也常會交代要順便帶上幾本當期最新的商業管理雜誌。

「有空要多看書啊！」憨面總會揚著那些花花綠綠的雜誌對阿隆這麼說。

但阿隆只能苦笑以對。他有試著強迫自己翻看幾次那些雜誌，但五分鐘後總是敗給了瞌睡蟲。念過大學的憨面老大果然就是不一樣。要是自己能搞懂那些五四三的企業經營術語，他幹嘛還開計程車呀？

靠行第六個月出事了！

某日凌晨四點多，通宵跑車的阿隆，在東區停等紅燈時，給一輛酒駕的法拉利從後撞上。

所幸阿隆跟乘客只受了點皮肉傷，不過旁邊的機車騎士就沒這麼幸運，整個人被壓在翻覆的法拉利下，還沒熬到救護車抵達就一命嗚呼。

警察到場後，先是量測、拍照，然後又對法拉利司機進行酒測。

那司機是個大學念了八年仍沒畢業的富二代。面對酒測儀裝瘋賣傻地，又是假吹氣又討大量開水喝，交好的市議員也到場關切。折騰了一個多小時才終於完成酒測。

根據當年道路交通處罰條例第35條，在這城市裡，假如有誰開車在路上被攔下酒測，每公升呼氣裡含0.25毫克酒精，就會吃上一萬五～十五萬的罰單。而如果酒精濃度超過0.55毫克，就會以公共危險罪移送，並吊銷駕照。

而這敗家子酒測值竟高達0.85毫克！且根據現場初步勘查，肇事責任完全在他身上，酒駕兼超速是車禍主因。

警員低聲對阿隆打趣道：「法拉利小子有得賠了，這次賺到了哦！」又看向那倒楣的機車騎士低聲說：「一千萬的棺材，你也算是不枉此生！」

阿隆突然有種時來運轉的感覺：

他看著那滿臉不在乎的富家子，也許這次可以好好敲個幾百萬，讓自己過上好日子！看看那副含著金湯匙出生的討厭嘴臉，跟他分明是兩個世界的人。趁這次好好地去吃幾年牢飯，反省反省吧！

可惜的是，這個世界的實際運作法則，總與阿隆的美好憧憬大相逕庭。

折騰了又快半年，離憨面出獄只剩下三個多月，阿隆去探望他，順便大吐苦水：

「咦？不是說你跟對方求償三百萬，車行也要對方賠償損失？」聽了阿隆的訴苦，憨面驚訝地問道：「那小子開得起法拉利，家裡應該挺有錢、賠得起吧？」

「那小子家裡是挺有錢的，可那小子名下沒財產啊！」阿隆愁眉苦臉道：「他家裡開地下錢莊的，名下房地產就有兩百多筆，每個月躺著收租金就有七、八百萬了。」

「怎麼，他老頭不肯幫兒子出面解決？那就抓去關好啦！」

「假如真的能抓去關就好了。」阿隆忿忿不平地罵道。「他的案子都跑到三審了，我也跑法院不知道多少次。本來一審判兩年、二審判一年二個月，三審竟然說初犯可以緩刑。結果那個小子一毛錢都不出、也不必關，最近還買了一台藍寶堅尼在街上逍遙呢！」

縱是見多識廣的憨面也不禁愣住。「有這種事？在台北喝酒撞死人，結果不用賠也不必關？他家塞多少錢給法官？」

阿隆雙手一攤。「聽說還不用塞錢！那邊家屬請的辯護律師有跟我們說，本來這種酒駕致死都是輕判居多，很少會判超過兩年的。了不起關個半年多就假釋，但大部分初犯都是緩刑。而且啊，幾乎每個撞死人的肇事者在進去蹲之前都會先脫產，就算一毛都不賠，別人也拿他沒奈何。大哥，你說氣不氣人！」

本來他預期憨面會站在他這一邊，罵幾句為富不仁、仗勢欺人之類的，可是並沒有。出乎意料地，他竟然還兩眼發光，想起了什麼有趣事情似地。

「大哥，你在想什麼？」阿隆好奇問道。

「……是啊，那些只會看法條判案的法官，根本就不覺得酒駕殺人是謀殺，頂多是過失而已嘛！」憨面一拍大腿，道：「你這麼說我才想起來。你看啊，來來去去這麼多獄友，有殺人的、偷竊的、偽造公文的、甚至還有隨地便溺的，但還沒有看過有誰是因為喝酒開車撞人進來的，對吧！」

「所以，大哥，你覺得……這很不公平？」阿隆的腦子跟不上憨面的商業化腳步，還以為他是在幫自己出頭。

「錯！不是不公平，是有商機！我看到怎麼賺大錢了！」彷彿有一股靈光在憨面腦海中閃現，他的臉上洋溢著耀眼光彩。

★創業藍海策略：殺手經濟學1

因為遲遲沒獲得賠償，車行遷怒到阿隆頭上，故意給他車況較差的計程車，這使得原本就不好的生意，更是雪上加霜。就這麼苦撐待變地，撐到憨面老大重獲自由那天，阿隆滿心以為要時來運轉了。

憨面出獄隔天，便找阿隆到熱炒店，邊大啖酒菜邊共商在獄中「規畫多月」的創業大計。想到可以跟憨面老大並肩作戰、橫掃商場，阿隆也興奮地摩拳擦掌起來。

菜過三巡、酒酣耳熱，阿隆殷勤地招呼著憨面，憨面老大也心情大好地，將自己的「全新商業模式」毫不藏私地全盤托出。但大略聽完後，差點沒讓阿隆當場將口中的啤酒全嗆出來！

假如把一堆商業術語給拿掉，說穿了，憨面的創業計畫就是開家「殺手公司」。但殺手使用的武器，是「蓄意酒駕」，也就是故意喝了酒後開車去撞人！

阿隆可納悶了：台北市有那麼多營生不做，正流行的電話詐騙或老鼠會還有點搞頭，幹嘛偏偏跑去當玩命的殺手呢？

好吧，退一步想，就算當殺手也罷，卻不帶隻白鴿耍刀動槍的，竟要假裝喝酒開車去撞是哪招？也許啦，這樣更是噱頭與創意十足，但肯定會被同行笑掉大牙吧！

——實在搞不懂，憨面老大自稱這石破天驚的創業計畫，賣點在哪裡？

阿隆低頭喝著悶酒，一邊跟憨面隨口打哈哈、一邊尋思著該不該繼續去丟履歷？或許可以學個電腦，試試看最近廣告打很大的網路人力銀行？

「三八兄弟，我在跟你講未來，我們的發展大計耶！你是在發什麼呆啦？」憨面一巴掌打在阿隆背後。

「沒啦，老大。只是喔……」阿隆囁嚅道：「我是想說做個正當生意啦，不一定要馬上賺大錢，慢慢來比較實在……」

「阿隆，我告訴你。你去做那些猴子都能做的事，就只能窮忙而已，愈忙愈窮，懂嗎？別說什麼慢慢賺，連賺基本吃穿的都愈來愈難了！」憨面中氣十足地打斷他：「最近做生意的都在講藍海策略，你有沒有聽過？」

阿隆怯生生地問：「沒啊，是跑船的意思嗎？」

憨面嘆了口氣。「阿隆，藍海策略就是要做人家沒做的事，沒人跟你競爭，你自然就會大賺。你別小看老子想出來的這個創新服務會害你去關。你放千百個心，要撞車不是你去撞車、要去關也輪不到你去關。你不要想太多，來，我算算投資報酬率給你聽……」

在憨面賣弄一輪商業管理術語後，不知怎麼，阿隆反而開始有點信心了。再敬了憨面一杯後，開始認真聽他上課。

憨面用筷子夾起一個空的燒酒螺殼。「哪，你看好，這樣一顆代表十萬元。」

「現在想要幹掉一個人，一般都會弄把槍吧！一把菲律賓的左輪雖然最便宜，但之後怕被條子找去比對彈道，所以只能用一次而已……」

憨面拿起兩個燒酒螺殼擺在桌上，代表二十萬。

「還有啊，你要雇用未成年的本土小弟還是大圈仔來幹？本土小弟坐個幾年牢，七八十萬安家費跑不掉；大圈仔要看對象多難殺，一般也是三十到六十萬，偷渡費用另計喔！還要加上交通工具、打點黑白兩道有的沒的……」

邊說著，憨面又再加上六個燒酒螺殼。「看到沒，在台北用槍殺個人的成本，至少就要這麼多。但開公司又不是做公益的，得有點利潤吧？所以……」

憨面總共擺出了十五個燒酒螺殼，象徵一百五十萬元的大場面。

「你跟客戶至少得收個這麼多才有賺頭。好啦，萬一運氣不好，這些人被抓，八成會把你供出來吃牢飯，那就是絕對蝕本、公司倒閉的下場！」憨面雙手一攤，說道：「阿隆你看，像電影裡的小馬哥那樣，拿著雙槍是很帥啦，但生意就只能做那麼一次。賠本的生意沒人做，你懂嗎？」

阿隆點點頭。

憨面話鋒一轉，道：「嘿，可是兄弟你注意啦，假如我們用個創新思維，那生意是不是就可以做起來了呢？」憨面在桌上另外擺下一顆螺殼：「上工的武器，只要一輛二手事故車就行，十萬元已經可以買上三台了。」

「可開車的人難找吧！萬一酒駕被抓，關在牢裡幾年的，安家費也少不了啊？」阿隆好奇地問道。

「嘿嘿，這就是重點了。咱們最大的成本，就是花在酒駕者的酬勞上。你自己也清楚嘛！雖然酒駕撞死人看似很嚴重，只要你沒有前科，法院都會叫你跟對方和解，然後頂多關幾個月甚至緩刑就行……」

阿隆渾身一震！沒錯，就是這樣！他自己也是苦主之一，再清楚不過了。橫豎另一個被壓在法拉利下的苦主已上天堂，就算不甘心也無從計較起。

「我上次聽了你說的，就在牢裡偷偷問過了幾個有意願的人，他們說要是缺錢的話，這種價碼就可以接受。」憨面接著排出三顆螺殼，但最後一顆打橫表示折半。換句話說，開出二十五萬就有人願意賣命了。

「老大，要是對方想要個修車費，還是死者家屬討和解金，該怎麼辦？」阿隆問。

「你傻啊，還真的給？我們又不是來做功德的！」憨面哈哈大笑。「他們想求償，那就來個脫產，讓他們一毛都要不到！會被終身吊銷駕照？怕啥，照樣開車上路，就算運氣不好被抓，頂多只要一萬二罰款就打發。」

「不對啊，老大。」阿隆想了會兒，反駁道：「你看像那些黑道大哥或立委議員的，人家出入都有高級車，旁邊有隨扈或小弟，你開台破車還故意喝酒去撞，怎可能會撞得到？」

「唉呀，三八兄弟。」憨面大笑：「你聽過分眾策略沒？」

「……是類似什麼電影分級，限制級普通級之類的嗎？」

「之前給你的那些雜誌究竟有沒有在看啊！」憨面沒好氣地說道：「分眾策略簡單說就是什麼人玩什麼鳥！你說那些有車有小弟的大人物，難度很高的，就留給那些一百五十萬的殺手去殺嘛！那我們這種小生意，就是要面向小老百姓，只要負擔得起一台國產車的價格，就可以把一個人幹掉。這麼便宜的服務，正常人都會想要體驗一下吧！」

★創業藍海策略：殺手經濟學2

依然一頭霧水的阿隆，又再讓憨面花了一番力氣「補課」後，才總算把這套創業的藍海策略給徹底搞懂。

比起拿槍動刀的傳統刺客來說，酒駕殺手的成本相對便宜。一台可以開到時速一百公里的國產二手車，三萬有找！接下來的成本就全花在酒駕者的酬勞上。如果刻意找無前科的刺客來做，頂多關幾個月甚至緩刑就行，所以開出二十五萬就有人願意賣命了。

最重要的是，這不能完全算是非法生意。因為酒駕殺手會乖乖地去擔負所有刑事責任：拿槍殺人本來要償命的，只是凶器改成了喝酒開車、適用法條從謀殺變成過失致死，所以就能換到輕判甚至緩刑！

至於善後成本嗎？塞個萬把元的奠儀裝個懺悔的樣子還能接受，但若是賠償金還是照顧幼子上大學啥的，那是完全沒有的。

憨面說，這種創業模式的最大隱形股東，其實是政府跟法院。既然連他們也願意撐腰，那咱們甚至連找律師或議員出頭的「保險費」都可以省了。

「沒鑽漏洞喔！這是踏踏實實的做生意，我可都研究過了！」憨面哈哈大笑。不只這樣，他連促銷口號都想好了：只要四十九萬九，什麼煩惱都沒有！而且要是現金不夠的話，也可以考慮跟地下錢莊、手機通訊行來個「異業結盟」，提高週邊獲利。

憨面的新創事業課程告一段落，阿隆看著桌上新排列出來的三顆半螺殼，立即在心中默默盤算了一回。

每次出業務的開銷，是一輛三萬三千元的二手車與二十五萬元的外包商費用，那假如照四十九萬九來促銷的話，每完成一件案子，公司可淨賺二十一萬六千元。

假如對方還會用上低利貸款或洗手機等附加服務，那麼公司淨利甚至可達二十四萬元！憨面打包票說，這種獲利能力很驚人，甚至比鴻海集團還強上十倍！

難怪憨面決定要取名叫「全民公司」！這下子阿隆總算開竅了。

小老百姓根本請不起要價高昂的專業殺手，但如果聘殺手的價格，可以低廉到跟國產車一樣，讓每個人都有能力負擔，那麼小老百姓們在碰上麻煩時，自然就會把它列為解決方案之一。

「看來是有搞頭啦……不過，這種生意要殺人，挺傷天害理的……」阿隆猶豫著。

憨面一副恨鐵不成鋼的表情，正色說道：「富貴險中求啊，老弟！你都二十多歲了，大好青春啊，難道想開計程車一輩子？這樣要怎麼買樓買車娶東歐新娘？還有啊，我找你合夥開公司，是信得過你，當然不會叫你專門去開車撞人的嘛！你幫我看頭看尾打理雜事，賺得還比以前多，你說這是不是好工作？」

阿隆苦著臉說：「大哥，我當初是想來台北多賺點錢，好好享受一番也讓人看得起。下火車的第一天，我在台北車站前的天橋發過誓……但我沒想過是用這種方式……」

「呔，老弟你也拜託一下，那老天橋都拆啦！時代都在變了，你的腦袋也要跟著變啊！大哥不是貶低你，想想自己這樣的出身，學歷不好又被關過，你還以為這年頭，真的可以從送米小弟變集團總裁？」

在酒精的催化與憨面的強力遊說下，阿隆沒再猶豫多久，很快地就被打動了。畢竟這是他最接近坐辦公桌的機會啊！而且還能入股當半個老闆，這以前可是連作夢都不敢想！

兩人又再喝過一輪，憨面甚至靈感一來、補足了一些「營運項目」，說得有聲有色。隨著醉意上湧，阿隆「啪」地一聲，雙手撐在桌上，真心誠意地向憨面一鞠躬，額頭都貼上桌面了：「憨面大哥，小弟就認準你這位大哥，誓死追隨你，以後請多多照顧！」

「好！就是這股幹勁！」憨面欣慰地一拍雙掌，幫阿隆再滿滿地斟上一杯啤酒。「那咱兄弟倆一起……」憨面把桌上的燒酒螺殼全掃落地面，豪氣干雲地大笑著：

「通殺！」

兩人痛快地乾了好幾杯。

那個晚上，為了把憨面送回家，阿隆頭一遭酒後開計程車上路。到了憨面家樓下，大嫂迎了出來，幫忙把酩酊大醉的憨面給扶上樓，接著大嫂還親切地送他到樓下。

看著後視鏡逐漸遠去、有個可以擋風遮雨的「家」，阿隆突然羨慕起來。生命中碰到憨面這個貴人了，他總算看見一絲成家立業的可能性。

不管這門生意是藍海或紅海，只要跟車子扯上關係，阿隆總是信心滿滿，這就是他這輩子的錢海！

★SOP是公司的核心價值

確認了商業策略後，接下來就是籌備公司的事了。不過憨面說，根據他的看法，確立公司的「核心價值」是首要之務。

「阿隆，我問你，什麼是全民公司的核心價值？」

幾天後，阿隆把計程車開到憨面附近的便利商店，跟他共商大計。兩人邊喝著罐頭啤酒邊聊著。雖然阿隆有熬夜看了兩本憨面的指定教材，但是一被考問起來還是不大靈光：

「核心價值是指一個企業的最基本和持久的信念、長久不變的東西，也是企業賴以生存和發展的根本原因。」阿隆先背出名詞的定義後，接著挖空心思想著：「至於我們公司的核心價值嘛……不就是憨面老大你嗎？」

「不對！」憨面是嚴格的老師，板著臉要阿隆再想想。

阿隆苦惱地抱著頭：「是創新服務？是經濟模式？還是有利於我們的酒駕法規？」

「都不對！這些人家都可以輕易複製，怎麼能算是核心價值？」憨面敲了一下阿隆的頭：「是SOP！SOP！這才是我們應該努力先建立起來的，讓別人就算想學我們，也都趕不過我們的門檻！」

SOP？26個英文字母都背不齊的阿隆，搜索枯腸半天，好不容易從死記硬背的詞彙裡找到解釋：「標準作業程序！」

「你以為喝了酒開車去撞人很簡單嗎？不是嘛，考慮到的事情還很多呢！比方什麼車型最容易撞到人？時速多少才能把人撞死而不是撞殘廢？假如對方騎摩托車，你要從什麼角度撞下去最有效？這些都是學問，是學問！書本上找不到的！我們必須花時間去驗證才行。而這些日積月累下來的技術，才是我們的真正價值啊！」憨面循循善誘道。

阿隆似懂非懂地點點頭。但才剛被考完「英文」後，接下來好像又要進入「物理實驗」階段了，這讓他開始頭痛起來。不過這方面他倒是認同憨面的座右銘：吃喝玩樂讓你開心，但只有痛苦會讓你成長！

雖然「酒駕肇事」天天都在馬路上隨機發生，但若要精確控制來撞擊特定目標，就很有些技術含量了。在憨面的指示下，阿隆把跑車兩年存的二十多萬元拿出來，加上憨面大嫂給的十五萬，用來作為創業基金。

為了要製作SOP，阿隆跑去買了一個做撞擊測試的假人，以及簡單的測速器材。憨面則是聯絡到開汽車維修廠的牢友，買了台車齡二十年的泡水本田車，藉此也觀察對方有無可能作為日後長期合作的「設備供應商」。

接下來的一個多禮拜，憨面跟阿隆就是在市郊的基隆河畔，反覆地進行各式各樣的「撞擊測試」。憨面讓阿隆來當試車員，因為他覺得日後也許有人員訓練的需求。

「接下來測試一九九二年款福斯POLO，時速四十五公里，角度三十度，衝撞路邊身高一八零、體重七十五公斤的行人。」憨面看著測試欄位，對阿隆喊道。

阿隆先對照福斯POLO的車重資料，然後拿起一旁的舊啞鈴，依照所需的重量逐一放進本田車的引擎蓋、後座與後車廂。接著把假人的胸口貼上衝擊指示貼紙，用三腳架立在車前五十公尺處。

阿隆鑽進駕駛座，對準地上預先畫好的三十度角度線，踩緊油門往前加速，精準地在四十五公里時攔腰撞上了假人。假人頭部撞上擋風玻璃，為已經花白的視線再錦上添花，其身軀隨之彈開朝半空翻飛兩圈，重重落到地上。

阿隆停下車，跑到假人旁邊查看貼紙讀數，向憨面大聲地回報「75 G」！

「瞬間G力75 G？……嘖嘖，這穩死的嘛！」憨面滿意地點點頭，在表格上填進數值後，接著又向阿隆指示：「條件不變，把角度加到四十五度，再測試一次！」

……

……

沒有任何超級電腦還是高科技儀器的幫忙，兩人就這麼土法煉鋼地，一次又一次地反覆實驗，製作公司出勤時的標準流程。他們發現，什麼情境下用什麼車，這是門學問，而怎麼精確地將目標撞到當場不治，那絕對是門藝術！

比方說，如果想從後方用兩千ＣＣ的國產車衝撞一位體重七十公斤的目標，那麼以「時速五十公里、駕駛座夾角四十度以內」的方式撞擊會最有效率，這時目標會如斷線風箏般飛出五公尺外落地，因大量內出血使得致死率達95％以上。

此外，出勤前的前置作業，也遠比想像中還要繁雜得多。比方車子何時過戶、目標作息怎麼調查、何時灌下多少毫升的酒才能達標……等等，憨面的記錄表格上，密密麻麻地寫了一大堆數據。

「我們再幫未來的『承包商』做個測試吧！」兩人做完一堆實驗、回頭檢驗數據後，憨面建議再追加一項：「我想知道在綁安全帶的情況下，時速提高到多少，車裡沒綁安全帶的人就必死無疑？」……

★不變的行銷真理：打中顧客的需求

阿隆來台北的第七年，也是跟憨面合夥的「全民諮詢有限公司」開張元年。

憨面在萬華老社區內的某棟三樓，租了間公寓當作營運處，並特意花錢做了張壓克力招牌掛著。當然他們並沒有去經濟部做公司登記，反正上門來的顧客應該不會在意有沒有發票可報銷。

兩人去資源回收站找來一套辦公桌椅、一組沙發跟一台快報廢的電腦，然後再各自從家裡拖了些書櫃、杯碗、盆栽，還有一幅讓人摸不著頭緒但色彩繽紛的抽象畫，東擺西弄地勉強有個辦公室的樣子了。

至於組織架構倒是很簡單：憨面是董事長，管人管帳管行政，拉業務與招募「承包商」，再想些行銷配套方案；而阿隆則掛上總經理頭銜，打雜打掃打電話，做些技術指導與行動規劃，再弄些教育訓練。

這門獨家生意得靠顧客的「好口碑」才能營運昌隆，不過開張初期，還沒有足夠的業績可以拿來當宣傳資本，所以憨面決定用時下流行的網路行銷來打頭陣。

他以「用最徹底的方式解決你最大的困擾！」這曖昧標題寫了一份文案，讓阿隆到處寄發垃圾電子郵件，或是去找熱門的討論區，在裡頭拚命張貼這些垃圾訊息。

初期公司的營業策略當然是來者不拒，不管什麼疑難雜症都可以來好好「諮商」一下。所謂「事在人為」，客戶們的很多煩惱多半是因為「其他人」而惹出來的，至於處理「人」的問題，那絕對就是「全民諮詢有限公司」的最強專業所在了。

為了降低客戶疑慮、並提高專案說服力，憨面還別出心裁地製作了一份圖文並茂的簡報，然後模仿行銷大才蘋果「賈伯斯」的風格，用平實誠懇的口氣讓客戶了解「這麼好的產品」。

憨面打算簡報最後來上一句：「……還有一件事！為了擴大業務，我們本週推出了『四十九萬九，煩惱都沒有』的促銷專案，您立即簽約就能立即享有頂級服務！」

如果客戶一時籌不出這麼多錢，也可以透過信用卡、低利率十二期貸款或是申辦多家手機合約來抵付。憨面已經找到從事地下錢莊的好友進行業務合作，連拆分比例都談好了。

萬事具備，只欠顧客！

阿隆還記得，公司開張的第三週，才迎來了第一位上門的客戶。那位客戶大概也猜得到公司玩什麼把戲，所以故意遮遮掩掩地、盡量避免以真面目示人，也不肯說出真實身份。

當然，這一切自然都在意料之中，「注重客戶隱私、保密防諜至上」是公司第一宗旨！看到首位上門的貴客，兩人不敢怠慢，阿隆忙套上一件西裝外套，用茶包快速沖泡奉茶，然後抄起紙筆專注地坐在一旁，記錄著憨面與對方的專業諮詢。

「這些都不必看了。」貴客打斷憨面的簡報流程，開門見山地說：「我知道你們能幫我做到什麼，可是我不想知道你們怎麼做的，只要做得漂亮、不讓我惹到麻煩就好！」

這是個明白人！憨面與阿隆互看一眼，知機地說道：「您是專業人士，我們就愛跟專業人士做生意。我們新開幕，推出專案價四十九萬九，我們非常推薦您選用本服務！不必擔心現金不夠，我們有配套措施讓您安心無負擔。」

貴客隨意擺擺手，然後從皮包裡掏出一張照片與一張名片。「搞定他，我相信你們的專業，嗯？」

「沒問題。」兩人開心地猛點頭。

「盡量這兩週內要搞定，不能拖過下個月，不然我可不買單。」貴客加強語氣道。按照憨面的要求，他先付了一半訂金，等事成後再匯入剩餘款項。

當貴客掏出一疊鈔票擱在桌上，憨面跟阿隆都不動聲色，但心裡都樂翻天了！這可是創業以來的第一筆收入呀！等到貴客離開後，阿隆甚至開心得當場手舞足蹈起來。

憨面拍了一下他的頭，沒好氣地看著他：「喂，才二十幾萬就樂成這樣，什麼格局呀！打起精神，快去辦事吧！全民諮詢有限公司的第一張單子，千萬不能搞砸！」

★不計代價做好第一筆生意，以提振公司士氣

好不容易接到生平第一筆生意後，憨面跟阿隆立即按照SOP，各自分頭去辦事。憨面去找合適的出勤車輛，並透過之前安排好的獄友聯絡網，物色一位需錢孔急的「承包商」。阿隆則負責去踩線，觀察「商品」的生活狀態，決定最佳的出勤路線與時機。這時具有「城市保護色」的計程車司機身份，就顯得格外好用。

兩人直忙到晚上十點多，好不容易搞定一切，回到公司碰頭。

阿隆累癱在沙發上。他拍了多張目標人物照片，剛剛才從沖印館拿回來，散落在桌面上。

憨面逐一檢視各張照片。那傢伙大概四十出頭，穿著黑色西裝、提著一只名牌包，看似典型的菁英上班族。他今天是開著奧迪A3上班的，車子停在公司地下室停車場，下班後先開去南京東路上的連鎖健身房，一個半小時後再開回位於六張犁附近的公寓。

「你覺得在哪兒出勤比較好？他回家路上嗎？」憨面摩娑著下巴問。

桌上有張「商品」正隔著玻璃窗踩飛輪的照片，阿隆朝它一比道：「不，我會選在健身房附近。他家公寓一樣有地下室機械車位，一路開進停車場，沒有下手的機會。」

「你的意思是，等他把車停好，趁著他步行到健身房的這段路上嗎？」

「只能這樣了。除非你打算選在地下停車場內動手。」

憨面看著附近的人行道照片沉吟著。因為他曾經帶老婆到那一帶吃飯，知道即使晚上八、九點，人行道上的路人也不少，萬一跟美軍一樣到處製造更多「間接傷害」就不好收拾。他可不希

望接完第一單生意還得忙著搞危機處理。

「你那邊的事情都弄得怎樣？還順利吧？」阿隆問。

「成，成。有找到合適的車了。我跟老闆說，不殺價，但幫我做點強固工作。然後也找到綠哥想接這單了，你應該還有印象吧？」

綠哥？阿隆想起來了，是因為抓到老婆跟自己的乾弟弟通姦，氣得跑去廚房拿出菜刀要剁了兩人，但在對方聯手反擊下，綠哥雖然砍傷兩人，但也被扔出四樓窗外，身受重傷之餘還吃上了「殺人未遂」官司。

後來綠哥在牢裡竟鬪得比玩弄嫂子的弟弟還久！而且老婆還故意跟著弟弟來探他的監，因此贏得了這個原意為「綠帽當頭的哥哥」名號。

「我前兩天跟綠哥談到咱公司的服務，他眼睛都亮起來了！」憨面補充道：「綠哥還在有一頓沒一頓地打零工。他說想快點弄一筆錢，來選購本公司推出的促銷方案，除掉那對姦夫淫婦。他還問說如果到時這案讓他承包的話，能不能再打個對折？」

阿隆傻眼地看著憨面，接著兩人不由自主地哈哈大笑起來。是啊，人生裡爭得你死我活的恩怨情仇，有時候旁人看起來就是覺得十分搞笑。

兩人再討論了一下行動細節後，就各自回家養精蓄銳去了。

隔天下午，綠哥先到公司簽了幾份承攬意願書、合作同意書、保密切結書，辦好車輛過戶手續，然後阿隆帶他到河濱地實施業務訓練。憨面也從旁觀察，藉此修正一下ＳＯＰ不足之處。

七點過後，阿隆開著計程車跟蹤「商品」，確認對方今天仍上健身房，便立刻打電話給憨面、綠哥前往指定地點碰頭。

按照計畫，阿隆將計程車故意停到人行道上，逼得行人只好繞道馬路邊走。不過台北的路邊違停也是常態了，總會有其他車輛停在紅線上甚至並排，因此行人們往往走沒幾步，就得外偏到慢車道上與機車爭道，這樣一來就可以給綠哥製造下手機會了。

憨面跟阿隆坐在公車站的候車椅，透過一次性手機，向坐在對街車內的綠哥發號施令：「綠哥，看到你右手邊健身中心沒？靠人行道落地窗邊踩飛輪那排，左邊數來第四個就是目標人物了。」

「嗯，看到了。」綠哥梭巡一陣後，把看到的人物外貌特徵複述一遍，確認「商品」無誤。憨面注意到綠哥的語氣中透露著緊張。「綠哥，你先喝兩口高粱放鬆點。等我們叫你大口喝的時候，你再一口氣全喝掉，了解嗎？」

阿隆已在綠哥那輛車內的助手座上放了半瓶高粱酒。喝酒的最佳時機，也是他們多次測試後的最佳SOP流程：不能太早喝，不然要是真的喝醉，應變能力下降，反而撞不到「商品」；也不能選在撞擊後喝，因為之後變數太多，要是酒瓶碎了、或是抽不出手去喝、甚至給其他人當場目擊，都會啟人疑竇。

只要在動手前三分鐘內大口喝掉半瓶58度高粱酒，除了可以保持清醒的意識完成任務外，不管承包商的體重多少，酒測值絕對都能突破0.5毫克以上，達到「爛醉上路」的標準。

一定要喝酒嗎？憨面也深入研究過，「酒駕致死」跟「過失致死」在法律責任上都是用同樣法條，但對公司所承擔的風險來說，卻是天差地別。

基本上只要是酒駕撞死人，警方就會直接按照酒駕處理程序來走，從肇事者「在哪裡喝酒」這題開始問起。但萬一是在清醒狀態下撞死人，肇事者卻反而會被深入追究責任，第一個問題可能是「你認識死者嗎？」。萬一承包商心志不堅、演技不佳，被套問出有「謀殺」嫌疑那就更不妙了。最重要的是，只有喝醉的人才有資格連續犯錯。

酒駕致死等同於過失致死，拘役、罰金或兩年以下有期徒刑；蓄意謀殺，少則五年以上有期徒刑，最多無期徒刑或是死刑。（註：此例僅適用於二〇一三年前，之後酒駕罰責已變重。）

一個小時後，大家都等得不耐煩了，但「商品」卻堅持不懈地踩著飛輪，彷彿要在健身房內完成他單車環島的壯舉似地。原先在他旁邊並肩努力的伙伴們，已經下了飛輪去休息或做其他鍛鍊，這讓「商品」的身影顯得更為孤單。

「這傢伙到健身房就光踩腳踏車啊？」阿隆嘀咕道：「那買台真的在馬路上騎到爽就好了，幹嘛還每個月繳錢給健身房呢？」

「說不定人家就是堅持只專心幹一件事，才會成功呢！」憨面一邊安撫綠哥，一邊回道。不過，生平的第一單總是不太順利的。又過了五分鐘，出現了新的變數。

一台拖吊車從南京東路口開來，徑直停在阿隆計程車旁邊。拖吊業者跳下車，看著停在人行道上的這台霸王計程車猛搖頭，他拿起數位相機拍了照，用粉筆在地上寫了拖吊資訊，便轉身從拖吊車上拿下拖車盤開始作業。

阿隆驚叫一聲跳了起來：「不會吧！都九點了還有拖吊車？」

他快步地呼喊著，直接跨越六線道跑向對街。誰知道這拖吊車業者手腳也太過俐落，當阿隆好不容易跑到對街時，只能眼睜睜地看著拖吊車拖著他的愛車揚長而去。阿隆不死心地邊喊著邊追過兩個街口，但仍然徒勞無功。

當他垂頭喪氣地走回候車亭，憨面的臉色很是難看。他罵道：「車子被拖吊，你頂多花個三千元就領回來了，可是這一單失手了，我們卻損失四十九萬九，你怎麼一點都不會算啊！」

阿隆哭喪著臉認了錯。「董事長，那現在怎麼辦？」

人行道上的障礙已經被肅清了，行人來往自如，等「商品」步出健身房後也不必特意繞著馬路邊走，但要真讓綠哥開上人行道衝撞，不但會造成附加傷害，也大大降低成功率。

憨面盯視著仍在踩著飛輪、但已因疲勞而變緩的「商品」，思考了片刻，接著打手機給綠哥：

「就是現在！發動引擎，然後把酒喝了！」

阿隆大驚：「目標還沒運動完，至少還要半小時才會出來啊！」

憨面不管他，繼續說道：「你往前開，繞這街角一圈，就是碰到路口一律右轉，右轉到第三次的時候開始加速到一百公里，直接朝店內撞，撞那飛輪上的人，了解嗎？」

綠哥沒有遲疑，迅速地把酒喝乾後，大腳踩油門，倏地衝出街邊停車區，緊接著在第一個路口右轉，持續加速，瞬間消失在兩人的視野中。

阿隆目瞪口呆。直接朝店內衝撞？這可是ＳＯＰ上沒有的呀！

雖然之前才說要嚴格遵守ＳＯＰ規範，不過憨面這時卻改口了：「生意要做得長遠，得靠ＳＯＰ沒錯；可是有時候要讓生意順利成交，得靠隨機應變跟膽色啊！」

身為技術總監，阿隆最擔心光靠那台一百公里時速的泡水車，是否真能達到致命效果；而憨面則擔心最佳時機稍縱即逝，「商品」似乎已經過度疲倦，踩動的雙腳已經停下，正用掛在脖子上的毛巾擦汗了。

算算時間，他可能差不多要離開飛輪，準備沖個澡回家去了。正當「商品」側身想下飛輪、另一腳已經踩到地面的時候，街角突然傳來的尖利煞車聲，卻讓他好奇地又坐正身子，伸長脖子朝外頭看。

像是賣弄技術似地，綠哥的車從另一頭街口衝了出來，為了不踩煞車過彎，他居然還用上了「甩尾」的技巧。只見得車子後輪冒著白煙在地上畫出一道黑色的弧線後，接著直朝前方加速衝去。在健身房兩個店家距離前跨上人行道，然後精確地撞進了擺有飛輪的那面櫥窗。接著又撞翻了一大片健身器材，一路撞進健身房中段才止住餘勢。

震撼驚悚的場面，以及震耳劇烈的撞擊聲，讓兩人暫時忘記了呼吸。等到看見綠哥分毫不差地避開路上行人、車輛，成功撞進飛輪區，這才鬆了一口氣。

第一單生意已經成功一半！接下來就等明天新聞呈報戰果，準備向客戶請領尾款了！

★客戶的好口碑，是最佳的行銷利器

【天外飛來一車！酒駕撞進連鎖健身俱樂部】

【台北訊】昨日晚間九時許，一輛自小客車突然衝進南京東路一間知名的連鎖健身俱樂部，店內一位顧客莊志明（男，43歲）走避不及，遭撞後當場死亡。38歲李姓駕駛被帶下車時全身酒氣，呼氣酒精濃度高達每公升0.69毫克。李男自稱用手機與女友聊天，但之後兩人吵了起來，他心情不好，隨手拿起車上的高粱酒猛灌，並想去找女友談判，不料在南京東路口轉彎失控造成意外……

「水啦！公司開張第一戰，幹得漂亮！值得傳家留念！」憨面反覆地看著報上的「戰果報導」呵呵笑著，拿起剪刀將那方格剪下，打算稍後拿去護貝，貼到牆上作為公司的宣傳材料。不必他們提醒，隔天一早客戶就乾脆地將尾款直接匯到公司戶頭了，這讓兩位創業伙伴心情大好。他們決定今天中午就上西華大飯店的吃到飽餐廳，好好慶祝一番。

「喔，對了！查一下那個莊志明是幹嘛的？」憨面忽然想起什麼似地，囑咐阿隆道。

阿隆根據名片上的資訊，打電話到客戶的公司總機，佯稱自己跟「莊志明」先生有業務往來，請對方轉接。總機遲疑片刻後，表示莊先生今日未到班，將電話轉給了同辦公室的代理同事。

阿隆向對方套話：「妳好，我是昂可國際貿易的郭經理。請問一下，莊先生今天沒上班嗎？我之前都是直接跟他聯絡的。」

對方自稱是莊經理的秘書，她同樣猶豫了一下，然後回道：「郭經理你好。莊先生昨天碰上車禍，有人酒駕肇事撞到他，已經過世了。」

阿隆假裝不敢置信地唏噓幾句，安慰對方一下，順便一同譴責酒後肇事這種不可取行為。接著話鋒一轉，照著憨面傳授的話術問道：

「我跟貴公司上下一樣難過，我也知道這時候問這個不合人情義理。不過你知道，我們公司業務還是得運作下去，還是有很多員工得吃飯嘛！我想請教一下，之後接莊經理位置的會是哪位？」

對方制式化回應：「不好意思，這得等公司上頭確定，才會對外公布喔！」

阿隆繼續追問：「妳私底下跟我說，我絕對不會洩露出去的。畢竟之前跟莊經理合作愉快嘛！要是之後會換人的話，公司也得及早因應才行。就妳直覺，妳覺得哪一位最有可能接班呢？」

秘書傻笑片刻，彼此拉鋸了幾回合，最後要阿隆立誓絕不外洩這情報後，才吐露一個副理的人名。

阿隆裝作恍然大悟，說道：「喔，原來是那個何副理啊，我見過。是不是個子高高的、有點國字臉，留三分頭戴木框眼鏡那位？」

當然，這就是光顧「全民諮詢有限公司」的第一位貴客特徵。而秘書小姐也笑著確認了。為了避免對方起疑，阿隆又再隨意拉扯幾個業務問題後才收線。

事情很明白了。有一位大公司的副理，為了前途著想，所以找上了本公司，花了四十九萬九，讓自己官升一級。

「為什麼要問這些事？他用我們的服務升官又如何？」阿隆不解地問道。

「因為『動機』就是『商機』啊！笨兄弟。委託我們去幹掉一個人是有風險的，花上五十萬幹這事也很肉痛，但為什麼非做不可呢？」憨面老神在在地給了機會教育：「因為對很多上班族來說，升級加薪這種事，往往就是差了這樣的『臨門一腳』啊！這不就是本公司可以提供的最佳業務嗎？」

憨面雙手一拍，決定趁著年終推出全新的網路促銷活動，正式名稱為「四十九萬九升官專案」，客群鎖定各大企業的副總經理、副廠長、副主任等副手層級：

「只要四十九萬九，升官加薪通通有！」、「未來的路上總有人擋著？花點小錢讓我們幫你開拓坦途！」、「不甘居於人下？我們的服務讓你萬人之上！」、「別再亂花年終獎金！四十九萬九許你一個新未來！」……

針對客戶的需求再進行精確行銷，兩人也絞盡腦汁地想出了一堆口號，果不其然，當月就接到了三筆「四十九萬九升官方案」委託，而且都順利完成，獲得極高的客戶滿意度，有一人還表示一定會再來光顧。看來他升官的道路上不只有一塊石頭擋著。

因為第一件委託案的動機，啟動了兩位創業伙伴源源不絕的行銷靈感，就好像打開了潘朵拉的盒子一樣，公司的業務開始出現飛躍式的成長。

全民諮詢有限公司開張的第三年，也正是台北市酒駕肇事最猖獗的那一年。

★老行業新思維，說個好故事是關鍵

又不是什麼達官貴人或黑社會老大，小老百姓肯花錢購買公司的服務嗎？老實說，當初一股腦兒把老本砸下、跟憨面攜手創業時，阿隆並沒有什麼信心。

後來想想，也許是關於「殺手」的刻板印象，都是來自那些誇張的電影、小說情節吧！總以為殺手都是戴著墨鏡、藏在遠方大樓，透過狙擊槍的望遠鏡十字線，對準黑幫老大、政要高官的頭顱，然後引發一場腥風血雨的大戰。

透過憨面更親民的「殺手經濟學」，以及全新的行銷靈感，他們將遠在雲端的殺手神話，拉近到每個人的居家日常裡。就好像賈伯斯創造了iPhone商機一樣，把原本跟電腦一樣難用的智慧型手機，整合了艱深的人機介面、App市集、雲端互動等玩意兒，終於風行全球、人手一機。

秉持著這樣的理念，再三個月後，公司業績好得令他們都感到訝異！合作車廠已經得再去到處收購二手車才能滿足他們的需求。

而當年在獄中結識的牢友們，幾乎都當過一輪承包商了。人人都被吊銷駕駛執照，但卻仍樂此不疲，期待下次再合作的機會。憨面只恨當年在獄中「交陪」太少，應該更加把勁多認識各路英雄好漢的。

這門生意也製造了「多贏」局面。除了被害者跟家屬明顯不開心外，其他如二手車產業、更生人就業、酒駕議題關注等社會問題都一併解決，記者、醫院、殯儀館的業績都有起色，連正義之士的怨氣也找到發洩出口。

而阿隆則開始訓練另一種能力：「說故事」。這是憨面從商業管理雜誌上學來的新術語。

「說故事？我們做生意幹嘛要說故事，又不是哄小孩子睡覺！」阿隆問。

憨面哂道：「不是說床邊故事啦！而是要用客戶能理解並有興趣的方式來溝通，讓產品或服務的賣點能打動他們。」

阿隆似懂非懂地晃著頭。

「來，阿隆，我舉個例子給你聽。你去買電腦的時候，電腦廠商是不是會跟你說，我們這台電腦有50GB的容量。」

「是。」

「那你知道50GB有多大？」

阿隆偏頭思考著：「嗯……應該很大吧，可以用個好一陣子了。」

「不具體對不對？因為一般人哪會知道GB這玩意兒有多大。那你看看賈伯斯會怎麼說。他不會直接對顧客說有幾GB大，而是會說我們的電腦可以裝三百支DVD影片、或是三千首流行歌、或是三萬張照片。你看，這樣是不是馬上有感覺了？」

阿隆興奮地點頭道：「懂了、懂了！就是用消費者的角度來賣東西嘛！」

憨面欣慰地彈了一下手指：「就知道兄弟你聰明，一點就通！來，我們開始來練習！」

憨面把最近承接的委託案在桌上攤開來，兩人隨即來一場腦力激盪，讓各種看似雞毛蒜皮的日常小事，足以構成浩瀚汪洋的殺人動機。這絕對能在業務拓展上帶來新的靈感：

「之前那個升官專案，我們是不是可以再來搞個直升超級優惠？比方說『只花一百萬、三年內直升總裁』這類的？」阿隆提議道。

憨面嗤之以鼻：「不夠創新！這只有薪水夠高的大公司才行得通，業務範圍太受限。來，你看前兩天我們做的這案，家庭主婦肯定都想把老公的小三給幹掉，讓她慘死街頭吧？我們乾脆推出一個『不再空閨寂寞過夜、五十萬跟小三說再見』，把徵信社的生意也一起搶過來？」

阿隆靈感被激發，雙手一拍道：「喔！我想到了，欠債也很討人厭。有的人欠很久不還，乾脆想宰了他，欠錢就當他的棺材本。來個『欠債不還錢？來世再相見！』的催款專案，這樣說不定可以拉到討債公司的生意？」

憨面翻出上週做的另一專案：「這個讓我印象深刻！有一位在市場賣菜的攤販，總算存夠錢了，所以想要好好招待一下國中時霸凌他的同學。我想到一個新口號你聽聽，『英雄好漢反霸凌，橫死街頭現真情』，哇，我自己都覺得好棒……說不定可以去人本基金會那邊拉一下廣告！」

唉呀，原來可以直接套用現成的官方口號，看他們宣導要反對什麼，哪裡就有商機！阿隆想起昨天看到新聞上有遊行抗議，於是現學現賣道：「喔，對啦，現在不是一堆賣餿水油、病死豬的，可是每個上法院後都交保了，回家又從事老本行。我們乾脆來個公益集資專案，大家來湊個五十萬把黑心商幹掉，這個專案就取名叫『反黑心、顧台灣！一人一萬子孫都平安！』」

這回讓憨面拍手叫好，連忙記在筆記本子上。阿隆得意地昂起臉，本來想順勢推出一定會更受歡迎的「黑心政客一清專案」，把那些更討人厭的立委、議員通通解決，這才叫真正的「民主化」嘛！不過考慮到這些人不是坐黑頭車就是開砂石車，用泡水車去撞根本沒勝算，只好先做罷。但他很快又想出了新方向：

「對了，我鄰居有個老阿伯，中風三次了，看他每次被瑪麗亞推出門曬太陽還是一臉痛苦，他兒子媳婦也照顧到想自殺，不如我們也來做個合法的安樂死服務？」

憨面想了會兒。「嗯，這樣包裝爭議太大啦，不會有太多人敢做。就拿你這例子來看，說故事的角度應該要這樣：『老人家安心上路，子孫由窮變富』！讓那些不肖子女幫父親買個安樂專案，這樣就能早點拿到他的保險金了，讓子孫們的日子好過點。你看，用理財角度切入是不是更讓人接受？老人家總不希望子孫後輩受苦嘛！善用本公司服務，把個人投資理財規劃也做得很到位。」

阿隆點頭稱是。的確，要站在有利客戶的角度思考，故事才能說到心坎裡。「喔，對了，我今天在報紙上看到，現在的大學甄試也很競爭，假如身為名校備取第一名的話，心裡一定很嘔，得看正取有沒有人放棄，他才能遞補上去吧？……」

憨面眼睛一亮，豎起食指比著他同時猛點頭，鼓勵阿隆繼續往下思考，把想法具體化。阿隆繼續說道：「那，我們就可以安排一個勸退正取生的專案，比方說『備取輕鬆變正取！五十萬讓人生變彩色』這樣？」

憨面想了會兒。「口號不夠響亮，可是這想法很棒，前途無限啊！你想想看，備取第一名變正取了，那麼備取第二、三名往前遞補，最後當然也想變正取啊！那我們就逐個兒往下開發，這樣生意就做不完啦！」

………

………

兩人腦力激盪三個多小時後，最終決定了「最佳創意專案」發想總冠軍——幫建築業拆除「釘子戶」：拖戲坑錢工程延？百萬拔釘走向前！

現在炒房炒地正熱門，各地都有都更、改造、新建的需求，或多或少會碰到死要錢的釘子戶、或是自以為有歷史人文的老建物不肯就範。以往的作法都是找人趁黑夜去放把火，燒光光自然就一了百了。但未來或許可以委託給本公司，只要一百萬元，就能讓釘子戶的拆除、毀壞看來更像一場酒駕肇事意外，那些愛抗議的民眾團體可就有力無處施了。

「用車子去撞房子，這能成嗎？」阿隆失聲問道。

「安啦！那些老舊房子本來都已經半倒了。只要學國外那種爆破建物的手法，用加強過的大車去撞一兩根主要的柱子，就跟保齡球一樣全倒啦！」憨面打包票說道。

無論如何，學會「說故事」，就能讓客戶們如米粒大的動機，演變成濤天般的殺意。而這正是全民公司開拓業務的最佳廣告素材！

憨面興奮地想換台新電腦，然後著手「客戶管理系統」，維繫一下客戶的愛用度。甚至打算等客戶達到一千人後，就要開始擴大營業區域，用連鎖店或加盟店的方式，把這服務擴展到全台灣。

只怕真到那一天，台北城的人口也許會先少了一半吧！

★厚待創業伙伴，再創事業高峰

公司業務蒸蒸日上，兩人逐漸忙得不可開交，很想找個人來幫忙接電話、跑銀行，但又因為業務敏感性，遲遲物色不到可信賴的人選。

開張二年多，憨面把之前借的啟動資金給償還了，而且還給阿隆分紅。

一百五十萬元！阿隆打開紅包一看，那厚厚一疊的鈔票讓他雙手顫抖！他生平第一次摸到這麼多的現金！全都屬於自己的！他再也不是連個速食店漢堡都啃不起的鄉下小子了。

他第一次覺得想達到人生中「五子登科」的境界，不再那麼遙不可及。

「謝謝大哥！」阿隆激動地抱著憨面說。

「謝什麼啦，三八兄弟！」憨面滿臉春風地拍著阿隆的後背。「以後我們還有更多生意要做，這點只是零用錢啦！拿去買台好車、換套西裝，別再住那破地方了，搬個家吧！」

這是阿隆北上以來最快樂的一天。

拿到豐厚的獎金後，阿隆也真如憨面所建議的，買了台奧迪車、亞曼尼西裝，也搬出那破爛的三坪雅房，租了間離公司約五分鐘車程的新電梯公寓。

話說「男人有錢就作怪」，一點也不錯。阿隆沒讓其他人知道的是，拿到分紅的那一天，他的晚餐就是公司附近速食店的漢堡餐，之前他從未踏進店內一步。雖然獨自在店內用餐，但他卻特意點了兩份最貴的漢堡餐，另一份是給剛上台北的自己……

他就這麼吃一份、看一份，最後原封不動拿去垃圾桶倒掉。他不知道自己想證明什麼，但總覺得藉此已向看輕自己的命運還是其他什麼不可名狀的東西，狠狠地出了一口惡氣。

而憨面實際放進口袋的分紅，加上之前一些零星的承包商回扣、車輛改裝、油資損耗等等差額，大概是阿隆的三倍之多，因此他犒賞自己的格局自然也大上不少。除了買房地產、名錶外，他也不忘來個天下男人都會朝裡頭跳的溫柔錢坑：一名小三。

不過，憨面自鳴得意，這可不是金屋藏嬌的敗家之舉，應該要列為公司投資的一部分。因為他這位年輕小三可是有會計專業的。

憨面很早就向阿隆表示自己在外頭有個女人了。當然，這並非是相互交心的安排，而是想為日後的安排先打個預防針：這女人可是你大哥的，日後就算同一屋簷下共事，也千萬別想染指啊！

這時阿隆也才明白，為什麼這大半年來，大嫂有事沒事就猛往公司打電話查勤，想幫忙聯絡或留話時，她婉拒的語氣裡總帶點閃爍。

「兄弟，找小三呢，一半是為我自己，而一半則是為了公司。」憨面誠懇地說道：「你看，咱們的業務作起來了，都忙到不能回家吃飯，你也知道我們該找個人來幫忙嘛！但你看我們這業務性質，可以隨便在報紙上登廣告，找個無法信任的人來共事嗎？」

阿隆搖搖頭。

「是吧！」憨面順著往下說：「那該怎麼找個可以信任的人呢？男的你可以跟他把酒談心，黃湯灌幾杯肚腸都透明起來了。但女人呢？就沒這麼簡單了，你除了擄獲她的心、還得征服她的人，她才會對你百依百順哪！」

「喂，老大，你別跟我說，你跟女孩子上床，是為了公司不得已做的吧！」阿隆哈哈笑著。

「老哥我算是為公司捐軀哪！」憨面大言不慚道：「但我不是不挑的喔，我這位小三可能幹的，是會計專業，幫公司做帳什麼的都沒問題。我還想哪天去做個公司登記，萬一以後有客戶想開發票什麼的也能應付嘛！有機會說不定還能上市上櫃呢！」

阿隆差點沒笑到岔氣。

「好啦，不開玩笑，今天還有得忙！我下午就帶她過來實習一下，你手上有些客戶聯絡的東西可以交給她。反正內勤的東西都讓她去忙就是了。」憨面嘀咕道：「唉，我今天結婚週年慶，不能不帶家裡的黃臉婆去吃個大餐，不然她又要更懷疑我啦，男人真命苦哦！」

阿隆當然不會想到，憨面竟是繞個圈兒，動用公司的收入來幫忙他養小三。不過就算他想到這一層，其實也不會多計較，尤其是他看到小三本尊的時候。

下午四點多，阿隆在外頭跑完兩個調查案，回到辦公室時，那位小三已經坐在電腦桌前，憨面正站在後頭，指點她業務檔案夾的位置，同時兩手還親熱地在她身上游移著。

雖然只能看到背影，但她給阿隆的第一印象就不太好：

一頭誇張蓬鬆的電捲挑染紅髮、一身俗豔的紫花斑點套裝，三不五時爆出一陣粗嘎笑聲，連個女上班族該有的氣質也蕩然無存。更不用說空氣中那若有似無的廉價香水味。

憨面看到阿隆回來了，忙收回不安分的雙手，輕咳一聲，說道：「來，安妮，我給你介紹，這位就是本公司的總經理隆哥，他負責……」

後面的話，阿隆完全沒聽進去。因為當那女人應了聲，轉過頭準備客套幾句時，兩人的目光一對上，腦海裡的回憶劇烈地攪動起來，一種熟悉的感覺倏地浮現，他的心臟加速躍動、呼吸也變得急促……

雖然臉上打了層厚厚粉底、身材不再纖細苗條、皮膚變得粗糙，全身上下也多了一股難以掩飾的風塵味，以前那偏尖細的溫婉娃娃音，被一副菸酒嗓音給取代了。

但，阿隆百分之百確定，眼前這位看似三十來歲的女人，就是當年那位王珍妮！

毫無懸念地，王珍妮那因極度震驚而放大的雙眸，也瞬間認出他就是當年說「要開著法拉利，帶妳全世界走透透」的那個男孩了。

算算也才過了九年，但彼此都想不明白，究竟是時間、境遇還是這個城市，能把一個好女孩／好男孩改變得如此之大？

「你們兩個人認識？」憨面訝異地問。
「沒啦，沒有啊！」、「是啊，以前認識！」……
「到底是認識還是不認識啦？」憨面沒好氣地再問一遍。
「我知道安妮……以前是叫王珍妮啦，我們高中是同校同學，校內有看過幾次，但沒說上幾句話。」阿隆自然省略了曾經曖昧的段落。
「唉唷，還真的是同鄉啊，難得難得。」憨面拍了拍兩人肩膀。「這也算有緣啦，既然是老同學了，你晚上幫我招待一下安妮，還是珍妮？……哎，以後一律叫二嫂好了……帶她去吃個火鍋什麼的，當作迎新吧！未來都是一家人，一起打拚賺大錢吧！」

★小團體文化，創業者的兩面刃

憨面帶著老婆去吃婚慶週年大餐的同時，阿隆也跟王珍妮到公司街角的涮涮鍋小店，共進一頓睽違九年的晚餐。眼前堆著小山般的豐富菜肉，但吃下肚的卻只有滿腹心事。

在故鄉那家米糕老店同桌吃飯，彷彿是上輩子的遙遠回憶。兩人一開始都不知道該說什麼才好，只是默默地注視著翻騰攪動的蒸氣，然後放下配菜等著湯頭再次翻滾起來。

不知怎麼，阿隆的腦海裡一直浮現火車座位前的垃圾網袋裡，那被揉成一團的聯絡字條。當初是他將她連同對家鄉的厭惡之情給一併割捨了，如果認識的時機不一樣，也許他們早該在一起，不至於淪落成某個人的小三了。

這樣的不期而遇讓每個人都尷尬萬分。兩人臉上堆著禮貌性微笑，但氣氛卻太凝重。阿隆尋思著該說什麼來開頭：

「二嫂，妳是怎麼……」

「你跟憨面一起……」

兩人居然同時開了口，但下一秒，隨即相視而笑，當年那種青春無悔的默契似乎又回來了一點點。「你先說啦！不過別叫我什麼二嫂，叫珍妮我習慣點！」王珍妮催促道。

阿隆不好意思地搔著頭。「沒啦，我只想問妳是怎麼和憨面認識的？」

「嗯，就是他……常來我們店裡，一開始就說他也是雲林上來，人不親土親什麼的，後來久了也就熟啦！」王珍妮眼珠兒一轉，聳肩道：「就日久生情吧，反正都是這樣，嗯。」

「喔，憨面就是到處認老鄉。」阿隆應了句，不知道該怎麼問下去。說老實話，當他下午看見王珍妮的第一眼時，腦海中反射性地浮現三個字：「不正經」。他覺得有這念頭已經很對不起王珍妮了，他不會傻到再去問她「究竟是什麼店」、「之前都在做些什麼」的話題。

趁著阿隆故意喝紅茶掩飾尷尬的空檔，王珍妮幽幽地說：「我真的沒什麼好聊的啦！我比較想知道你的事情。你上台北後，就沒聯絡了。我知道你有給家裡匯錢，我也跑去你家想問問你的電話。不過他們總說你要專心打拚事業，不肯跟我說。」

這明顯是一道陷阱題，不管正反面回答都會出現漏洞。阿隆想了會兒，苦笑著說：「喔，因為當年有說要開法拉利帶妳到處玩嘛！但妳看，我混得又不怎麼樣，哪裡敢跟妳聯絡？」

王珍妮笑了，一種複雜深沉的笑容。「阿隆，我不是當年那個好騙的小女孩啦。我經歷過很多事情，看多了。」

總是太多的意在言外，讓兩人的對話嘎然而止。沉浸在回憶漩渦裡，話題總沒辦法前進。阿隆決定避而不談，試探性地問：

「對了，妳知道，我們這公司實際上是在做什麼的嗎？憨面跟妳說過了沒？」

王珍妮點點頭，說：「就是處理酒駕肇事問題，對吧！有人喝了酒開車上路，撞到人了，如果不想賠太多，就來找你們諮詢，看要怎麼談判或是脫產之類的。」

阿隆有些驚訝，問：「憨面是這麼跟妳說的嗎？」

「是啊！就是專門喬事情呀，我覺得這是有點在鑽法律漏洞啦，不過想少賠一點也是人之常情，既然算是合法的話，那就沒什麼大不了！就好像上次他跟我說的，有個人出獄不久，就酒後開車撞進一間健身房，還撞死了一個踩飛輪的顧客。你看，這人不是故意的，但一出獄就碰到這種事，也很無奈吧！有這間公司可以幫他的忙，是好事啊！」

王珍妮振振有詞地說道。阿隆不發一語，心中倒是挺佩服憨面倒果為因的本事。如果自己要向王珍妮詳細解釋公司的業務，恐怕不能把話說得這麼漂亮，讓人開心地矇著眼賣命了。

尋找到能讓談話順利開展的話題後，兩人間的交談熱絡了起來。阿隆也學足憨面的本事，把之前承接過的業務逐件挑出來講——當然不忘調動一下前因後果與事發順序，而那些充滿戲劇性的酒駕意外，也讓王珍妮屢屢驚呼出聲。

「咦，為什麼都是更生人酒後駕車肇事？他們都習慣這樣嗎？」連續聽了四、五個故事後，王珍妮疑惑地問。

阿隆差點沒嗆到。他想了會兒，回道：「……喔，這是因為憨面有去進修過一陣子，妳知道的嘛！那有些老朋友碰到麻煩，第一個念頭當然是來找他幫忙囉！因為找上門的人還不少，我們才想開個公司承接這些業務的。」

王珍妮半信半疑地接受了這個說法。火鍋吃了快兩小時，兩人彷彿又回到那個單純的年代，可以沒有顧慮地談天說地，當然，只有「過去」是彼此的禁忌話題。

九年的隔閡，似乎也隨著蒸騰的熱氣消融了一些。至少跟剛踏入火鍋店時的氣氛不一樣了。

★人才是公司最大資產，也是最大成本

公司內勤有王珍妮幫忙後，憨面留在辦公室的時間更長了，而阿隆在外頭的業務則跑得更為頻繁。

說實在的，雖然當年沒怎麼認真地把她當作自己的情人來經營，但看到她跟憨面老大公然地在辦公室裡親熱，總有一陣沒來由的酸澀苦悶情緒上身，心中某個地方彷彿被剝離似地，空虛得難受，所以阿隆盡可能不踏進辦公室。

不能不說，憨面把小三當職員這招，也確實收到「一石多鳥」之效。憨面老婆除了用電話查勤外，有時還會親自突擊辦公室，但卻發現憨面都老實地待著「打拚」，沒有抓到任何把柄。此外，兩人都利用上班時間親熱，因此也不會耽誤憨面下班時間。他連續幾個月都準時回家吃晚飯，反而讓大嫂感到不自在。

難道是自己多心嗎？阿隆想著。自從上次得知他跟王珍妮是「真老鄉」後，憨面似乎對他有點提防起來，幾次看著他的目光似乎有點怪怪的。不過可以確定的是，自從王珍妮來了後，憨面

就開始把「Cost down」掛在嘴邊。

「科西盪！這年頭企業最熱門的經營術語就是這個！」憨面在回收站那兒買來的白板上，寫下了這術語，當起英文小老師：

「為什麼現在好幾家大公司都在放無薪假、搞得一堆員工只好跑去河濱騎腳踏車？因為出納沒現金發不出薪水嘛！拓展業務『開源』很重要沒錯，但營業額高不代表淨利也高，除非我們把科西盪『節流』也好好把關，大家真正能放進口袋的錢才會變多！」

另一個不得不「撙節成本」的原因是，歷經去年的豐碩戰果後，社會上嚴懲酒駕肇事的聲音變大，酒駕罰款提高到三萬元了，這當然也得由公司支出才行。因此憨面才想著能不能「省著點」來平衡財報。

王珍妮提了幾個像是節省衛生紙、自購文具、節約水電的點子，但仍搔不到癢處，憨面先讓她離開去幹別的事。

「兄弟啊，現在時機不太好。別看這修法只是把罰款提高到三萬而已，後面法官還會看和解狀況，決定要不要判緩刑，所以給個被害家屬幾萬元紅包的頭期款，意思意思一下也是必要的。你看，咱們四十九萬九才剛闖出名號，也不好意思坐地起價嘛，所以喔，我們要認真地科西盪，公司才能做得長久啊！」憨面滿腹苦衷地解釋。

他要阿隆仔細地研究行動時的各個環節成本，試圖把所有業務支出都壓到最低。

「為了要找到最佳的下手時機，花在『商品』的跟監、蹲點成本也不少，像是油錢、餐點、打點管理員之類的費用。如果這些資訊客戶可以提供的話，我們可以給他打個九折！」

「我們來個連續多單！比方設法讓兩個『商品』路線交錯在一起，然後只要找一個承包商去撞就行了。我們可以省下一個承包商的費用呢！」

「每次我們都會幫車輛加固，安全氣囊是第三貴的裝備，乾脆把它省下來，反正安全帶就夠用了。就算受點小傷，還有全民健保不是嗎？」

……

……

雖然阿隆想方設法地又「激盪」出好幾個方案，但憨面還是不滿意，他覺得這些零零星星的作為只能科西盪到皮毛而已。

「這邊省一點、那邊摳一點，效果不好，搞得大家也痛苦。我是覺得呢，要省不如一次省個大筆的，就不必在那邊小雞肚腸地算計一通！比方說，少請一次承包商，我們就能夠省下快三十萬左右！這足夠打平未來一年法令調整的虧損了。」憨面說道。

阿隆附和道：「是啊，大哥。所以我剛有個提案，就是讓同一位承包商去撞掉兩個『商品』，這樣……」

「你這招不好操作啦，風險又太大！」憨面打斷他：「你說說，你要怎麼讓兩個『商品』碰在一起？承包商又不是保齡球，可以一路滾過去打倒兩個，方向會偏、車子會壞啊！萬一條子仔細調查那就更麻煩了。」

阿隆想了想，不得不承認，這招的確有很多破綻。「那大哥你的意思是？」

憨面不耐煩地從檔案櫃裡抽出一本雜誌，隨便翻開個案例道：「你看看這些叫得出名號的大公司，能做到年收上億，哪一家一開始不是先科西邊嘛！什麼都外包，那公司賺什麼？」

「我是這樣想啦，你參考看看。阿隆你是公司股東，主要收入是領公司分紅的，如果能省一筆承包商費用，那利潤愈高自然你就領得愈多。有的簡單案子自己來，不是可以賺更多？那，既然這活兒承包商能做，沒道理自己人做不來……嗯？」

阿隆迎著憨面意有所指的目光，突然間明白了他話中的意思。

「等等！等等……大哥，咱們之前不是說好，這些活兒外包給別人，幹嘛要自己人去冒險呢？再說，你看看我，我也不像是能幹這事的料啊！」

聽到憨面要自己親身上場，阿隆的臉瞬間垮了下來。他一開始可就說好只想安穩地坐辦公室！而且要他在幕後籌謀劃策沒問題，但真要去把一個活生生的人給撞斃，這絕不是他想要的賺錢方式。

「哎，兄弟，先聽我說完嘛！這不光只是帳面問題而已。你想想，你還身為公司的技術總監，前置作業、上場運作都沒問題了，可是後續呢？比方跟警察、死者家屬打交道什麼的，我們這方面都丟給承包商自理，但要是之後有人問到這塊怎麼辦？裡頭說不定還有什麼新商機呢？所以啊，自己執行一次是很有必要的，總不能說你賣雞肉飯，卻從沒殺過雞吧？」

「不是啊……我之前幹點小偷小摸的也就算了，你別說要我殺人了，就算殺隻雞，我可都……」

「可都怎樣？可都沒膽了嗎？」憨面嗤笑，起身走近拍著他的肩膀，懇切地說：「兄弟啊，帶人要帶心，你身為技術總監指導後進，難道哪天有人問你幹這事兒的心路歷程，你要回答他你啥都不知道嗎？你這位子，不能不身先士卒啊！至少下海一次嘛，不然以後承包商們怎麼會服氣？」

「那些人是豁出去了，破罐子破摔，幹什麼都不怕！我還沒到那個地步啊！再說了，我也不想去殺無冤無仇的人……」

「有罪惡感啦？做生意嘛！所以我才故意把要撞的對象想成是『商品』，替客戶把『商品』給打理好賣出去，就好像你今天是賣便當、賣珍珠奶茶給他們，為什麼會有什麼罪惡感呢？」

「……」

「你不要以為自己坐辦公室，雙手就很乾淨，我也不是。我們一直以來，不就是在幹殺人的事？幹傷天害理的事？沒有你我躲在後面操刀，那些承包商沒事幹了自己去喝酒撞人嗎？」

憨面拿出賈伯斯的本領持續遊說：「來，你數一下自己的行頭，浪琴錶、奧迪車、家裡的四十二吋大電視，還每個禮拜吃一次速食店！你自己說嘛，要不是老哥我，你規規矩矩地坐在辦公室……不好意思喔，你可能連辦公室都沒得坐，還在外面一個月跑二十八天的車，你這樣真的能掙到這一堆奢侈品？」

阿隆想辯駁卻詞窮，心裡頭仍不是滋味。

憨面從雜誌堆裡抽出一只牛皮紙袋，說道：「你不要急著說自己不行，把自己的能力都限制住了。這裡有個簡單委案，你先看看嘛！我說啊，這次也是帶點做公益的性質。這回的『商品』是一位送披薩小弟，這樣下手的機會夠多了吧！他週末時租車跟朋友去墾丁玩，結果晚上喝酒喝過頭、開車撞死了一位老農夫，但是卻態度惡劣不跟對方和解。受害家屬很清寒啊，東湊西借了一些錢，說什麼也要本公司幫忙主持公道。你自己說，站在社會公義立場，你是不是很有親自去做的價值？有機會當個為民除害的大英雄不是很棒？」

阿隆的臉色陰晴不定，一言不發地接過牛皮紙袋。

「兄弟，你自己決定，你不做，老哥我也不怪你，但說真的，公司之後能不能大富大貴，就全看你的決定啦！」憨面一臉真摯地說道。

原來這才是憨面大費周章地搞了個「科西盪」會議的真正用意！而阿隆也是從這次開始，學會了跟憨面在打交道時都留了個心眼。

★撙節開支，有助於提高公司獲利

阿隆第一個親自操刀的委託案，就是用酒駕肇事的方式，去幹掉一位酒駕肇事又不認罪的披薩小弟。

紙上作業的數據，突然轉化成血肉橫飛的勾當，阿隆可是做足大半個月的心理建設。這一踏上就等於沒有回頭路了，但憨面說的卻又不是全然沒道理，他猶豫了很久很久。

為了「大局」著想……為了公司、為了生存、為了當初在車站天橋上立的誓言，阿隆決定豁出去了！他的內心小劇場是這樣預演的：

自己跟憨面幹的這樁事業，雖然至今還沒親手去做過一單委託案，但真要追究起來，還是涉及了多項如「教唆殺人」之類的重罪。所謂「富貴險中求」，如果自己下海能賺更多，也許有機會存筆錢求個早日抽身，長期來看風險反而會降低。

還有，既然披薩小弟是罪有應得的，那就當作是為這城市除害吧！

阿隆跟監了一天，便確認了那家披薩店的班表，以及送貨的範圍。之所以說這委託案簡單，是因為披薩小弟出現在馬路上的地點、時間都是可以被輕鬆預測的。

阿隆先在披薩店的服務區域內，物色到一條車流量最少的街道，同時沿途的紅綠燈數量也夠多，絕對能讓披薩小弟至少停等一次以上。

由於披薩小弟班次多在中午，因此阿隆先調適好心情，選在三天後上班日的午休時分行動。跟憨面在附近一間熱炒店酒足飯飽完，便打電話向披薩店訂了兩個夏威夷披薩，要求送到同一條路上的某個地址去。

算準時間差不多後，儘管阿隆一點醉意也沒有，但仍故意大聲向憨面話別、腳步蹣跚地離開熱炒店。坐進路邊的二手車內。

接下來，就是等待了。

由於這家店標榜披薩在訂購後三十分鐘內會熱騰騰送上府，因此第二十二分鐘，阿隆就看到披薩小弟的身影，準時出現在後照鏡裡頭。他立刻發動引擎、然後仰頭將半瓶高粱酒喝乾。

等披薩小弟先經過阿隆的車外，他才切出去跟在後頭。隔著車窗看著那年輕男孩的側臉，除了全神貫注地趕著送貨外，沒有任何喜怒哀樂的表情。他肯定作夢也想不到，就在今天、幾分鐘之後，自己竟要向人世間告別了。

不過這多愁善感的情緒，在阿隆心中只閃現過幾秒鐘。為了確保以六十公里以上的速度撞擊，他也同樣得專心在注意路況上。要精確地估量彼此的距離，並盡可能保持中間沒有其他車輛。他發現，實際出勤的時候，其實沒有多餘的心思去想些有的沒的。

用汽車去追撞摩托車有個必殺絕招：趁著對方在停等紅燈的時候，從後方高速撞上去，只要確保是在車頭三十度內撞上摩托車後方，絕對可以攻其不備，且致死率超過九成以上。

第一個紅燈、第二個紅燈，因為有其他車輛卡位與其他摩托車並排等狀況，阿隆都先略過了。但接下來卻都一路綠燈，找不到下手機會。阿隆開始有些微醺的感覺，不禁暗暗心焦。

所幸披薩小弟放慢車速，開始打量起路邊的門牌。他一直騎到盡頭處，卻發現客戶報的地址似乎不大對。已經騎到最後一戶，再過去就接到其他路段，但客戶報的號碼卻比最後一戶還多兩號？

阿隆眼見機不可失，大腳踩下油門，時速計從四十、五十飛快地攀升到八十，阿隆把穩方向盤，讓車頭對準著披薩小弟的摩托車，確保剩餘的五十公尺距離都能成一直線。

披薩小弟仍在疑惑著門牌問題。但因為送貨時間急迫，所以他將摩托車騎往路邊，拿出手機撥通客戶號碼。

訊號傳到某支一次性手機的門號上，不過手機電池已被拔除，扔在某個垃圾桶裡，所以毫無回應。

當披薩小弟放下手機，眼角餘光才捕捉到身後的異象，不過此時一切都太遲了！他根本無處閃躲，一股兇猛狂暴的力道從他後方疾襲而至，他連人帶車被撞飛起來，披薩片拋散在半空，當披薩小弟重重摔落在對向車道的時候，那陣披薩雨才紛紛落回地面。

撞擊那瞬間，阿隆只覺得車身猛然一頓，身體不由自主往前暴衝，脖子、肩膀被勒得發疼，然後在臉撞上方向盤前，安全氣囊適時地爆開承受了撞擊。緊接著車輛不受控制地衝上人行道，連續撞斷兩株行道樹後才止住勢頭。

酒意湧了上來，阿隆只覺得一陣天旋地轉。他深呼吸一次，檢測身體狀況。很好，除了胸部有些發疼、左腳似乎骨折，其他應該都沒大礙。接下來，就等專業人士來幫忙收場。

朦朧間，聽見遠方警笛聲正疾駛過來，紅藍閃爍的光影在他眼前交錯著。下一秒鐘，他便不省人事了。

★有功必賞，是收攏人心的關鍵

就跟電視劇裡演的一樣。阿隆清醒過來後，第一眼先看到潔白的天花板，聞到的是撲鼻的藥水味，緩了一會兒才想起自己身在醫院的病房內。不過有點差別的是，他的右手給銬在床頭，門外還有一名制服員警戒護著。

阿隆的胸口纏有繃帶、右腿脛骨打上石膏，兩支手臂都有擦挫傷的痕跡。看到他清醒後，醫生過來檢查他的狀況，表示傷勢無大礙，大概一週後就可以開始復健了。

病房的斜上方掛著一台小電視。趁著空檔，阿隆轉到電視新聞頻道。在整點新聞快結束、播放片尾音樂時，主播才以花絮的方式，以十五秒的長度播報中午發生的這起酒駕車禍。

阿隆看到那台二手車車頭已經撞得潰縮變形，自己正被消防人員從破壞開的車門拉出，電視台還很好心地幫他的臉打上馬賽克。而披薩小弟也確定當場慘死。

醫生離開後，警察走過來徵求他的同意製作筆錄，也找來護士幫忙抽血檢測酒精濃度，在確認完身份便將他的手銬給解開了。

二點多時，有記者跑來病房前探頭探腦的，攝影師連腳架都扛了過來，不過被警察擋駕；七點多時，有四、五名死者家屬看到電視新聞後，衝來醫院要找肇事者出氣，也還好同樣被警察與醫院人員擋了下來。

阿隆趁空將這些細節一一記錄在筆記本上，打算日後再來製作承包商的「善後ＳＯＰ」文件。

晚上九點多，憨面拎著水果籃跟幾本商業管理雜誌進來。但看到門外有警察站崗，兩人對話不敢太張揚。

「兄弟啊，酒後不開車，你怎麼都不聽勸呢？」他假意念了阿隆幾句，接著壓低聲音道：「一戰功成！漂亮啊，兄弟。墾丁那家人看到新聞了，特地打電話來感謝我們主持正義。」

「唉，你兄弟住院，就只送籃水果來啊？」阿隆說，然後低聲回：「去你的，下次別再叫我幹這種事了！」

「吃水果多補充維他命Ｃ嘛！等你出院了，我再給你好好溫補一下，當然絕對絕對不能再喝酒了！……那台出勤車我可是特地做好萬全防護的，你看就這麼點小傷，但把公司未來一年虧損都打掉了，你說值不值？」

阿隆依樣畫葫蘆回答：「對不起啦，大哥，我發誓，這輩子絕對不再貪杯了！……皮肉傷算什麼，害死一條命哪！我剛剛還夢見那披薩小弟的臉，你知道嗎？」

「兄弟，你是不該再貪杯了。我剛看新聞，往生者的家屬們，哭得這麼傷心，我真的很心痛啊！……什麼良心有的沒的，去他的！你該不會說你怕鬼吧？騙肖耶，好好養傷，不要想那些有的沒的！」

「我真的好後悔，大哥，每看新聞一次我就哭一次，哭到死去活來。我出院後，一定要痛改前非，好好重新做人……是良心，我會良心不安的！你不明白對吧？說不定你一生下來沒安裝這東西吧！」

「老哥相信你，老哥會一直陪著你的！但要緊的呢，是要像個男人一樣，把責任好好扛起來，知道嗎？……三八兄弟，我知道你在氣頭上，出院後好好聽你說，現在條子就在門外，不要在這裡吵啦！」

「會的，我一定會好好負責，賠償他們一家老小，絕不會虧待他們的！……反正我都照你意思辦了，你好歹年底分紅給我多一點吧！這種事幹一次就讓人想退休了。」

「兄弟，我知道你一向懂事，不會逃避的。要好好記取這次教訓，人生啊，這種事碰到一次真的就夠了……會啦，分紅一定比上次多很多，好不好！嗯，對了，二嫂也很關心你。」

最後這一句讓阿隆感覺有點怪怪的，憨面似乎在試探什麼，不過眼下他的小腿讓他痛到沒心情去深究。「大哥，夠了，別再講啦，我後悔到搥心肝，再說我又要在你面前掉眼淚了……好啦，幫我跟二嫂說謝謝，反正很快就出去了，沒什麼好擔心的。」

臨走前，憨面像是演上癮了，雖然人都走出門外，但又故意轉向病床大聲說：「兄弟，再說一次，千萬不要再喝啦！家屬那邊要好好道歉、誠心處理，懂嗎？」

雖然說得真情流露，表情也做得很到位，但坐在門外的那名警察卻只冷眼看了下，皺著眉頭不予置評。

「難道是我演技太浮誇了嗎？」憨面想著。

第二天，阿隆轉移到七樓的普通病房去，憨面也拿了五萬元到地檢署跑了交保流程。然後門口的警察不見了，記者不再打擾，新聞台也有更新鮮、更嚴重的酒駕肇事可播，於是一切恢復平靜，像是船過水無痕似地。

阿隆不禁在心中感謝公司的那些隱形股東，如果沒有這些無比寬容的警察、檢察官與法官，喔，還有那些慈悲的法條，犯下這種「無心之過」的人們，也才能有東山再起的機會啊！

雖然用上助行器，日常盥洗還是能自我料理，不過憨面倒是貼心地幫他安排個看護工，沒事聊聊天也有助於打發時間。

第二天下午，病房內來了一位意外的訪客。聽見敲門聲時，阿隆瞬時繃緊神經，準備再好好發揮演技，但看到那熟悉的身影後，整個人又放鬆了下來。

王珍妮提著大小包滷味來探望他。她像是怕被別人認出來似地，戴上了寬邊帽、口罩、太陽眼鏡，還用了條花絲巾繞頭包了兩匝，像極了高中時班上傳看的那種小本愛情雜誌封面明星。

「大明星！勞駕妳專程來看我。」阿隆半開玩笑道。「還是覺得來探望我太丟臉了，所以全身上下包得緊緊的？」

王珍妮扭捏的態度顯示心中的不安。阿隆支開了看護工，讓她坐到看護椅上。

「珍妮，謝謝啦，憨面有轉達妳的關心了。喂，妳不必這麼小心啦，是怕憨面看見嗎？我們之前又沒有什麼……」

王珍妮當真轉過身去，默默地摘下帽子、鬆開絲巾、拿下太陽眼鏡，卸下口罩。

「我開玩笑的啦！哈哈，妳別當真啊！不然等一下妳又要再穿回去……」

阿隆無意義的玩笑話嘎然而止。王珍妮轉過身來，那是一張鼻青臉腫的面孔。

兩人對望良久無語。最後，王珍妮幽幽地吐出一句話：

「我想離開他！」

★小道消息常會破壞內部團結

阿隆坐起身，拉著王珍妮一起並肩坐在床沿。他想如從前般輕摟著她的肩膀，但還是硬生生忍下這股衝動，包括他原本無腦地想脫口而出的「誰打的？」這句話。

「為什麼打妳？」阿隆的語氣變得冰冷。

「因為你。」王珍妮的身體貼近了他，輕聲說道。

阿隆訝異地看著她，她繼續說：「憨面本來就很多疑，上次聽到我們兩個之前就認識，每天就會時不時地試探我一下。你沒發現，只要我在辦公室，他就會盡量讓你跑外務嗎？」

阿隆含糊地應了聲。

「昨天我看到新聞了，你人又沒在辦公室，就追問憨面是怎麼一回事。看他態度閃閃躲躲的，我就把你們這公司幹的勾當全都一次翻出來問他，他推說是你自己主動要出任務的，還在試探我是不是對你還有心。我想要來醫院看你，可是他擋著我，說什麼我來看你的話會讓警察懷疑，我硬要出門，他就揮拳打我了……」

王珍妮一股腦兒說完，靠著阿隆的肩膀輕聲啜泣著。

阿隆的心情很複雜。看到王珍妮慘況的那瞬間，他心頭有把怒火在熊熊燃燒著，但不知為何，一聯想到背後的千頭萬緒，牽涉到憨面的家務事，他又覺得這把火燒得師出無名。等王珍妮情緒稍稍平復，他問道：

「你是怎麼知道公司在幹什麼業務的？」

「我又不是傻瓜！雖然客戶談事情時，你們總把我支開，但有些內帳還是歸我記的好嗎？買一堆二手車剛辦完過戶、過沒幾天就酒駕撞爛上了新聞，我能不知道嗎？」

王珍妮繼續說道：「其實憨面一開始跟我說有這種生意的時候，我就半信半疑的。就算你們幫人家喬善後的事情，但從來就沒開過協調會還是上法院，甚至連去對方的靈堂上個香都沒有。那時我就覺得事情沒那麼單純。」

阿隆有些訝異地問：「怎麼感覺妳對這些事情很熟悉啊？」

「我以前都沒跟你講過我家裡的事吧？其實家裡經濟還過得去，原本也不必要我北上工作的，只是在我商專一年級時，我爸有次開車送貨，因為跟客戶多喝了兩杯，神智不太清楚，撞上了一對騎摩托車的母女……之後的賠償都是我跟我媽出面談的，所以我對這些事很清楚。」王珍妮苦悶地說。

又是酒駕肇事！阿隆心中驀地一緊。「妳來台北就是幫妳爸還債嗎？假如妳早點認識……算了，說不定妳們懂得辦脫產的話，就不必把自己搞得這麼累了。」

王珍妮哭笑不得地看著他。「其實真的有人教過我們這招。還是受害者的家屬。」

「啊？」

「那個媽媽的弟弟，是萬華一個叫豹爺的角頭老大，他連夜衝下來處理姐姐的事。十多個小弟站在我家門口，他走進來只交代一件事：『賠償費兩千萬，一毛不能少，別想搬家跑路脫產，全家大小每一個都要負責，不賠錢就準備陪葬！』」

阿隆倒吸一口氣，問：「然後呢？」

「當然賠不出來啊！想辦法找人去講了、也跑協調會、上法院，最後殺到一千五百萬。我們到處去籌錢，房子、田地都賣了，能借的都借遍了，連我念商專的學費都拿去湊了，還差三百多萬。」

「後來，我私下找那角頭談，叫他不要再派人騷擾我家了，剩下的錢我可以去打工還他。他問我，我在鄉下飲料店還是快餐店打工，三百多萬是要還到什麼時候？他要我上台北做事，我就答應了。」

「那……債都還完了嗎？」阿隆小心翼翼地問。

王珍妮點了點頭，但眼中閃現了憤恨哀怨的火焰。

阿隆一時間不知該怎麼讓對話繼續下去。沉默了片刻，阿隆轉移話題問：「妳今天沒去上班？憨面不會講話嗎？」

「今天休ＭＣ假。不必上班，晚上也不必加班。」

這應該是個笑話，可是兩人都笑不出來。

「妳要我怎麼幫妳？」阿隆下定決心問。

王珍妮定定看著他。「帶我走！十年前你不肯，十年後你會肯嗎？」

「好，我帶妳走。」阿隆說：「領到年終分紅，我們有錢了，上哪兒去都行！」

王珍妮嘆口氣，說：「你別傻了！還在想賺憨面的錢嗎？他不是什麼好人，你再繼續跟他合作下去，只有死路一條！」

「但我能怎麼辦？找另一家公司去諮詢，勸退他嗎？」阿隆苦笑。

又是一陣長長的沉默。年輕時代，兩人相對無語時，總對未來有著太多美好想像；但如今，沉重的現實壓力掩蓋了一切，對話間只剩下搖頭嘆息的餘裕。

王珍妮起身道：「算了。你別再去出任務了，憨面頂多再讓你嘗一次甜頭，但絕對不會有第三次。這種事你別再做了！」

「等一下！」阿隆抓住她的手說：「至少妳可以先離開他。別住那間套房了，也別再用憨面的錢。我的銀行帳號你知道，密碼是我老家電話號碼後六碼。妳缺錢的話就從裡面拿吧！」

王珍妮渾身一震，但仍沒有轉頭看他。遲疑片刻後甩脫他的手，穿戴起來時的裝束，頭也不回地走出病房了。

阿隆躺回床上，看著她離去的背影，一時間看得出神，思緒跟著混亂起來。

★時時檢視，縮減不必要的業務開支

三天後是披薩小弟的公祭日。為了展現誠意，阿隆在看護工的協助下，坐著輪椅前往會場。趁此，他也打算將公司的SOP給做得更完整些，這次的經驗就當作是做個實驗吧！

當然啦，過程中少不了要痛哭流涕、要跪得五體投地、要對天發誓重重賠償，也可能要狠狠挨上家屬的幾拳幾腳，但這也算是難得的人生體驗。

或許是現場的氣氛太過悲傷哀淒，披薩小弟那半身不遂的父親、一臉苦相的母親，還有一個智能不足的弟弟，全都抱在一起哭成一團。為了不讓圍觀的群眾失望，在挨了幾記拳腳、下跪磕頭後，阿隆還臨場加碼發揮，從門口跪行到靈堂前，然後抱著那位苦命父親的膝蓋悲嚎。

憨面說得很貼切：這正是考驗演技的關頭了！是啊，這可沒有任何NG的空間，忘詞或笑場都是不被允許的，如果想全身而退的話。

隨著斷腿傷勢逐漸痊癒，阿隆也走了幾個過場，包括到地檢署接受檢察官訊問、跑了幾次協調會與兩次簡易法庭，最後答允對方家屬賠償三百五十萬，並終身把披薩小弟的父母親當成自己的雙親奉養、那位弟弟也視如己出栽培到自立為止。

這場大和解戲碼的演出空前成功，那位半身不遂的老爸爸，甚至還當場流下老淚，表示心中已經放下，願意原諒他。而那悲戚的母親離座擁抱了他，為他喃喃念起禱詞。阿隆覺得憑藉這樣的肯定，應該足夠讓他贏得一座金馬獎了！

阿隆倒是跳過了「脫產」這一節，畢竟他從公司領到的薪水無須繳稅，新車也是掛在公司名下，房子則是租來的，所以除了找王珍妮幫忙另開一個銀行戶頭來擺放存款外，倒也沒什麼可以被扣押的。

隨著時日一久，披薩小弟的家屬們發覺被阿隆的緩兵之計給糊弄了，非常不高興。從頭到尾除了三萬元的微薄奠儀之外，他們沒再拿到一毛錢，甚至連強制責任險的保險金都沒有，更不用說什麼三百五十萬的承諾了。他們曾抱著遺照來公司抗議，呼口號又洒冥紙，要求照和解書支付賠償，但阿隆全來個相應不理。

於是家屬們將他告上了法庭。開庭期間，阿隆當然是能請假就請假，以致於官司拖了兩年多後只跑到二審而已。但憨面還是希望阿隆能早點去服刑了事，反正一審也才判九個月而已。至於法院發來的強制扣薪公文自然一點作用都沒有。

當然啦，披薩小弟的家屬更火大了，到處找議員、貼傳單、找人去媒體投書等等。不過阿隆以拖待變，對方鬧到後來也累了，除了忿忿地撂下狠話外，就完全沒輒了。

說實在的，就像是憨面說的一樣，應付這些善後的事情根本就沒想像中難，主動權操之在肇事者手上，倒楣弱勢的是那些被害人，說到底這不就是門生意而已嘛，差別在於有人賺多、有人蝕本罷了！

而憨面倒是沒食言，阿隆出院後立即奉上一筆五萬元的慰問金，又拿財報給他看，保證年終分紅至少有二百五十萬元以上，這也沖淡了阿隆心中那種蓄意殺人的罪惡感。

雖然民事上只賠了三萬元，但最後自己也算是老實面對法律制裁了。既然法院都只輕判九個月，等於自己也都贖完罪，又何必覺得有啥虧欠？殺人造業會不會有果報輪迴什麼的，那就下輩子再說吧！這輩子要煩心的事還多著呢！

★活化思維，永遠不該停下創新的腳步

業績持續增長，公司方面甚至開始有「挑業務」的本錢，先挑些難度低的優先處理，有時也會用些其他名義來拉抬價格。反正會找上門的顧客，通常都不太在意數萬元的差額，只要求把事情做得漂亮、不要出現後遺症即可。

就跟吸食海洛英一樣，當客戶使用過一次他們的服務後，未來碰到類似的困境時，這麼經濟明快無後顧之憂的好服務，自然就會變成解決問題的優先選項之一了。

雖然前景看似大好，但對全民諮詢有限公司來說，有兩件事是永遠不會改變的，就是「持續創新」跟「持續科西瀸」。

關於後者，憨面更是變本加厲，設法把所有業務成本都壓到最低。像是買二手車時就把上頭無用的音響、冷氣等內裝變賣掉、每趟出勤時車內只能裝1公升的汽油、公傷補助被打了八折，就連上法院的交通費也要自理。

阿隆很好奇，王珍妮身上明明看起來沒有什麼大開銷，幹嘛要這樣走火入魔似地提高淨利？難不成憨面又在外頭偷偷養了「小四」？

而關於「持續創新」方面，憨面對於開發異業合作的案子格外有興趣，但在實地研究過「車子撞房子」的模式後，總覺得風險太高於是放棄了。而他們曾以十萬元低價與一個職業竊盜集團

合作，趁著他們入侵銀樓時，讓承包商撞毀附近的電箱以阻止警報啟動，也算是一個不錯的嘗試。

不過，憨面最讓人嘆為觀止的全新創意，則是「酒駕撞酒駕」以及「酒駕救護車」這兩場創舉。一開始阿隆不曾想到，這還是用來對付自己的連環計。

這件事要從承包商綠哥開始說起。

綠哥出完第二次勤務後，面對家屬索賠依然是一副「死豬不怕開水燙」的態度，想說撐過了風頭、等家屬們吵累了自然就海闊天空。不料，這回碰上了一個槓子頭，死者那位還在唸大學的女兒看到綠哥一副賴皮模樣，當場發誓哪怕要用一輩子時間，也要整死綠哥。

綠哥當然沒把這乳臭未乾的小女孩放眼裡。但「知識就是力量」這句話可不是隨便說說的，儘管沒動用上白道、黑道的力量，小女孩透過自己的人脈與網路資源，照樣有能力把綠哥整得很慘。

原本綠哥打算籌個二十萬去做香雞排生意，但被沒事就跟蹤他的小女孩發現，於是在網路上到處散布「酒駕殺人香雞排」的位置，每天晚上還有大學生在雞排附近「勸說」、「打卡」、「反推銷」上門的顧客，一個多月後，綠哥只能選擇將攤位頂給別人退出。

而想要重操水電舊業也不容易。在小女孩的強力盯哨下，面試這關就困難重重了。不過平常家計仍得支出，因此大半年沒工作的綠哥淪為卡債族，一年多後又被地下錢莊追債，不得不偷偷跑回公司拜託憨面撥些業務來做。

原本憨面的想法是，怕同一個人「促銷」太多次會惹人起疑，所以盡可能不讓同一名承包商頻繁上場。沒料到台灣對於酒駕肇事有著不可思議的寬容，這反而顯得憨面多慮了。

綠哥橫下心，又連接了三起酒駕殺手業務，算算在三年內連犯下五起酒駕致死。雖然在小女孩大力奔走、訴諸媒體的努力下，讓綠哥最後一案判了三年半有期徒刑。但除了無照駕駛最重罰款一萬二外，台灣竟然沒有一條法令，能禁止這位馬路殺手在第二年假釋出獄後，繼續開車逛大街。

這件事被電視新聞的名嘴們拿來大做文章，不管平常酒駕或不酒駕的小老百姓都很火大，也有不少人上街遊行。所以聽說明年開始又會有新的法令來重懲酒駕肇事的人。

不過也許是認真工作、接受別人的肯定而帶來的成就感，當綠哥於公司再次現身時，已經不復當年被地下錢莊追得無處可跑的喪家之犬模樣，整個人自信滿滿，還放話道：「你們的促銷活動我都包下來，有錢賺找我就對了，反正這個世道不是我死就是別人死！」

不過綠哥這樣囂張的「獨佔」態度，已經給公司帶來麻煩了，偏偏又不能不順他的意，萬一他一不高興把事情全給抖出去來個同歸於盡，那大家就真的玩完了。

而這時有個透過傳真機發來的委託案讓憨面看到「多贏」契機。那是不願具名的委託人，要求幹掉民生社區某個三十來歲的男子，看起來平淡無奇，對方也已將前金給匯到指定戶頭，於是憨面就讓阿隆先去調查一下。

三天後，阿隆的回報是：「大哥，這一單有問題，我們最好別接。」

這是阿隆第一次建議拒絕的案子，反倒惹來憨面的興趣。他雙眼放光，問：「有什麼問題？難不成他出入都開防彈轎車嗎？還是什麼皇親國戚之類的？」

從阿隆的解釋裡，憨面看到了同時擺脫很多問題的解決方案。機會終於來了！

全民諮詢有限公司最得意的「創新商品」於焉登場，同時也注定了公司內三位成員的最終結局。

★運籌帷幄，讓每一次出手都獲得最大戰果

阿隆提到這份民生社區委託案時，先朝憨面打聽：

「大哥，你有跟這案子的客戶面談過嗎？能不能跟他多問點消息？」

「沒啊，這份委託案是直接從傳真機傳過來的，前金是用郵局的無摺匯款存進來的，擺明就是不想讓我們知道身份。你覺得有什麼問題就直接說吧，不要賣關子。」

阿隆回道：「對象是住在民生社區的這個三十二歲、姓吳的傢伙。我跟了他二天了，這人也很奇怪，平常沒有工作、遊手好閒，可是過得還挺不錯的。有時開著ＢＭＷ跑車出門、有時是跟一群人騎重機跑山路，身上穿戴的全都是高級貨。」

憨面哂道：「不就是個富二代嗎？再不然就是個中樂透還是搞詐騙的，有什麼好奇怪的。他進出都有人陪著嗎？」

「就是這點我才覺得奇怪。」阿隆說：「之前有兩單也是碰到真正的有錢人，那種派頭讓人一看就知道，出入都是前呼後擁的，也很注重人身安全，對吧！」

「是啊，所以我們那兩單都沒接，市場區隔嘛！」

「可是姓吳的這傢伙，出入都沒人陪，但只要一踏出門，就有長得像兄弟的人遠遠盯著他，走到哪就跟到哪，就算出門買個東西還是遛狗都跟著，也不知那些人是從哪台車裡鑽出來的。對

了，只要沒下雨的話，這個小吳每天晚上八點半左右，都會去附近公園遛狗，這是最好的下手時機了。」

憨面皺著眉頭想了會兒。的確，這裡頭似乎不太單純，難不成這次的「商品」是被追債的對象、還是某場綁票案的前奏？要是沒搞清楚一頭栽進去，恐怕公司也會被牽累。「好啦，這一單看起來應該可以做，我先找徵信社幫忙調查一下背景好了。喔，對了……」

憨面苦惱地對阿隆說：「綠哥那邊有點麻煩。」

「麻煩？他怎麼啦？」

「你知道他被第二個死者的女兒纏上了，正職都沒得做，還欠一屁股卡債，地下錢莊滿街追殺他，他家整條巷子都被噴漆警告。他實在快活不下去了，才一交保就跑來跟我說這禮拜有多少單他都要接。」

阿隆咋舌道：「這傢伙不要命啦！他都上新聞了，連狗仔隊都在盯他，他不去避避風頭還想接案？」

憨面苦笑：「不只接案，還坐地起價呢！他希望以後每接一單可以拿到三十萬，我跟他說這不合業界規矩，一般是承包愈多價格愈低吧，你猜他怎麼說？他說，你們這算哪門子的業界？我是包案愈多、就知道更多你們的商業機密，難道不該多給我點遮口費嗎？」

阿隆身軀一震：「他擺明是想勒索！大哥，要不然……」

阿隆眼珠兒滴溜亂轉，意有所指地看著憨面。憨面苦笑：「是吧，我跟他說要先問過我們股東的意見呢！不過我當下第一個念頭也是跟你一樣，找另一個承包商來處理他算了。可是仔細想想，這樣做風險很大。他太清楚咱們的ＳＯＰ了，要是第一擊不成功，那公司絕對倒閉、我們兩個都要回去深造，懂吧！」

阿隆頹然道：「那怎麼辦？讓他一直接案肯定會出事，可要不讓他接案明天就出賣我們，這還能有什麼選擇嗎？」

「是啊！你有空也要一起想想，看怎麼解決這事，幫老哥分憂解勞啊！這要出事了，我們都跑不掉！」憨面嘆氣。「萬一逼不得已的話，我們可能得花錢找真正專業的來處理他了。先說好，萬一走到這步，花的錢可不少，之前答應過你的年終分紅會打折喔！」

阿隆白眼一翻，舉雙手投降了。「好啦，花錢消災，總比回去深造好，對吧！」

其實憨面另有想法沒說出口。如果自己不能處理蠻橫的承包商，那麼轉由客戶來處理，說不定也能達到同樣功效。他將目前蒐集到的吳姓男子資料發給熟識的徵信社，讓他們去調查詳細身份。

沒想到資料發過去不到半小時，徵信社業務就直接來電進行回報了：「陳董，這位不必花錢調查啦！這一單我沙米思給你，不收錢，電話裡跟你說就行。」

憨面頓時來了興趣：「這該不會是蔣家第Ｎ代還是演過電影的吧？這麼有名嗎？」

「也還好啦，他其實算是半個萬華名人呢！」業務哈哈笑道：「萬華有個老角頭叫豹爺，人脈、勢力都很大，跟黑白兩道都有關係，當地幾乎是無人不曉啊！他努力大半輩子只有一個獨生子，想叫他繼承衣缽，偏偏這小子醉心畫漫畫，大學沒畢業就跑去外面組工作室，把豹爺氣得半死。不過在台灣畫漫畫沒餓死就萬幸了，豹爺還是三不五時塞筆錢救濟這個寶貝兒子……」

那位碎嘴業務開心地說長道短，但這下子阿隆的疑問倒是都獲得解答了：姓吳這傢伙喜歡宅在家畫漫畫、有老爸接濟日子也過得挺闊綽的，還有那兩個黑衣跟班原來是為了要保護他的。

到底誰跟這位角頭豹爺有仇，居然找上本公司殺他獨生子？能乾脆地拿出二十五萬元諮詢費前金這手筆，肯定不是想跟他競爭的漫畫家幹的。不過得知對方底細後，就算憨面向天借膽，也不可能去接這單生意。

不，等等！這豈不是一個天賜良機嗎？憨面忽然心中一動。這個超高風險的客戶，不就正是他夢寐以求能夠擺脫綠哥的最佳對象？運氣好的話，說不定能同時擺脫股東，一次解決很多麻煩……

★積極面對危機，也可能是轉機

憨面在腦海裡開始進行「企業危機處理」程序。當然，綠哥是本次計畫的最大風險，必須想辦法優先對付。接下來只要操作得當，借客戶家屬的手，自然而然就能來個「借刀殺人」。

憨面心知肚明，這是一盤得小心著手的複雜棋局，稍有不慎可就全盤盡墨了。主意打定後，他趁晚上阿隆回來公司時，再一次把他找進會議室密商。

「兄弟，早上跟你說的公司面臨危機這件事，你有幫忙想法子吧？」憨面問。

阿隆頹喪地說：「還能怎麼辦？綠哥不聽勸、又不能動他，我看不如把公司收起來吧！是說我們做了這一年多，多少也存了……」

憨面不耐煩地打斷他：「兄弟，你就這點出息嗎？公司一有狀況，就包袱收收準備去賣雞排？這種心態比較適合去搶銀行吧！」

「那大哥你有什麼辦法嗎？」

憨面假意沉思半晌，面有豫色道：「兄弟，我知道之前答應你是最後一次出勤了。但假如說，你要是破例再出動一次，可以將公司從這次危機中拯救出來，你願意再做一次嗎？」

聽到這話，阿隆的臉馬上像包子一樣揪了起來，他把左腳褲管捲起來說：「大哥，我這骨折傷還沒完全好呢！」

憨面忙揮手道：「如果你不願意，就當我沒說過。我照你說的，把公司清算，大家就拆夥各幹各的。但我得告訴你，綠哥在世一天，我們兩個就不會有一天安穩，哪天這大嘴巴就會到處去炫耀，讓我們兩個再去吃牢飯。」

阿隆已經不會那麼容易就範了，他裝作疲憊地說：「算了吧，大哥！這節骨眼上，我們還不如就早點結束公司，回鄉下去，改名換姓躲一輩子，都比現在強！」

憨面像是早料到他會這麼說，瀟灑地哈哈笑了起來：「你看得開，老哥就放心了，我呢，其實也是千百個不願意讓你再冒險上路。好，就順大家的意，明天就把公司收一收，跑路去囉！」

「我早想帶大哥回我老家去逛逛了！」阿隆言不由衷地附和道。

兩人相視笑了會兒。舒緩片刻後，憨面又嘆口氣道：「唉，我們兩人爛命一條也就算了。可憐的是你二嫂。跟我過上好日子沒幾天，這下也要跟著一起跑路了……」

阿隆心裡咯登一聲，但沒敢表現在臉上，故做輕鬆道：「有大哥罩著，就算跑路到非洲她也過得舒服吧！但也奇怪了，她只是在公司幫忙打電腦記帳，又不是承包商，幹嘛非得跟著跑路？」

「唉，都怪我，都得怪我啊！」憨面一副自責痛心的模樣：「當初為了讓她安心跟著我，一起來公司打拚，我把自己的股份分給她三成了，也就是佔了公司股份將近20％。你說，像這樣比例的股東，加上還有在公司任職，你要是警察，會相信她完全不知情嗎？唉，到時公司收了，我怕也供不起她的花費了，還要叫她記得跑路，會害我良心不安呀！」

阿隆心中百味雜陳。明知道這是憨面故意牽制他的話術，王珍妮也不是他的責任，但就算站在老同學的立場，他也不忍心看著她被憨面拋棄、然後過著一輩子隱姓埋名的生活。

這種生活永遠也盼不到幸福的。

「是啊，二嫂真是可憐呢，大哥你也要盡量負責才是啊！」阿隆打個哈哈，但憨面看得出他內心有點動搖了。

「好啦，時候不早了，快點回去休息吧！當然我們回家都再好好想一下，就睡前想個五分鐘，看看這樣對大家是不是最好的方案。」

「嗯，等等，大哥你沒說清楚，你打算怎麼做？」剛踏出會議室，阿隆又想到什麼似地轉身問：「要回家好好想的話，得連所有風險都一併考慮，這樣比較安全點吧！」

「喔，不錯喔，兄弟你有成長了！」看到阿隆口氣轉軟，憨面忙使出渾身解數：「你還記得嗎？你之前有提過一個科西璗的構想，就是讓同一個承包商同時解決兩個『商品』？」

「記得啊！不過大哥你也說，要把兩個『商品』湊在一起，操作起來難度太高，不切實際哩！」

「嘿嘿，創新很重要啊，兄弟。你大哥我，就是擅長從不可能中找出可能！」憨面得意地輕敲自己的腦袋：「同時湊兩個『商品』的難度的確很高，那麼如果換成把一個承包商跟一個『商品』湊在一起，難度就降低很多了吧？」

阿隆又被搞迷糊了。於是憨面再次化身最喜愛的人師角色，孜孜不倦地為阿隆解說：

「計畫很簡單的，既然客戶委託我們幹掉『商品』、而我們又想幹掉綠哥，那乾脆就讓綠哥去幹掉『商品』後，然後你再開車去幹掉綠哥，這樣不就一了百了？」

根據憨面的說法，這是一石四鳥之計。幹掉「商品」後可收取一筆酬勞，幹掉綠哥後，不但少付一筆承包商費用，還能甩脫這個大包袱，怎麼看都很划得來。此外，如果阿隆覺得「商品」背景有貓膩，也不必管這麼多，反正真正執行者是綠哥，家屬要算帳也找不到阿隆頭上，說不定還會包個紅包感謝他幫忙「復仇」哩！

酒駕殺手既然能撞飛路上的小老百姓，那為什麼不能有個酒駕撞酒駕的「全新思維」呢？當然，憨面沒說出口的是，這「商品」的家屬絕對不會善罷干休，而阿隆也沒上次那麼容易脫身。可以甩掉這個分錢的股東、覬覦二嫂的傢伙，對他來說其實就是一石五鳥之計。

「還有啊，年終結算也差不多了，如果你願意執行這個方案，公司就不會再有大筆支出了，你幹完這件事我馬上把這一百八十萬的支票給你，當作過年的大紅包！」憨面豪氣地說道，從保險箱裡抽出一張寫好金額的支票遞給他。

就像憨面一貫的授課風格，一堆話乍聽之下有理，但細想後總覺得不太對勁。

「等等，大哥，這大紅包我可是怕有命賺、沒命花啊！」阿隆苦笑道：「你這法子乍看是不錯，但仔細想想，我得以車撞車耶！這比上次撞披薩機車要更危險了，你該不會也想順便『勸退』我這股東吧？」

「喂，你不要把我想得這麼壞好嗎？」憨面信心滿滿地說道：「放心，這次綠哥那邊我會故意挑台泡水車、還把車身弱化一下。而你則是開加固的休旅車，前面加裝防撞桿，裡頭安全氣囊、防護座椅通通有，保證跟一台坦克差不多。你用這種等級去撞對方的泡水車，就跟石頭撞雞蛋一樣，安啦！」

阿隆來回看著右方的憨面、左手的支票，眼神又開始飄移不決。他不得不承認，憨面這招確實能解決很多問題，包括自己與王珍妮的未來。但在憨面的安排下又重蹈覆轍，心中總有種莫名的抗拒感。

憨面順著阿隆的眼神左右擺動：「吃牢飯？賺大錢？吃牢飯？賺大錢？……唉，這還有什麼好猶豫呢，老弟？如果不是已經沒招了，我真的不會要你親自上陣的。我跟你掛保證，這是最後一檔股東沙米思，以後兄弟倆再也不必出手，躺著賺就好！就算你還是想跑路，那也是跑得優遊自在，下半輩子不擔心了。」

除了這一百八十萬，憨面也承諾把省下來的外包商費用全都給阿隆。不過為了展現自己的矜持，當下阿隆還是沒有開口答應，只表示要再回去多想想。

★與上下游伙伴建立良好關係

憨面沉著地等待阿隆的回應，阿隆也耐心地以拖待變。但當憨面故意稱病不上班、讓阿隆跟王珍妮自行應付綠哥後，不到一週，阿隆也宣告投降。

於是，他照憨面的計畫，將民生社區吳姓男子的委託案交給綠哥，約定了執行日期與時間，自己則提早前往社區公園埋伏。

當吳姓男子牽著紅貴賓，前往公園途中，就被綠哥的福特泡水車給迎頭撞上天，紅貴賓倒是躲過了一劫。而趁著綠哥撞上路邊車輛無法動彈時，阿隆啟動了「小坦克」，高速碾穿了這貪心承包商的駕駛座，綠哥也當場宣告就此退休。

不過這台「小坦克」足足在馬路上翻滾了五圈才停了下來。

緊接著，阿隆看見了人生回憶錄就在眼前開演。十年間的過往，不到兩、三秒鐘的工夫就播映完畢，但神奇的是，每個細節卻都讓他印象深刻。

地球似乎暫停轉動片刻、時間遲滯了數秒鐘，然後阿隆眼睛的焦點重新凝聚、耳畔的雜音呼嘯響起。

阿隆又重新回到現實中了！

他哪兒也沒去，依然頭下腳上地深陷在扭曲的車體內，臉上多處傷口鮮血直冒，酒意上身、胸骨劇痛，呼吸困難……

阿隆狠狠地咒罵那萬惡的科西盪！

為什麼車頭前的防撞鋼管一點都沒發揮作用？瞧那潰縮大半的引擎蓋，難道多銲在裡頭的兩支鋼樑也是偷工減料來的？更要命的是，連安全氣囊都失效、安全帶根本沒回彈！什麼「坦克碰雞蛋」？這次出勤簡直是「拿雞蛋碰雞蛋」！

阿隆覺得著了某人的道兒了。不是二手車供應商有問題，就是憨面做了手腳。

隱約聽到有路人在旁邊說：「……夭壽喔，都沒煞車的，這一定是有喝酒。」

「唉唷，另一台車也是酒味很重，上面還有酒瓶。我看這兩台車都有在喝。」另一人接口。

「死一死卡好！最好酒駕上路的，不是撞樹就是都互撞啦！不要再出來害人了！」居然有人狠心地說出這種風涼話。

每次公司執行完業務，憨面就會叫阿隆收集隔天報紙。看多了，自然會知道這類新聞標題該怎麼下。他猜，明天的各報頭條應該是「台北市酒駕超氾濫，兩車互撞都喝很大！」

阿隆聽見響著警笛的救護車到了。

救護員與路人費盡九牛二虎之力，把他從車內拖了出來。

救護員伸出五指，要阿隆回答幾個問題，然後幫他套上頸圈，並做了緊急包紮。

救護員合力將他送上擔架。

阿隆被推進救護車內。從某個特定角度，他可以看見遠方新光大樓綻放的黃光。不知怎麼，心中突然覺得有種莫名的親切感。

救護車響起警笛，旋動著紅色光影，朝前方飛馳而去。

阿隆勉力地略微張開眼，看了下四周。真是見鬼了！這不知是哪家醫院派出來的救護車，怎麼內裝這麼寒酸？跟以前新聞或電影上看到的也差太多了！

除了這副擔架外，內部就只有一台沒開機的電擊器、一支點滴架跟一支氧氣瓶。兩個貼有白色反光條的紅色急救包隨意擱在角落。

難道這年頭連救護車也講究科西遢嗎？

「看什麼呢？」戴著口罩的救護員問。

「我全身上下都在痛……你不做點急救什麼的嗎？能不能先幫忙打個止痛針？……」阿隆忍痛埋怨：「這擔架的固定帶能不能綁牢一點？我都快滑下去了……」

救護員沒理他，反倒朝司機喊道：「呼叫，傷者表示全身都在痛，要求打嗎啡！」

前座兩人哈哈大笑起來。「你跟他說，很快就不痛了啦！」

阿隆無奈地躺平在擔架上。這是他第一次清醒地搭上救護車，也不知道對方葫蘆賣什麼藥，只好控制自己的呼吸來忍受痛苦。

又持續駛出七、八分鐘後，救護車突然靠邊停了下來。

原本坐在阿隆旁邊的救護員忽然起身，將擔架上的固定帶都給解開，然後打開止滑器。助手座上的另一名救護員也下車，打開車後門，幫忙扛起包包、氧氣瓶跟醫藥箱，阿隆聽見他跟司機的奇怪對話：

「……幫我搬一下電擊器……借來的要帶走……點滴架也是……好，我先走了，祝好運！……」

阿隆感覺不對勁，用盡全力地挺起上半身看向駕駛座，那一幕讓他震驚不已：救護車司機竟從置物箱內拿出一瓶高粱，仰頭猛灌了幾大口！

剎那間，他恍然大悟！

憨面當年要求加測的「車內防撞係數」，以及剛剛一撞就爛的休旅小坦克、沒爆開的安全氣囊，甚至還有……當時憨面說「之後就躺著賺」的閃爍眼神，通通有了答案。

阿隆暗罵自己愚蠢，這次的「綠哥回收計畫」豈止是一石五鳥，根本是「跳樓大拍賣」等級的一步棋！憨面那科西邊到底的堅持，把阿隆未來的三成股東分紅都給回收了，真是比東省西省那些小錢要有效率太多。

不愧是憨面老大！這次又有新的酒駕謀殺花招，再次打造出創新服務了。

救護車重新上路，嗚響警笛高速行駛。

阿隆驚恐地掙扎起身，想設法盡快脫離這台車。根據之前的實驗數據，他知道車內有人的SOP得加速到一百公里以上，才有可能讓車內後座的乘客被拋飛致死。

但一切都來不及了！下一秒鐘，「砰」的一聲巨響。救護車迎頭撞上了一堵住家外牆！

一股無法抵禦的巨大力道，把阿隆的身體舉起來猛往前拋，他不由自主地越過了駕駛座，撞碎擋風玻璃，往前飛了出去……

他有種錯覺。好像看到當年懷抱著天真期望的自己，從台北車站天橋重重墜落一般。

在他落地的那瞬間，人生回顧影展又開始放映了。這回他看見自己從溫濕黑暗的隧道鑽出來，有好幾個帶著口罩的醫生、護士熱烈地迎接他……

影片一樣在三秒內播映完畢，但這次他卻來不及看完。視網膜上的畫面，停格在熱氣騰騰的小籠包上，就此戛然而止。

★減少股東分紅，提高員工待遇

「太猖獗！台北市酒駕連環撞不停！」、「台北驚魂夜！一晚連三起死亡酒駕」、「無法可管？三起酒駕車禍奪走四條人命！」、「救護車駕駛竟酒駕？一晚四人枉斷魂」……

基本上，隔天各大媒體頭條的下標思路，跟阿隆預期得相差不遠。而飽受酒駕肇事之苦的台北市民，對這樁離奇難解的酒駕三連撞，莫不額手稱慶，真希望老天顯靈，酒駕上路的人盡量彼此互撞、或是自己開車去撞牆，不要牽連無辜，讓這個城市的夜歸用路人能夠安全一點。

「商品」死了、綠哥死了、阿隆跟救護車駕駛也都死了。當然，因為這場連環車禍實在太離奇，警察肯定會詳加調查，但憨面設好了多處防火牆，他有信心這些傢伙絕對查不出什麼的。

憨面滿面春風地放下報紙、關上電視新聞。昨晚這趟「超級回收行動」，絕對是他生涯回憶錄裡最出神入化的一段了！他簡直滿意得不得了，如果可以的話，還真想找個人來聽他吹噓幾句。

這次的「全面大促銷」開創了三種全新服務。包括讓承包商提早退場的「酒駕撞酒駕」服務、以及有效勸退股東的「救護車酒駕自撞」機制，還有瞞過阿隆安排的「人生最後一搏」加碼活動。

憨面透過關係，找到了一個末期癌症的牢友，願意用一百八十萬元的代價跟阿隆同歸於盡。對憨面來說，這代價真是太便宜了，只要把阿隆上半年的股東分紅支票轉給他，未來自己就能獨佔公司全部收益，豈不快哉！

為了要讓阿隆安心上路，憨面讓二手車商設法偷來一輛麵包車，將它塗裝成現役救護車模樣後，大搖大擺地前往車禍現場載上阿隆，然後再演出一場「酒駕自撞」戲碼。當然，一旦撞車後，做過手腳的油箱就會爆裂起火，將蛛絲馬跡都給燒得一乾二淨。

嗯，憨面腦海裡又浮想翩翩，雖然這類一次性承包商的代價高出很多，但要是有機會做到一次多單，那絕對可以賺得更多。比方說客運司機酒駕、載著整車乘客衝落山崖；瓦斯載運司機酒駕，結果在市中心自撞引起大爆炸；對了，之前那個「拆除釘子戶」，也能夠透過酒駕的砂石車司機來達成吧！

只不過，唯一讓他心中感到不安的是，姓王的小妮子不知跑哪兒去了？昨晚的深夜新聞有報導這三起車禍，不知道王珍妮是不是也看到阿隆的死訊？憨面早上還特地繞去她的公寓查看，赫然發現裡頭已經人去樓空，她今天也沒來上班。

難不成看到阿隆身亡，她太難過了嗎？這正好落實他對兩人間曖昧之情的猜疑。王珍妮以前一定跟阿隆有一腿！後來在一個屋簷下共事，又舊情復燃了。雖然已親手「勸退」阿隆，但自己曾經「引狼入室」的念頭，還是讓憨面很憤怒。

他回到辦公室的第一件事，就是趕快檢查重要文件跟公司戶頭，確認這兩樣都沒異狀才鬆了一口氣。雖然他安排王安妮處理內勤事務，但還是不能不防著點，他死也不肯把保險箱跟銀行戶頭密碼告訴她，就算她有異心也無法作怪。

嗯，王珍妮大概害怕自己，先跑路去了吧！反正他也對王珍妮感到煩膩了，各走各路這樣還省心些。晚上老婆又吵著要吃情人節大餐，趁這機會修補一下夫妻關係也不錯。

今天外頭陽光明媚、氣溫適宜，是個休閒懶散的好日子。憨面決定出門去咖啡店坐坐，然後下午再到人力銀行找兩個大學剛畢業的年輕妹妹，分別負責內外勤，做一陣子後看誰的「悟性高」，再讓她晚上多「加班」，陪老闆多做點後勤囉！

想來我們公司上班？除了能力之外，臉蛋跟身材也是很重要的，思想上開放些還有加分呢！想到能把面試搞得跟選後宮佳麗一樣，憨面就有些飄飄然的，掩不住嘴角的笑意。

當憨面站起身、披上外套要出門時，大門先一步被人打開，十來個戴口罩、挑染金髮、穿黑色皮衣的年輕人快速衝了進來，手上都拿著球棒或西瓜刀，將憨面團團圍住。

憨面楞在當場。不過他也是見過世面的，迅速在腦海裡分析起來：

這群黑衣人訓練有素。動作迅速且安靜，一進門就把穩各出入口，加上手上的武器，明顯是某個幫派堂口底下的打手。

最近有惹上哪路黑道人馬嗎？答案已經呼之欲出了，不過憨面自認為已做好萬全準備，黑道大哥也不是都不講理的，自己應該可以全身而退。因此儘管陷入重圍，他反而面不改色，心中大定。

等到小弟們完全控制住場面，樓梯間才響起腳步聲，一位看似帶頭老大的三十來歲男子，在兩名保鏢的隨同下，吊兒啷噹地搖著手中鑰匙圈，慢慢走到憨面跟前。他的左臉頰上有一道鋸齒狀傷疤，更添一股殘忍兇惡的氣息：

「你是憨面？」那男子摘下太陽眼鏡，銳利的目光盯視著他。

「是。我就是。」憨面回道。

「身份證。」

「請問大哥有什麼事找我嗎？我會完全配合的，不管……」

男子猛然甩了憨面一耳光。

好吧，對方也許可以講理，但絕對不喜歡廢話。憨面掏出皮夾，抽出身份證遞給對方。

男子仔細地比對憨面跟身份證上的照片，發出意義不明的哈哈聲，撂下一句：「我們老大豹爺想跟你說話。」接著兩名小弟二話不說就將憨面架起，朝樓下走。

帶頭男子又命令另外兩人：「你們兩個等在這裡，手機通知！」兩名攜刀帶棍的小弟依言坐在沙發上。

這時，憨面開始有不安的感覺了。

一群人又嘩啦啦地回到一樓，將憨面塞進一輛賓士車內，兩名小弟一左一右將他夾在後座中間。「眼睛別亂看！」左邊小弟只說了一句話，從此一言不發。車內籠罩在一股懾人的殺氣中。

憨面不敢多說話，沒戴上頭罩，讓他有認路的機會，這可能是好事、也或許是壞事。但假如是後者的話，他就應該沒機會再回到公司來了。

「究竟是哪個地方出問題了？」憨面的腦子全速運轉，想找出計畫中可能出現的破綻，另外也一邊將公司所有資產做個簡單計算，以做好最壞的打算。

★理解員工處境，避免拖後腿行為

這趟車程比預期中還要長很多。憨面偷偷用眼角餘光確認，四台賓士車隊開上了高速公路，一路往南開，經過了桃園、新竹、苗栗，一直開到豐原某處偏僻路段才停下。

這似乎是一處專門處理廢棄車的地方。生鏽報廢的車輛堆疊在一起，像座五顏六色的大鐵塔，舉目所及大概就有十來座，但顯得雜亂無章。車廠外圍除了國道高架橋外，就是一大片的荒地，杳無人煙。

自己是什麼時候開罪了台中的地方勢力？憨面滿頭霧水。民生社區委託案牽涉的不是萬華區的角頭嗎？

帶隊的男子示意小弟對憨面搜身，將身上的手機、手錶跟戒指都摘下，然後把他扔進其中一間貨櫃屋，門口綁了幾圈上鎖的鐵鍊。接著賓士車隊又開出車廠外揚長而去。

貨櫃屋內堆了一些報廢的汽車零件，看來是當作庫房之用。沒有任何空調通風設備，十分悶熱。憨面在屋內繞了一圈，確認沒有任何逃脫的可能後，索性躺了下來，腦袋裡仍不停地盤算著各種因應的方式。

憨面耐心等待。他知道這是道上慣用的折騰伎倆，這招不但可以殺殺自己銳氣，還能讓人胡思亂想心生恐懼，自己早一步打垮自己。

不過等到天都黑了，估計至少被關了五、六個小時以上，憨面也開始不耐煩，朝外頭高喊：「你們老大呢，不是要跟我說話？」不過卻沒人理他。

又過了不知多久，外頭傳來引擎聲，賓士車隊又回來了。貨櫃屋的大門被打開，兩名小弟將憨面給一路拖到外頭的空地。

外面高高低低站了十多名凶神惡煞，包括那名帶隊的男子。而人群中央有張氣派的褐色單人沙發，在雜亂無章的廢車場背景中看起來很突兀，前頭還擺了個不知用來幹嘛的圓木凳子。

應該就是豹爺的五十開外男人，很隨性地穿了身藍色運動服，蹺腳坐在沙發上。他渾身上下沒有顯露在外的殺伐之氣，看起來不像黑幫老大，反倒有幾分精明生意人的感覺。

兩名小弟把憨面拖到豹爺面前跪下。

豹爺慢條斯理地喝了口熱茶，抽了半根煙，這才開口朝憨面問：

「昨天，民生社區有個姓吳的，男的，被酒駕撞死。這事跟你有沒有關係？」

憨面一咬牙，橫下心決定否認到底。他回道：「……沒有關係，我不知道這件事。」

話還沒說完，一名小弟忽地拉起他的左手擱在圓木凳上，一把開山刀架上大拇指根部。拿刀的那隻手很穩，像是隨時會剁下的樣子。

憨面冷汗直冒，心裡大呼不妙。

又是一陣長長的沉默。豹爺慢慢說道：「恁爸話不愛說兩次，更討厭別人說謊。你犯我一次規矩、就剁你一根指頭，反正你有二十次機會可以玩，嗯？」

豹爺坐起身子，把臉湊近憨面，仔細欣賞他瑟瑟發抖的模樣。說：「再好好想想。你是不是教唆一個叫綠哥的，故意用酒駕把恁爸兒子撞死。然後又讓一個叫阿隆的把綠哥給撞掉，最後又找救護車自撞，將阿隆滅口？」

底牌全給人看光了！豹爺這段話，頓時讓憨面渾身乏力，差點身子一軟就倒下。他無奈地點頭稱「是」。

豹爺點點頭，隨手扔下一份牛皮紙袋。看到熟悉的紙袋樣式，憨面頓時知道大勢已去。那裡頭裝的肯定是民生社區的委託案文件。為求保命，憨面喊道：「不是我教唆的啊，是有人委託那個阿隆，要他幹這件事的。您讓我回去公司，我去查委託者是誰……」

憨面說到這裡突然停下。一旁有人啟動了錄音機，播放一段錄音。那是他跟阿隆上週在會議室裡「共商大計」的聲音：

「可是姓吳的這傢伙，出入都沒人陪，但只要一踏出門，就有長得像兄弟的人遠遠盯著他，走到哪就跟到哪，就算出門買個東西還是遛狗都跟著……」

憨面全身顫抖、冷汗直冒。他無暇去猜測這錄音是怎麼到豹爺手上的，現在全副的心思都只能放在怎麼保命這件事上。

「恁爸他媽的生平最恨酒駕肇事的混蛋！」豹爺狂吼，在場所有人的身軀都為之震動。「所有人都知道，恁爸最痛恨酒駕肇事的混蛋！阮大姊跟外甥女就是被酒駕肇事的人給害死的！然後你他媽的還開了個殺手公司，裝作酒駕肇事殺了恁爸的兒子！」

全場一片靜默。豹爺居高臨下地死死盯著憨面。

「你教唆殺的那個姓吳的，叫做吳興邦，恁爸盼了十多年盼來的，他不走這條路恁爸很開心，還指望有個人幫恁爸送終。結果呢？因為你！因為你跟你的公司，恁爸什麼都沒有了！」

又是一聲仰天虎吼，眾人被嚇了一跳，更不用說是跪在底下的憨面了。他現在已經改變想法，不求脫身，只求死得痛快！

豹爺頹然地坐回沙發上，嘆了口氣。「你說，你要怎麼賠？你能怎麼賠？嗯？」

「豹爺……豹爺，對不起，都是我的錯，您大人大量，請您給我一個補救的機會。」憨面抑制顫抖的語音，盡力把每個字都說得清楚：「我公司戶頭有七百多萬現金，保險箱裡的金條、名錶加一加也有三百多萬，還有一台二手ＢＭＷ也是您的。如果您暫時放我回去，我那房子也可以處理一下，市值有一千五百萬以上……」

豹爺冷哼：「所以恁爸豹爺的兒子，就只值兩千五百萬？」

「不是、不是，我是說我現在能付的都先給您，展現我的賠償誠意。」憨面急忙說：「您的公子絕不只這個價錢，您要多少，我之後都再籌給您！」

豹爺示意讓人拿了紙筆給憨面。「銀行的帳號密碼寫一寫，還有保險箱密碼，給阮馬上看看你的誠意。」

憨面無可奈何，把資料全都給寫明了。帶隊男子接過紙條，立即打手機給兩位留守台北的兄弟，驗證無誤後朝豹爺點頭示意。

「跟你講啦，恁爸不希罕你的錢，光你賣弄那點小聰明是能賺多少？」豹爺話鋒一轉，說道：「你很講究創新服務是吧？來，恁爸來跟你講講，什麼才叫真正的創新服務。大費周章地去幹什麼殺手也太憨了，這個世界，只有當莊家才永遠不會輸。恁爸懶得跟你這垃圾講了，我們堂主，哦，你喜歡叫經理是吧？恁爸叫阮的馬經理跟你講。」

豹爺說完後，站起身朝另一邊的貨櫃辦公室走去，一半的小弟簇擁著他離開。

那位稱號「馬經理」的刀疤男走過來，讓兩位小弟把憨面給架上旁邊的一台破車。

那是一台車齡至少二十多年的裕隆車，到處是斑斑鏽蝕，但顯眼的是，車裡、車外裝上了三台嶄新的攝影機。小弟把一個無線電耳機硬塞到他的右耳內。

「你等一下就往前開上高速公路。豹爺說，你有本事開到台北下內湖交流道，就放你一馬！」馬經理面無表情地說。「你要是敢做手腳，像是報警、迴轉還是下高速公路，這三台都拍得清清楚楚的，我們兄弟就會在下一個匝道口上去，直接開大車把你撞掉，然後再到台北連你一家子都一起解決。不相信儘管試試！」

憨面滿臉大汗地猛點頭。他沒膽量再有新想法了，至少眼前看到一線生機：只要開回台北就沒事了？不管這番話是真是假，只要能讓他暫時脫身，一回復自由他就海闊天空了。

「就從那個匝道直接上高速公路！我買你一萬元可以撐到竹東交流道，不要給我失望啊！」

「當然、當然！」憨面哈腰陪笑。只不過是開車嘛，這可是他的吃飯工具啊！開回台北又不是什麼困難的事。

但往前開了一段距離、看清楚路牌標示後，憨面的臉色變了。

是高速公路的匝道沒錯，但卻是南下方向！

★各行各業，唯有莊家才是最後贏家

可以想見，也許在有線電視的某台節目、或是某個隱蔽的視訊網站上，有很多賭客正聚精會神地收看這次「國道逆向」的實況轉播。而規則也很簡單：

找個不要命、欠債欠很兇的倒楣蟲，讓他開著一輛二手車，逆向開上國道，而賭客們則對他能「撐過哪個路段」來進行下注，走得愈遠賠率愈高，要是真能從豐原跑到內湖下交流道，賠率甚至高達一賠八百！目前最多人押憨面的熱門賭盤落在「湖口至楊梅」一段。

這意味著旁人最看好的憨面人生，只剩下八十四點六公里左右的路程，假如他中途沒有撞車或被國道警察攔下的話。後者看似是最佳結局，但很快就會迎來被黑道滅門的慘禍。

對了，如果當晚國道太冷清，莊家還有安排特別驚喜，加碼取悅賭客哩！

「絕命國道賭局」就是屬於角頭老大豹爺的創新服務，完全切合他的經營理念：不管在哪個行業，只有設法當上莊家的角色才能真正賺到錢，立於不敗之地。

雖然豹爺有交代要「講講」這服務概念，但馬經理也懶得跟憨面解釋太多規矩，跟小弟抽來根球棒狠敲駕駛座車門，催促憨面立刻上路。

大汗淋漓的憨面逼不得已，把遠光燈、霧燈跟雙黃燈全都打亮，上了D檔，硬著頭皮往匝道上開去。為了要進入南下匝道，他先逆向在省道上開了一大段路，這已經是險象環生了，匝道上連續兩輛下來的轎車，看到逆向突然開來一車，都被嚇得煞車閃避。

憨面總算開上了高速公路。他看到了一般人難得見到的場面：自己這台車像是狂風暴雨中的一片落葉，無以數計、時速百多公里以上的各式大小車輛，聲勢驚人地迎面朝他衝來，來回閃亮的大燈都快照得他睜不開眼了。

但他絲毫沒有一車當關的悲壯感，只有無邊無際的澈骨恐懼。

憨面下意識地想循著高速公路路肩前行，但耳機裡傳來一陣怒吼：「十秒內給我切到內側車道去，不然下個匝道口撞爛你！」

這命令令容不得他拒絕，何況他也沒辦法回應對方，因為根本沒有給他麥克風！

在廢車場的貨櫃辦公室裡，豹爺跟一眾小弟翹著二郎腿，邊喝著啤酒配花生，邊看著電視上的直播頻道。為了炒熱現場氣氛，畫面中除了顯示憨面車內的攝影畫面外，也特別安排了旁白，用賽車口吻來播報過程。

旁白操著台語口音說明：「很高興這次又在『絕命狂飆』跟大家見面啦！這回我們請來的，是首度亮相的天龍疾速王，憨面！大家給他掌聲鼓勵一下。大家趕快買好離手，選手上路啦！……唉喲，這次選手耍點小聰明，想用路肩偷吃步，不過很快地被逼回內側車道，喔，外側車道有一輛大卡車衝過來了，選手能不能閃開呢？……」

「撞、撞、撞！」押注憨面撐不過豐原路段的小弟們熱烈地大喊！

「閃、閃、閃！」押注憨面能多撐一會兒的小弟們握拳打氣！

大卡車發現前方的逆向車輛，車身左右搖擺準備閃躲。憨面把著方向盤猜測司機可能偏移的方向，最後橫下心往右打。

只差十公分！裕隆車驚險地跟大卡車擦身而過。強大的切入風壓讓車身瘋狂抖動、車窗玻璃發出共鳴巨響，憨面整張臉色慘白！

「唉呀！」沒有如願的賭客們懊惱地抱頭嘆息。

旁白繼續鼓譟：「好哩家在，雖然是第一次上陣，但他沒有創下節目開播以來的最短命記錄！現在選手回到內側車道，大腳油門往前狂飆，全神貫注地，時速來到了九十五公里……喔，兩百公尺處有輛開遠燈的小客車過來囉，選手能不能順利閃過呢？……」

迎面而來的小客車，在最後五秒才發現前方有逆向車輛，趕忙右打方向盤迴避，憨面又以毫釐之差閃過了被撞碎的命運。

「哇，這回閃得漂亮！我跟大家打賭，那輛小客車駕駛現在一定髒話罵不停！哈，選手開得飛快，連連閃過三台車，現在進入后里路段囉！喂，這裡太冷清了，今天路上都沒什麼車，有點無聊啊？要不要玩刺激一點，莊家也把賠率提高兩倍，大家說好不好？」

觀眾們喧嘩起來，紛紛用手機傳訊息給自動接聽系統，決定「是」或「否」同意玩得刺激些。

憨面千驚萬險地又閃過了五台車。不知道怎麼搞的，第五台車硬是龜在內側車道不讓，憨面只好看準時機切出外車道又切回來，搞得他全身血液直衝腦門，覺得下一秒都可能會中風。

還好，接下來的路段車流減少，憨面只要看準時機閃大燈，就可以讓前方車輛先行閃避。雖然三魂七魄幾乎都去了一半，但憨面全副心神都用在應付路況，心中恐懼感反而沒那麼強烈。

直播節目在三分鐘後進行統計。電視畫面右下角出現簡訊投票結果，觀眾們壓倒性地「同意」玩刺激點。

「切近光燈！」憨面的耳機傳來吩咐。

憨面遵照命令撥動燈光桿，但這麼一撥頓時發現中計！只聽到「啪」的一聲，像是車內有個重要零件停止作動，前方的大燈、霧燈、雙黃燈全告熄滅！憨面這下子被嚇得不輕！

「王八蛋！」憨面瘋狂大喊，淚水沿著雙頰流下。陷入一片黑暗的他，恐慌得鬆開油門、踩下煞車，但這下子才發現居然連煞車都失去作用。

「不行，不能停下！」冷靜思考片刻，他再踩下油門。

「這下子來個瞎燈狂飆，看我們的選手運氣會有多好！不是我在吹牛，要是他能夠撐過台中路段，我說他去買樂透隨便都能中頭獎！」旁白持續加油添醋。

哪個正常駕駛會想到，好好地開在中山高速公路的內側車道上，居然會迎面開來一輛完全沒開燈、時速破百的小客車？這種情況下一般人根本來不及反應。憨面只能遠遠地看準車流空隙，在內側車道跟二線車道來回切換。

「喔，看來這位選手的應變能力相當不錯，是不是玩《超級瑪利》練出來的啊？他往左閃躲過了一台休旅車……驚險地往右切避過一輛國光客運……漂亮喔！再閃一輛金龜車……喔喔，精彩精彩精彩、高潮高潮高潮，我們敬愛的條伯伯出現啦！這下子選手不成功就準備成仁！」

賭客們一陣歡呼！

接到用路人的通報，前方車流放慢速度，兩台閃爍著警示燈的斑馬巡邏車衝到最前方，打亮了強力探照燈，並分別佔據了內側跟二線車道，打算將憨面的裕隆給攔截下來。

憨面橫下心，逼緊油門，趁著對向無車時一口氣橫跨三個車道，衝往路肩去！兩台警車忙朝右方偏移攔截，憨面在最後五十公尺處猛力右打方向盤，從兩台警車間硬生生地鑽過去，兩片後照鏡被撞飛上天！

賭客們一陣喝采！旁白持續煽風點火：「哇！跌破眼鏡啦！這位選手是從Ｆ１賽車場找來的

嗎？千鈞一髮閃過兩台警車，表現可圈可點，看看條伯伯的臉都青啦！……選手持續加速，現在進入了三義路段，我要給他重新評價，至少可以撐到頭屋沒問題！」

現在就連分神去想下一個匝道會上來更多警車的可能性，都成了一種奢望。剛剛那兩輛警車壓縮了後方車流，迎面而來的車輛變得更密集，更讓憨面沿途閃車閃得驚嚇連連。

憨面在二線道連續閃過了幾台來車，但沒辦法抓住時間差，只好切進外線車道。

「給我切回去！」耳機傳來怒吼。

看準時機，切回二線道，閃過一台砂石車、一台小客車。裕隆車內轟隆隆的玻璃共振巨響幾乎沒停過！

切回內側車道，閃過一台休旅車。考驗反射神經的超現實場景，讓他有種小時候打賽車電動遊戲的錯覺。

切回二線道，閃過一台阿囉哈客運……險些撞上一輛運雞車，數支雞毛飛散開來，落在裕隆的擋風玻璃上，偏偏雨刷也失去作用。

幾根雞毛就不偏不倚落在前方視野內，憨面恨恨地罵了聲。連續閃過一輛兩噸半跟兩台小客車。

雞毛擋住視線，逼得他傾斜身體看路。切進內側車道，閃過一輛休旅車、一台小客車。

切換二線車道，閃過一輛國光客運、一輛統聯巴士。

切回內側車道……有一輛大型的工程車想超車，違規切換到內側車道，當憨面發現想閃避時已經來不及了……接下來的一切，就像慢動作電影一樣，在眼前清楚地開展：

一聲驚天動地的碰撞聲，憨面看著引擎蓋吋吋凹陷、三魂七魄往後拋飛，但自己的身體卻不由自主地往前撞去，當頭頂碰上方向盤那瞬間，整台裕隆的車頭已經整個凹陷，將憨面的身體深深夾入其中。

碰撞聲還沒止息，他卻清楚聽見自己肉碎骨裂的聲音。那股恐怖巨大的尾勁卻沒消化完，一路壓縮直抵裕隆的後行李廂，這台像是扔進沖壓機內的金屬塊狀物，才往後連續幾次彈跳、越過分隔島拋向對邊車道。

後來殯儀館的人員怎麼也無法將憨面的身體跟那堆廢鐵完全分離開來。火葬的時候，菜鳥操作員還以為鐵盤上那燒鎔的碎玻璃、小鐵片是一種新型態的舍利子。

當憨面瀕死的那一刻，他的人生走馬燈並沒有出現，連疼痛都還來不及傳達到大腦，他就迅速陷入了一片深沉的漆黑中。

或許是因為除了那些虛無的經營理念跟創新服務外，人世間值得他回顧的事情其實並不多。

★生死關頭，嚴格遵守SOP能救妳一命

當晚七時許，在憨面被迫吐露銀行帳戶跟保險箱的密碼後，留守的兩位小弟隨即接到馬經理的來電，找了紙筆抄錄完資料，便先去搜索保險櫃。他們把裡頭的銀行存摺、提款卡、十多萬現金跟備用車鑰匙全都取走。

不過兩人都不會用電腦，不懂得網路轉帳的方法。又打手機跟馬經理討論後，決定先去附近的提款機提領現金，能領多少算多少，超額的款項等明天銀行開門再處理。兩人又在辦公室裡大

肆搜刮一陣，便下樓開了憨面的ＢＭＷ揚長而去。

先一步在辦公室裡裝了竊聽器、一大早便躲在隔壁防火巷的王珍妮，透過ＦＭ收音機監聽辦公室內的所有動靜。她從兩位小弟的閒聊中，知道豹爺絕對不會放過憨面的，除了要將他身家全數搾乾外，一條爛命也留不住了。當然，小弟聽著馬經理指示而複誦的密碼，也全被她聽得一清二楚。

她快步走回辦公室，得趕在兩位小弟把全民公司的戶頭逐筆領空前，透過網路銀行把資金給轉移出來才行，這才能為她的復仇大計畫上一個完美的句點。

保存關鍵資料、竊聽錄音自保等，這都是以往一位從事徵信社的恩客教她的。也多虧學會了這些伎倆，她才有機會脫離萬華那間茶室、離開豹爺的魔掌。

被迫來到台北，徹底改變了王珍妮的人生，那是一種難以釋懷的切身之痛。她曾經發誓，要向豹爺做出最兇狠的報復。儘管他那時已是一方黑幫老大、而她只不過是一個手無寸鐵的孤弱女子。

但也許是跟了憨面後耳濡目染的關係，所以她也學會要制訂一個「一石多鳥」的計畫。為了要讓自己跟阿隆有機會脫身，她決定用自己的積蓄向全民諮詢有限公司購買「四十九萬九服務」：「商品」就是豹爺那一心想從良的獨生子！

她知道這樣的報復絕對能讓這老角頭痛不欲生，同時也會盡起手邊武力，朝下手者、教唆者無情復仇。而她也能趁此奪得全民的資產，讓她的下半輩子能夠好過些。

可惜，她把憨面想簡單了。也因此失著，把阿隆的命都給賠進去。

從憤怒、震驚的情緒迅速沉澱到心如死灰的階段，她決定將上班時偷偷複製的委託案件、憨面開會時的竊聽錄音，全都一股腦兒匿名寄到豹爺手上。當然，關於自己所有資料早已被抹去，也早一步搬了家，沒有人會知道幕後指使者竟然是當年茶室的一位小姐！

當王珍妮快步走上二樓時，在樓梯間被一位中年婦女給攔了下來。那婦女體型肥胖、濃妝豔抹，一照面就衝上來緊抓住王珍妮的手臂：

「狐狸精！妳這不要臉的狐狸精！憨面呢？妳把他藏到哪兒去了？」

王珍妮意會過來，眼前這位就是憨面的元配。

「陳太太，妳誤會了，我只是在陳董事長底下做事，跟他沒有關係……」

陳太太氣沖沖地拉開藍色托特包，抄出一疊照片，狠狠地全甩在王珍妮臉上：「再騙啊，賤貨！」

王珍妮低頭看了一眼地上照片，那是她跟憨面在辦公室摟摟抱抱的畫面，被人從對街大樓全用長鏡頭相機拍攝下來。

陳太太掄起手提包，對王珍妮劈頭劈臉地亂打一氣：「我老公呢？妳把他藏去哪了？為什麼他的車被兩個少年人開走了？妳說啊、妳說啊！」

王珍妮抬起手護著頭臉，默默承受不發一語。陳太太打累了，恨恨地看著她：「妳等著，我一定讓妳不得好死，死得很難看！」

臨走前，陳太太的嘴角揚起了一絲殘忍陰狠的笑意，跟憨面背地裡常浮現的笑容如出一轍。

王珍妮嘆口氣，整理好衣容，撿起照片，然後匆匆往樓上趕。時間不多了，她必須盡快將公司戶頭資金轉出來，至於剛剛所受的折辱也算是她應得的，站在同為女人的立場，沒什麼好抱怨。

進入辦公室後，她打開電腦、登入網路銀行，點開了公司戶頭欄位，餘額還剩下六百多萬，算算大概被領走十多萬元了。王珍妮登入憨面的帳號密碼，然後設定將六百萬元全轉移到阿隆的戶頭內，接著把自己的帳戶給刪除。

等明天早上九點後，自己就有六百萬元足以度過餘生了。但，該去哪兒呢？她心想著。無論如何，只要能離開台北，她都可以過得很開心，算是為自己被糟蹋的青春索討點補償吧！正當王珍妮邊盤算未來、邊破壞電腦硬碟的同時，公司外頭巷口突然傳來震撼的撞擊聲！

王珍妮心臟一揪！轉身衝往窗口查看。

一輛計程車衝上了人行道，撞爛了木製的人行道座椅，而車子下方隱約壓住了一個女人，一動也不動，頭側地面流了一大灘鮮血。她身邊的物品散落一地，在路燈照射下，那個藍色的托特包格外顯眼……

不會吧！王珍妮睜大眼睛，被撞的人竟然是陳太太！

在住宅區內，這聲猛烈的撞擊引來不少探頭探腦的住戶與路人。正當王珍妮拿起自己的手機想撥119時，突然看見滿頭是血的司機，搖搖擺擺地打開車門走了出來，坐倒在地面上喘氣，車內隨之滾落一支威士忌酒瓶。

天啊！台北市酒駕真的這麼猖獗嗎？就連王珍妮要離開的前一天，也都不肯消停一會兒？

那個司機在上衣口袋掏弄半天，拎出一支手機，在上頭撥了幾個鍵後，將耳機放在耳邊等待著。

幾秒鐘後，陌生的手機鈴聲響起。王珍妮詫異地四處搜尋，結果在自己的大衣口袋找到一支沒看過的手機，上頭有個陌生來電號碼。她想了一下，這才明白應該是剛剛陳太太掄起沒拉上拉鍊的托特包打她時，裡頭的手機就這麼滑落到她的口袋裡了。

陳太太應該也發現這件事了，或許是這樣，才等在樓下不願離開，想等自己走後再回來找手機，抑或是她還有別的意圖呢？

王珍妮下意識地按下接聽鍵。「喂？」

「喂，是119嗎？……我在萬華社區、萬大路口……撞車了，趕快……趕快派車過來……」

居然是樓下撞車的那位計程車司機打來的？王珍妮不明白，難道是他喝太兇兼撞昏頭，才打錯電話號碼？但下一段對話，頓時解釋了所有疑惑。

對方壓低聲音說：「報告……報告……狐狸精被……被我解決了，沒氣了……死透了、真的死得……很難看，哈哈……故意喝那、那麼多酒是……是要……怎麼撞人啦……我都快醉了……路都看……看不清……還好、還好這狐狸精一……一下樓……我就認準……撞上去了。妳……妳不是說會……會在附近看……看到了就趕快、趕快把剩下的……錢匯、匯給我啊……」

原來陳太太也學了自己先生那招，找到一位想錢想瘋的計程車司機，用酒駕肇事的方式想除去王安妮。不料計程車司機沒有SOP標準作業程序，太早開喝以致於喝茫了，而原本等在一旁看好戲的陳太太，看到憨面的車被開走後急著上來查問究竟，陰錯陽差地從公司大樓走出去後，結果反而被自己雇來的殺手撞個正著。

想到這SOP是阿隆制訂的，又在關鍵時刻間接救了自己一命，王珍妮的心情便很是複雜。彷彿孤單淒苦的成分淡了些，多了點濃情蜜意，哪怕心愛的對象早已不在這人世間了。

王珍妮離開辦公室，在街上招了一輛計程車，打算回到住處後，就打包行李連夜離開這個地方，她不想在台北多待一刻了。

車子行經市區，五顏六色的繁華光影投射在車窗上，她想起當年孤身北上、也一樣是在人口販子的擁擠車內看到同樣的景色。但她已然不再會有任何幻想或眷戀了。

她的目光抬起、看著依然漆黑的夜空。幸好，天空，總是會再亮起的。她突然好懷念那總是陽光燦爛的故鄉，還有那股沁心涼的渠道流水，以及臉上總有著莫名憂愁的大男孩。

那肯定是她生命中最快樂的時刻。

（全文完）

洩密者

每當有新客戶來到我們這家資訊安全顧問公司，猶豫著是否該花那麼多的經費、簽下一份未必有立即效益的資訊安全年約時，當年「長霖生技洩密案」的經典範例，就是我們老總最愛拿來嚇唬他們的壓箱話題。

說真格的，不管是多麼龜毛難纏、一毛不拔的客戶，在聽過這麼匪夷所思的商業間諜手段後，也會毫不遲疑地立即簽下眼前的合約。畢竟比起他們動輒以億計的智慧財產，付給我們的這些保護費，根本不過是九牛一毛罷了。

※※※

兩年多前的夏天，某日上午十點，我跟濤哥穿著正式西裝，拜訪長霖生技公司。為了避免打草驚蛇，對方要求我們偽裝成一家販賣網路設備的廠商，前去洽談合作事宜。

對於平常上班總穿著T恤、牛仔褲的我們，在七月豔陽高照時穿上一身正裝，說有多彆扭就有多彆扭。濤哥好幾次忍不住偷偷拉開領口透氣：「穿成這樣看起來是人模狗樣的，但真的快熱死啦！」

我們向櫃臺大喇喇地表示來推銷防火牆之類的產品後，便被領進一間小會議室等待。不多時，資訊部譚經理走了進來，一整個焦頭爛額的模樣。聽說長霖高層讓他負責揪出洩密者，他查了一個多月後雖縮小可疑範圍，卻始終找不出對方的身份跟手段，機密外洩情形完全沒改善。眼看烏紗帽不保，只好找上我們幫忙。

譚經理謹慎到有如驚弓之鳥了。他一進會議室後，先將手指豎在嘴唇邊，示意我們先不要出聲。接著他關好門、拉上內外百葉窗簾，再從口袋拿出電波偵測器，掃視桌下、牆壁沒有可疑的竊聽跡象後，這才坐下來跟我們說話。

「兩位就是小郭跟濤哥吧！不好意思，這事情有些緊急，咱就不客套了，直接進入正題。」

經過譚經理十分鐘的說明，我們大致了解狀況：

去年九月，長霖發現對手公司搶先一步，註冊了一個真菌基因改造工程的專利。他們大吃一驚，因為這項目他們已投入二億多元、秘密研發了三年多，不料卻被人捷足先登。他們仔細查驗專利文件，發現關鍵方法與幾個實驗數據根本就跟自家一模一樣，這才判定是有內賊將內部機密流出。

多方打聽後，他們密切注意網路黑市，果不其然在今年初，看到有自家第二份基因轉化技術檔案待價而沽，他們委託第三方人士花了二十萬美元買回來分析，發現那份檔案裡頭共有近百頁的完整文件，包括相關論文、實驗數據甚至會議記錄，比任何一份黑市技術文件還齊全，難怪敢開出這種驚人價碼。

這同時也顯示，這個內賊是一點一滴地蒐集研發部門的資料，經過整理後再流出去的！

專利技術是每間生技公司的生存命脈，一旦研發成果被掠奪，投入的資源無法回本，公司得啃老本撐營運直到下一個新品推出。因此，要是機密外洩的情況再惡化下去，再過幾年大家全都要喝西北風了。

公司董事十分憤怒！要求此事務必得徹查到底，並要讓主謀受到最嚴厲的法律制裁。為了避免打草驚蛇且影響商譽，高層決定先不報警，讓譚經理私下帶兩名助手進行內部調查。

※※※

「我們查了一個多月，最後鎖定了第二研發部門，可是還查不出究竟是誰、用了什麼手法。」譚經理無奈地說道。「高層又不希望報警，不然要是可以仔細查查每個嫌疑者人際圈內的銀行戶頭、通聯紀錄，應該很快就能揪出這個內賊了。」

由於長霖內部有嚴密的安全管控，每份列印、影印的文件都有浮水印暗記，因此仔細分析那份黑市買回來的檔案後，譚經理發現，裡頭的文件都是從研二流出的。再交叉比對時間與內部監視記錄後，最終將目標縮小為該部門的A、B、C三位職員。

譚經理把這三人的人事資料遞給我們：「我們在黑市買回來的檔案裡，發現裡頭有這三人的文件暗記。研二只有這三人有權限可以使用檔案伺服器，所以不會有第四個人做手腳。我們也找了徵信社對這三人進行背景調查，你們參考看看。」

研究員A，男，44歲，就職八年，一妻一子。月薪七萬五，除房貸車貸外，每月需再供母親的安養院費用約兩萬餘元。

研究員B，女，38歲，就職十一年，一夫二子。月薪六萬七，與丈夫月薪加總約十一萬餘元，除房租外，無其他龐大支出。

研究助理C，男，32歲，就職二年，單身。月薪四萬，除房租車貸外，在異性交友方面支出頗大，有賭博前科。

雖然濤哥懂點面相學，不過這三人的大頭照看起來都是飽讀詩書、慈眉善目的模樣，也很難判定誰最有可能是這個內賊角色。當然啦，C先生的年資淺，加上醒目的「賭博前科」，成了重點盯梢的對象。他的人事資料上還被劃上斗大紅色星號。

「因為個資法很嚴，徵信社那邊沒辦法完全查出個人金流。我覺得假如能夠從周邊親友戶頭查起，應該很快能找出些端倪。」譚經理一臉遺憾地說。

濤哥笑道：「現在有經驗的內賊都會去弄個人頭帳戶，用親友當白手套太容易露餡了，所以用錢追人這招也未必會成功。」

看我們大致掌握狀況後，譚經理起身說道：

「走吧，帶你們去看看安全措施，然後再去研二辦公室，期待兩位大顯身手啦！」

※※※

我們從公司櫃臺開始，沿著研二職員每日的上下班路線走了一圈，標記沿路明、暗處的各監視系統，然後我也親身配合做了幾個測試，發現長霖的安全措施只有四個字形容——固若金湯！

研發部門人員進出公司時，都必須經過機場級的安檢，別說是智慧手機、隨身碟這些玩意兒，就連一張影印紙都夾帶不出去。公司前後中庭設有電波偵測系統，如果有人想用手機網路偷偷外傳資料會被立即發覺。當然，包括廁所在內的對外窗都是封死的，就算突發奇想改用「飛鴿傳書」也沒輒。

而每位員工都配備有專屬磁卡，依照各自權限設定可拜訪單位。每間辦公室、每個出入口都有監視鏡頭，避免有人夾帶外人或其他器材進入。更讓人嘆為觀止的，是在工作時的保防措施，有種讓人身在北韓的混亂感。

員工的電腦都經過特殊設計，將「輸出」管道減至最低，除了螢幕外，其他如USB、耳機孔，甚至連揚聲器、蜂鳴器全都移除。對外網路都有防火牆嚴密管控數據流，資訊室內的數名資管人員，嚴格監視每個傳至外部的資料封包，還會不定時暗中監看員工的電腦畫面。

而儲存了研發資料與實驗數據的檔案伺服器，安全措施更是令人髮指。員工必須經過一道安檢關卡，才能夠接觸檔案伺服器。使用時只允許從螢幕觀看資料內容，或是透過印表機列印出來。每張紙上都會出現該名員工的浮水印編號，且當日下班前必須將紙張放進碎紙機徹底銷毀才行。當然了，其他如影印機設備等也都有類似管制。

或許有人考慮到，還可以透過手寫抄錄或速讀強記的方式，把機密資料帶出去？相信我，看過那些動輒上百頁密密麻麻的文件與繁雜撩亂的數據，絕不可能會有人採取這種辦法的。

譚經理帶著自信的語氣說：「像是之前那種可以傳輸影像的針孔攝影機，或是新一點的穿戴式裝置，甚至是記者用的那種四軸飛行器，我們全都做了防範，沙盤推演過了。」

「以前的管制就這麼嚴格嗎？」濤哥問道。

「差不多。出事後，我們有問過專家意見，再加強一些措施，但還是沒能完全阻止機密外洩。」

譚經理刷了他的安全磁卡，並要我們也比照辦理，然後才踏入檔案伺服器的房間。

濤哥走到檔案伺服器前，仔細地檢查了工作日誌與相關數據，發現防護措施做得很完善，系統漏洞也都堵上了，完全沒有駭客入侵的痕跡。其實這台伺服器根本無法連上網路，唯一的USB連接埠還有個精密鎖頭把關。

「這伺服器怎麼做備份？」濤哥問。

譚經理答：「都由我親自做的，有數據變動的話就存到兩個加密硬碟裡，送到總部跟銀行保險箱保管。」他展示脖子上的鑰匙，半開玩笑道：「除非我就是內賊，不然其他人絕不可能從備份資料裡動手腳的。」

※※※

眼看接近十二點的午休時間，員工們紛紛外出用餐。我們藉此機會在那三名員工的電腦裡安裝監視程式，並在實驗室、辦公桌與伺服器附近都加裝隱藏攝影機與電波感測器。由於外流文件還包括會議紀錄，因此也請總務部門將研二的會議都固定安排在同一間會議室。

濤哥與我的分析是這樣的：從外流文件的樣式來看，洩密者肯定是很有耐心地，將工作時能接觸到的文件都用「某種手法」蒐集起來，然後再透過「某種方式」攜帶出去，以其專業知識整理後透過偽裝身份掛上黑市販售。因此我們打算花時間監視A、B、C三人，時間一長肯定會露出破綻的。

為了保密起見，譚經理在下一層樓的邊間，幫我們以「設備測試」名義，安排了一間小辦公室方便監看，並且吩咐鄰近的行政部門不得干擾。

接下來幾天，我跟濤哥都呆在那小辦公室裡仔細觀察，尤其是那三位目標人士接觸檔案伺服器的時候，更是全神貫注地緊盯著。

A先生是研二部門的頭頭，跟B、C兩位相處還算融洽，喜歡佔佔口頭便宜，偶爾吃吃B女士豆腐。他不常跑實驗室或使用伺服器，大多時間在審驗數據、公文，以及上網逛些色情網站，但出於「職場倫理」，所以資訊部沒人敢警告他。

B女士的效率很高，用一半的上班時間就能完成當日工作，另一半時間則花在炒股票、看臉書、逛購物網站上。常跑實驗室並使用伺服器。喜歡手錶，常有好幾支名錶輪流戴著。

C先生可能因為年資淺，上班比較老實，不過因為非本科出身，常上網搜尋一些基本名詞，效率不太好。常跑實驗室並使用伺服器，也會藉故到其他部門找未婚女職員聊天。A、B兩人常使喚他做事。

每當有人進入檔案伺服器的房間後，我們就會開始記錄。比方說：

二點十分，B女士從檔案伺服器裡調出了五頁文件，回自己的座位，對著電腦上的實驗數據，在文件上註記了些東西。

二點四十五分，B女士拿著其中兩頁文件，走到實驗室裡，拿起有編號的培養皿進行切片，然後放到電子顯微鏡下作業。

三點十一分，A先生到B女士桌邊晃晃，翻看那三頁文件。

三點二十二分，B女士從實驗室中拿出一頁文件放回桌上，又拿起另兩頁文件找C先生討論。

三點二十五分，C先生從檔案伺服器中列印出一頁文件，拿到實驗室給B女士。

四點四十分，A先生似乎完成當日工作，在櫃臺處領了自己的手機後，外出買飲料。

五點十分，B女士上網玩臉書，三頁文件在實驗室內，三頁分別在兩張辦公桌上。

五點三十分，三人準時下班。但B女士看到門口告示，才想起沒把文件銷毀。吩咐C先生將六頁文件放入碎紙機中絞碎。

五點三十五分，三人完成安檢，走出公司大樓。

基本上記錄的大概就是這樣的瑣事。但兩天過去了，還是沒能在他們的電腦上、或是電波感測器中發覺可疑的資料外洩跡象。

濤哥盯著錄影畫面，一邊說道：「你看，像A先生下午外出，警衛的盤查就沒有很嚴密。而且也不能排除他離開公司後，是不是有跟其他人接觸過，或是把什麼資料透過手機發送出去。」

「不過他應該沒機會抄錄那些文件內容吧！」我納悶地說：「他不過去B女士座位旁翻不到三秒鐘，也看不出有動用迷你攝影機的可能性。」

「暫時離開公司的檢查是比較鬆懈些，總不能每個人都脫光搜身吧！真要有心的話，用光碟還是其他不會讓金屬探測器響起的載體錄下資料，藏在衣服裡帶著走，警衛也沒辦法。所以才希望你們在現場緊迫盯人找出手法嘛！」來探班的譚經理說。

濤哥有些頭痛：「可能的漏洞比我想像中還多，這活兒不是二、三天就能解決的。」

「明白。但還是希望你們加快腳步。」譚經理嘀咕著。

連我都聽出對方語氣中的不耐煩了。不過我們的考驗才剛開始。

在濤哥的示意下，長霖委託黑市買家，故意向賣家詢問，有沒有一些特定的實驗數據可賣。當然這是我們佈下的餌，如果有人特地從伺服器下載相對應的資料，那肯定就是內賊了。

不過賣家很謹慎，表示只願意販售手上現有的資料。他表示三個月後，就能賣出一份關於基因改造的技術文件，手頭上已經蒐集到五成左右的資料了，他還傳來一張圖表取信買家。

不出所料，那份圖表文件，正是前天我們才看到C先生從伺服器上列印出來的。這內賊想外洩的資料，就是研二部門目前進行的項目！

※※※

究竟這內賊是怎麼在我們的嚴密監視下，用螞蟻搬象的手法一點一滴地偷取資料？

我們請總部加派了兩組人馬協助跟稍，只要研二部門有人離開公司，就會有人在後頭跟著，並以電波探測在旁監視手機數據傳輸，但卻毫無所獲。

雖然譚經理暗示我們得「加強公司外的偵查力度」，但咱們是正規公司，為了避免吃官司，可不能像電影一樣跑到民宅裡裝監視器呀！

一定得從公司內部找出源頭才行！

「這樣下去不行，我們得想個辦法。」濤哥補眠五小時後，從行軍床上起身嘟噥著。

我強睜著發紅的雙眼，朝他苦笑一下。我已經連續看了五小時的監視畫面，一格格地播放，卻還是沒看出什麼蛛絲馬跡。

距離長霖委託已經過了一週。本來我們還能跟著研二人員在五點半下班，但眼看資料外洩沒改善，擔心或許是夜間有人做手腳，於是濤哥決定乾脆二十四小時都留守在此。

「還有什麼辦法？我們把伺服器、個人電腦、印表機全都檢查過了，這三個人的一舉一動也都仔細監視，但資料還是一張張流出去……這內賊的道行也太高啦！」我躺上行軍床，半敷衍地回道。

換濤哥開始監看錄影畫面。他原本想針對每個人的「行為模式」來分析，比方A先生固定外出喝下午茶、B女士習慣幾點上臉書、C先生去陽台抽煙幾次之類的，但成效不彰。

凌晨四點整，我醒過來，準備跟濤哥換班時，他卻不在座位上。

原以為他是去洗手間，但當我朝監視器看去時，卻發現他拿了譚經理的磁卡進入研二辦公室，在印表機後方忙活著什麼。

「搞什麼鬼呀……」我搞不清楚他的用意。

十分鐘後，濤哥洋洋得意地走了進來，舉起手上的電源線笑著說：

「試試我的新招數吧，這招叫『敲山震虎』！」

※※※

如果始終無法從「人」身上查出問題，那麼就來試試「機器」的問題。

由於機密是以單頁文件的形式流出的，因此濤哥決定來個測試，把會經手機密文件的「機器」逐個換上動過手腳的電源線，造成故障假象，來試探員工們的反應。為了迷惑內賊耳目，濤哥還故意把辦公室內的「乖乖」全都收起來。

第一天印表機故障，員工向總務部報修，故意拖到下午才處理。B、C兩人雖抱怨連連，但無異狀。

第二天影印機故障，A出門還買了幾包綠色乖乖回來擺上。

第三天實驗室燈箱故障，三人開始討論這接連不斷的故障狀況。

重點在第四天。濤哥孤注一擲地讓碎紙機「故障」。本來我們也沒什麼把握，沒想到竟然有動靜了！

那天早上，C最早發現碎紙機無法使用，然後也回報給總務部，B開始有心神不寧的模樣。午休時，B趁著辦公室無人，不經意地將一張便利貼給貼上監視器鏡頭，但她不知道我們在暗處另外安裝有電眼，將她的一舉一動都側錄下來。

B女士把碎紙機上蓋拆開，從裡頭拆下一個長條型物體，然後又在旁邊按了一下，彈出一塊黑色片狀物，她拉開衣領將它放了進去，並把長條型物體給藏到公共空間，最後再把碎紙機給復原。

這下子我們才恍然大悟！重新檢視之前的錄影畫面，這一切就很清楚了。

原來B女士把一台掃描器的核心元件分拆開，偽裝成是網路購物的零食包裹，花了幾個月的功夫寄到公司給自己。趁人不注意時偷偷組裝起來，放入碎紙機裡頭。每當有人銷毀機密文件時，就會被掃描一遍轉存到記憶卡裡。B女士每隔一段時間就會把記憶卡取出，偷偷夾帶回家轉存資料，隔天再趁機塞回去。

那天趁著B女士下班前，譚經理派了一位女性安檢，從B女士的胸罩夾層裡找到了如指甲片大小的MicroSD記憶卡。這下子人贓俱獲了。

至於B女士的動機是什麼呢？其實她並不缺錢，只是想報復而已。她覺得公司對女性員工有差別待遇，任何福利包括薪水都差了一大截。此外，去年應該是她要升職、卻讓資淺的A先生捷足先登了。於是趁著品行不佳的C先生剛進公司時，她覺得有助於轉移調查矛頭，所以才選在這段時間下手。

※※※

「所以機關是藏在碎紙機裡頭？」連我們的資深老總也覺得匪夷所思。

「其實也算不上什麼高科技，但竟然把大家給騙得這麼久。」濤哥指著我笑道：「這次要不是小郭機靈，用了什麼敲山老虎之類的招數，我看還沒這麼容易抓到內賊呢！」

我感激地看向濤哥，知道他有意把功勞讓給我，使我能轉正職。但我以後可就得當個「萬年小弟」了。

唉，這萬惡的職場倫理！

（原文刊載於幼獅文藝第738期）

雨季・日記

突如其來的腦溢血，讓我的妻子翠華在工作時癱倒在地。當我匆匆趕到加護病房，她已氣若游絲，斷斷續續地交代：

「衣櫃裡有個餅乾盒……存摺跟要保書在裡面……旁邊有本我的日記，你不能看……千萬不能看……」

「我知道，我不會看。」我流著淚答應。

「……你一眼都不能看……我一走，你立刻把它燒掉！」妻的眼神充滿哀傷與不捨，一字字吃力地說：「……你如果翻開看上一眼，我在地・獄・也・不・會・原・諒・你。」

這是我們之間最後的對話。當下我便明白，妻臨終前最掛懷的事物，以及我不得不給的承諾，將會像幽靈一般永遠困擾著我。

※4月5日

雨季開始了。

原本以為在妻的靈前守了三夜，回家後會倒頭就睡，但事與願違。

吃了兩顆安眠藥。偏偏窗外雨聲淅瀝，加上失去體溫的另一半床面，讓我輾轉反側。

「你覺得痛苦的時候，試著寫日記看看吧！把你當下的事情、感受都寫下來，就好像我在傾聽一樣。」我的諮商心理師范姜芷怡，說這也是個藥方。

「我不會寫。」我下意識地拒絕。

「凡事總有第一步，試試看吧！」她鼓勵道：「就好像我們做過的那些療程，你就用別人可以理解的方式去寫。以後有空翻看看，用第三者的角度看這些事，你的想法會變的。」

我嘆了口氣，從床上起身。打開檯燈，在抽屜深處摸索著，找到一年多前買的，但卻乾淨如昔的筆記簿子。

凌晨3：15分，世界一片空寂。昏暗的光線裡，我試著下筆。

窗外的雨勢驟然變大。零碎的雨腳在玻璃窗上匯聚成一道道河流。是了，我突然想起，下午在醫院走廊上看到的電視氣象，預告著梅雨季將臨。就用這令人憂鬱的天氣來起頭吧！

於是雨季開始，我開始寫日記。

※4月7日

葬儀社的人員今天來上香、為妻換衣，並問了會出席公祭的人數。

當知道年紀稍長於我的妻，與我一樣沒有其他直系血親的時候，對方掩不住臉上的驚訝表情。是啊，我與妻原本各自在世間孤單飄零著，然後幸運地如浮萍偶遇，照亮彼此的生命。但可悲的是，好不容易盼來的一絲溫情，轉眼間卻從我懷中遠離而去。

在黑暗的房間裡，打開一瓶便宜的伏特加。一杯、兩杯、三杯……雙眼醺然，往事浮現心頭。

當年第一眼看見妻，我在心中就認定她是未來的另一半。

在我三歲那年的某個颱風夜，外出工作的父母親因為碰到了斷落的電線而慘死。我跟大我兩歲的姊姊被外婆撫養。但外婆靠拾荒為生，實在養不起兩個小孩，於是將姊姊寄養到別人家裡——我長大後才知道那叫「童養媳」，從此沒再相見。

而妻同樣命運多舛。

國小六年級時家中一場莫名大火，讓她失去了雙親與弟弟。重傷的她在醫院裡昏迷了二個多禮拜才醒來。但家人的撫卹金，卻早被其他親戚給偷偷領走……

無論是親情撫慰或物質生活，我們一無所有。或許是同病相憐，才醞釀出兩人只能緊緊相擁的依存感。

雖然之後發生了「陳芸事件」，我們之間有了隔閡，但我知道，彼此的牽繫始終都在。

決定出門為妻辦點事。在大雨滂沱的街道上，踽踽獨行。徹底感受到被世間遺忘的悲涼。

※4月10日

送妻最後一程。天空依然下著小雨。

遵照台灣習俗，在焚化爐的火焰呼嘯之時，我哽咽著提醒妻「記得快走」。一張一張燒化手中紙錢，能為妻作的事終告一段落。我們的共同好友，也是妻的同事藍姐，特意走到我面前，握著我的手說：

「節哀順變。有什麼可以幫忙的，一定讓我知道。」

我看進她的眼底，滿是深沉的悲哀與同情。

在場有七八人來為妻送行，但我很清楚，只有藍姐的哭泣與慰問是真心的。

※4月12日

早上，我彷彿聽見妻呼喚我下樓吃早餐的聲音。我下意識地回應了聲，走下樓，看著空蕩的廚房，突然意識到她已經不在的事實。

剎那間悲從中來。我背靠著流理台，緩緩坐倒在地，哭得像個小孩。

走進浴室裡，看著鏡中那張悲哀的臉，然後為自己的左手腕再添了兩道新傷。

鮮紅色的血在洗臉台中打轉、拖著尾跡慢慢轉淡。

但肉身再怎麼痛楚，卻絲毫無法分擔、哪怕一絲絲也好，那錐心煎熬的悲苦。

為什麼？為什麼？我發瘋地逼問鏡中的自己……

像妻那樣充滿同情心、願意為別人付出、總會幫別人著想的好人，為什麼就不能再多留戀這世間一分一刻？

又為什麼，她在臨終時刻，執意認為自己終究會下地獄呢？

※4月13日

明天才銷假上班。

一直提醒自己，等到開始工作後，再去處理妻的日記。這樣我可以藉著忙碌掩護，讓自己的思緒不再死纏著妻的遺言不放。

只不過外頭接連不斷的雨，讓我深陷沉鬱的沼澤。

幾杯威士忌下肚，腦海深處那陣鬧烘烘的聲音，愈來愈大。

藉著酒意，走進了那間始終沒客人來住過的客房。伸手在掛滿衣物的衣櫥下方摸索幾分鐘，找到了那個小鐵盒。

那是一個繪有戴帽子女孩的禮餅鐵盒。某場年代久遠的同事婚禮的遺跡。

裡頭放了妻的保險資料、存摺、信用卡。還有那本讓我揪心的日記。

封面是紅色格子紋、短絨毛皮質的，如本小字典般厚。封面與封底有個厚布條小鎖封著。側邊書頁因為翻閱次數不一，而有顏色深淺差異。這樣看來，日記內容大概寫了半本左右。

我找了支螺絲起子，插入布條鎖的縫隙間，不怎麼費力便撬開了。但妻臨終前的哀傷容顏，霎時浮現在眼前。

其實壓根兒沒考慮過，偷看她的日記是否道德，我只是不想辜負她最終的請托。如果某日我們在地獄相見，我也不希望她因此而不再理我。

想到這些，頓感全身乏力。我沒有勇氣翻開這本日記。

等我回過神來，已是午夜時分。

※ 4月14日

回到工作的餐廳。兩週不見的同事變得更疏離，一照面便表達口不對心的哀悼。

在這邊只是打打雜，也沒跟誰真建立起交情。妻的告別式上，小主管來簡單致意一下，在外頭等著的計程車甚至還沒熄火。

無意義的寒暄告一段落。我旋即發現，原本的工作位置，已經被一個新來的年輕女孩佔據了。小主管要我好好教她上手。

「等她上手以後，那我呢？」我問。

小主管眨巴著眼睛。「你去廚房幫忙吧！」

年輕女孩上手後，做得很開心。但我在陌生的廚房裡顯得多餘，還沒到中午，就被大廚嫌笨手笨腳轟了出來。

跑到後門抽著悶煙，小主管來找我。

「我還能回外場嗎？」

小主管搖頭。「你這狀態，不合適。我想，你再休息一個禮拜，怎樣？」

「我一個打工的，你一個月要我休二十天？你直接要我走人就是了。」

他像隻狐狸一樣，眨巴眼睛沉默著。

我氣得把門甩開，衣服換了，手上抱著一堆雜物，一聲不吭地離開餐廳。

沒必要說再見！

狼狽地走在雨中。雖然跟那地方沒有感情，但總覺得與這世間的微弱聯繫又斷了一縷。

※4月15日

不用趕著上班，生活變得虛浮。

算算手頭上的存款，省著點用，其實還夠我活上大半年。

也許小主管說的沒錯，我常魂不守舍地發著呆，手邊的事常忘了跟進，只是自己也沒察覺。要怪的話，只能怪那些紛亂的思緒，總喜歡鑽進腦海折磨著我。

我得拋開過去、重新出發才行！但我很清楚，那本日記裡的秘密卡在心口，我就不可能再向前邁進一步……

就著昏黃夜燈寫日記。窗外夜雨，淅淅瀝瀝，沒個了局。

新聞上說，因為鋒面滯留，預計最快也要到下週三以後才可能放晴。

假設，我是說假設：當初妻的要求是「不准我看一眼日記」。那要是別人看了，然後用其他方式讓我輾轉知道裡頭內容，這樣算不算違背諾言？

我知道這樣的想法很鴕鳥，但卻是最有可能解開這個死局的方案了。

思潮起伏，又迎來一個無眠的夜晚。

我打算明早就打電話給藍姐，請她幫這個忙。

※4月17日

「不好意思，雨好大，路上塞車了。」

雖然髮際還串落著雨珠，但藍姐趕到約定的咖啡廳時，忙不迭地先道歉。

藍姐和妻是同一類人，第一時間總先為他人著想。我心中感到一陣暖意。

我不擅長客套。因此寒暄沒幾句，我便切入正題。

「你覺得，翠華會希望她的私密，就這樣隨意被別人翻閱嗎？」

藍姐緊蹙眉頭，壓根兒不想伸手接過那本日記。

「妳不是『別人』。」我誠摯地說。「藍姐，所以妳一定懂得我放不開的苦衷。沒把這個結解開，我寸步難行。」

藍姐幽幽地嘆了口氣，半晌沒回應。

我們沉默地喝著飲料。良久，藍姐試探地問：

「……你應該有設想過，翠華想隱藏的祕密是什麼吧？」

「想了很多。」我如實回道。「像是她跟別人有一腿啦、她在外面生了一打小孩、她在外面兼差當妓女、甚至是個職業殺手之類的……」

藍姐輕笑。「假如翠華的生活這麼多采多姿，那這輩子真沒白活了。既然你這樣的可能性都想過，那又有什麼好擔心？」

我苦笑以對。我們都知道，這些臆測都是玩笑話。那不像是我們記憶裡的那個多愁善感的翠華。

我永遠猜不著的那個真正答案，也許反而是最平凡無奇、但也是最讓人恐懼的。

為了要給藍姐一些心理準備，我決定將陳芸的事全盤托出。

五年多前，我跟餐廳一位服務生陳芸有了不倫之戀，關係維持了大半年。雖然當時我都用排班的方式與她幽會，盡可能保持正常作息，但我猜當時妻也隱約察覺到這件事，但並沒有點破。

那年年底，陳芸被發現遭人在家中刺殺。命案現場被佈置得像是有盜匪入侵，但警察仍積極地調查周邊人際關係。包括我、小主管與其他同事，都被要求按了指紋、刮了口腔粘膜。

當時因為警察頻繁約訪，加上媒體推波助瀾，讓具有生化科技背景的妻有所警覺。因此之後妻曾向公司請了二個禮拜的年假，獨自一人離開了台北市。我因被限制住居，妻也故意不帶手機，那二週我們處於失聯狀態。

我想，她有權利生氣的。

警方的偵查行動持續了一個多月，我被請去約談三次，甚至差點被扣押起來。還好後來確認了案發時間，發現那個時間段，我正好跟餐廳同事一起去載運食材，有了完整的不在場證明，因此矛頭才沒指向我。

直到今天，陳芸的被害依然是懸案一件。

也是從那時開始，我發現自己有輕微的憂鬱症。

「……你該不會想著，翠華跟陳芸的案子有相關吧？」藍姐問。

「就算翠華真的是兇手，因為這樣覺得自己會下地獄，我也不在意。我只想知道，真正的秘密究竟是什麼。」

但藍姐依然遲疑著，不肯接過日記。

我嘆了口氣，把襯衫的左手袖子往上捲，出示了手腕上新添的傷痕。

藍姐的態度終於軟化。她無奈地抓起日記本放進手提包：

「好吧，明天我們在這裡碰面。但你要答應我，之後一定要把日記給燒了，好嗎？」

我心中一陣狂喜。「好，一定！謝謝妳，藍姐。」

※4月18日

懷著激動期待的心情，我提早半小時到咖啡廳等待。

一整天心裡頭總牽掛這件事。也許只有當今晚的謎底揭曉後，妻的告別儀式，才總算能圓滿落幕吧！

邊等待，邊想著在不破壞對妻的承諾下，藍姐該怎麼讓我知道真相？打啞謎？比手畫腳？或是一句模稜兩可的暗示？

我滿懷期待，心臟跳得好快！但過了約定時間十多分鐘後，藍姐卻遲遲沒出現。

我撥通她的手機，彼端傳來「沒有回應」的訊息。改撥到她公司分機，卻始終是無人接聽的狀態。

不安的感覺在胸口爆發開來！

我煩躁地在咖啡廳裡踱來踱去，絕望地對著手機吼叫、連老天爺都一併咒罵。其他客人似乎被嚇著了，連服務生都來拉著我，但我狠狠地甩開他們。

為什麼？為什麼？為什麼明明就差這一步，就能把我的心結打開，但偏偏要橫生枝節？哪怕是一點暗示也好，我只要她幫這個小忙，為什麼偏偏就要生出這麼多曲折？

到底為何要這樣捉弄我？……

我執拗地在咖啡廳等待，直到他們打烊熄燈。悻悻然地一路淋雨回家。腦袋發脹，又是一夜未眠。

※4月19日

一大早我就跑到藍姐上班的生技公司去。好不容易等到上班時間，但櫃檯卻推說她已經離職。她的手機依然撥不通。

我就在公司門口一直等著，怒視著從裡頭進進出出的每一個人。

下午二點多，她從公司內走了出來，身旁跟著一名警衛人員。

「我找妳很久！為什麼躲著我？」我憤怒地衝上前，但警衛把我攔下。

藍姐不敢看我。「對不起，我不知道該怎麼跟你說，你不可能接受這樣的解釋。」

我推開警衛。「究竟發生什麼？妳看著我的眼睛說。」

藍姐表情苦澀地望向我。「……前天我離開咖啡廳，要去搭捷運的時候，有搶匪把我的皮包給搶走了，翠華的日記在裡頭。」

剎那間我感到全身冰冷。「妳說謊！怎麼可能有這麼巧合的事。我不相信！」

藍姐歉然地搓著雙手：「我不奢求你原諒。但這就是事實，我只能跟你說抱歉。」

我衝上前去，但警衛一把將我推開。

深吸一口氣，我冷靜下來。「那妳去報案了嗎？警察那邊總會有個記錄什麼的吧？」

「我沒報案，這種情況肯定找不回來。」藍姐竟然轉頭走回公司：「對不起，事情就是這樣，我沒辦法再做些什麼了。」

「妳鬼扯！妳給我交代清楚……」我不甘心地大喊，再次衝上前要攔住她。但這回身後竟又冒出兩名警衛，將我架出門外。

我在人行道上，仍用盡全身力氣大罵著。罵藍姐的無情無義、罵自己的所託非人、罵老天何其不公。我恨恨地搥著公司外牆痛哭。

該死的雨仍然連綿下著。

※ 4月20日

我堅信，妻的日記還在藍姐手裡。

隔天我又殺去她的公司。但那些職員看到我像是看到鬼似地，全都嚴陣以待，甚至有人馬上拿起電話報警。

櫃檯不敢直視我，只敷衍地說，藍姐已經申請他調，到外縣市的分公司去了。

我的腦袋幾乎要爆炸：日記裡究竟隱藏了什麼恐怖秘密，竟然讓看過的人寧可遠走他鄉，也要三緘其口？

我快瘋了……

※4月21日

「你多久沒有好好睡上一覺了？」

今日約診，心理師范姜芷怡一見面便問。

我苦笑。「想不起來了。睡不好，有這麼明顯嗎？」

「最近沒照鏡子？」范姜隨手將桌上的小鏡轉向我。

裡面那近似骷髏的模樣，連我自己都不忍卒睹。我別過臉去。

接著我把妻葬禮之後的事全盤托出。

「也許你該體諒藍姐，或許她說的是真的？」

我火氣又上來：「范姜，我這人確實有點憂鬱，但並不代表我是傻瓜。」

「我不是這個意思。」她從容笑道：「過日子很不容易，希望你記得我們討論過的三不原則，不自尋煩惱、不鑽牛角尖……」

我打斷她。

「對現在的我來說，妳的三不原則，跟妳開的安眠藥一樣沒用。」我嘆氣。「妳如果真想幫我的忙，不如幫我指點迷津吧？我認識的人裡，就只有妳最聰明了。」

范姜笑道：「要我們一起偷看翠華的日記？這完全違反醫學倫理啊！再說，現在日記本也不見了，我們面對的是一個沒有答案的問題，做再多，也只是自尋煩惱罷了。」

「那妳就別他媽的當個高高在上的醫生，當個可以聽我說的朋友！」我痛苦地說。

范姜沉默，眼裡浮現一絲憐憫。

「不管會有什麼樣的後果，也沒關係嗎？」

「還能比現在更慘嗎？」我反問。

她在皮包裡翻找了會兒，遞給我一張名片。

「徐天謀？」我看著這張素淨過頭的名片。「是算命的？」

「我表弟，現在是高中老師，沒事總找我問些故事題材，說要寫小說用的。你的事，他或許幫得上忙。」

※ 4月22日

我迫不及待地約了徐老師隔天見面，就在他任教學校附近的便利商店。

我們坐在用餐區最角落，來往的學生不斷向他道好。

徐老師的模樣，就像典型的高中化學老師：沒啥特色的初老男人，搭配著過時的髮型跟條紋西裝，有點神經質的話癆。

但跟他談了五分鐘後，他那種「凡事認真」的傻勁，贏得我的好感。

「大概的內容我都知道了，直接開始吧！這話可能有點失禮，但我先假設，假如沒有意外的話，那麼最熟悉夫人的人，應該是你。」

「呃，應該是吧。你可以直接稱呼她為翠華。」

徐老師推了一下眼鏡，問：「好。那憑你的直覺，你認為翠華可能隱藏什麼樣的祕密？」

「像是她跟別人有一腿啦、在外面生了一打小孩、兼差當妓女打工、甚至是個職業殺手之類的……」我自暴自棄地把之前的玩笑話照搬出來。

徐老師思考了一會兒。「首先，翠華每天的作息如何？是不是常臨時出門或公司加班？」

我搖頭。「她有份全薪工作，固定早上九點到下午六點，不需要排班或出差。下班後我們常一起吃晚餐，大部分時間都待在家裡。」

「她有連續兩天以上沒在家中過夜的記錄嗎？」

我想了想，記憶中似乎只有五年前陳芸案發生後那次。「五年多前，我們有次吵架後，她曾經外出兩週左右，我不知道她去哪裡了。」

「你們感情好嗎？晚上都睡在一起？」

「是。」

「嗯。那她上班的公司是真的有在運作嗎？每月薪水有準時匯進去？」

「這點倒是真的。」我告訴他那家上市公司的名字。「我認識她的同事，每天也都有打卡記錄。」

「你在家裡或她的戶頭裡，有發現大筆來路不明的金錢嗎？或是有買什麼奢侈品、接濟其他人的跡象？」

「沒有。她沒幾樣珠寶名牌包，戶頭只剩下十多萬元。」

「那翠華平日的交通工具是？」

「她通常是搭公車跟捷運上班，有時我騎摩托車載她。她沒有自己的交通工具。」

「好，那我跟你說，你剛講的幾項可以排除掉。她有沒有在外面生過一打小孩呢？可能性很低。因為懷胎十月有徵兆，加上生產、坐月子、哺育都是花時間的事，你們兩人朝夕相處，不可能沒察覺。」

「嗯，這項我是開玩笑的。」

「兼差當妓女跟當殺手，這兩項也可以排除掉。一來是時間問題、二來是資金問題。你們沒有經濟方面的強烈需求，所以這兩件事的可能性並不高。當然也不排除翠華利用上班時間去打工，並開了海外帳戶，存錢另有他用。但如果真要這樣做，也該選個比較彈性的正職作為掩護，而不是這種上下班都有記錄可查的大公司。還有，這些業務需要更方便的交通工具。」

「呃，也是。」

「最後就是跟別人有一腿這部分，比較難確認了。也許是柏拉圖式的感情出軌，或是跟職場同仁有不倫戀。但如果能去公司做點調查，確認一下翠華的午休活動，或是檢查一下通訊記錄，多少都可以發現端倪的。」

「呃，這方面倒是不需要了。」

「哈，也是啦。如果另一半真的出軌，我想作老公的多少也會直覺不對勁。但你也沒特別強調這方面異常，而且就現在的社會標準來看……我沒有不敬的意思哦，就算是對婚姻的不貞行為，也沒必要那麼小題大作吧。」

我苦笑以對。沒想到對方竟然很認真地，幫我分析隨口說說的玩笑話。

徐老師彷彿完成一件任務，鬆口氣靠在椅背上，用袖口擦去鼻頭汗水，忘情地抽起香煙。

「你怎麼會想出這些有的沒的？連續劇看太多啊？」他笑著問。

「其實我們有陣子很想要小孩，但可能是因為我曾發生過外遇，她之後很抗拒床笫之事，我的腦袋也才一直朝那方面想……」

徐老師擺擺手。「這部份牽涉到個人私隱，如果跟主題無關，你不一定要跟我說。」

超商店員走過來請他把煙給熄了。徐老師道歉，邊向我說：

「假如要找些奇想式的解答，那我覺得，設想翠華是通緝犯還比較合理。」

「通緝犯？」

「也許是犯過些案子，比方是偷竊、煙毒，甚至是連續殺人兇手之類的案子。但之後換了新身分，跟你在一起展開新人生。這還比較符合現實吧！」

「呵，是嗎？」

雖然打著哈哈，但實際上我猛然發覺，對青春時期的翠華仍知道得太少。那是她人生中最苦悶的日子，曾輾轉過幾個寄養家庭，我甚至沒看過她大學以前的照片。

於是，我把我們倆的坎坷身世也對他說了。

「那，要是願意的話，你傳張翠華的大頭照給我。我有個學生在警校當教官，可以幫你做個影像比對。最近他們的系統才升級過，跟ＦＢＩ用的是同一套喔！」徐老師認真地說。

「好。」我思考了會兒，把手機內的翠華照片傳給他。「我以為，你會去幫我找藍姐，直接從她口中逼問日記的下落，不是更省事些？」

徐老師翻了翻白眼。「我來動動腦出主意還行，要押人逼供就不是我的專長了。而且就我來看，藍姐寧可放棄原本的生活也不願面對你，她肯定也有相當的決心在保護日記裡的秘密，不會輕易吐露的。」

「那接下來，咱們還能幹些什麼？」我問。

「當然是從那本日記著手。」徐老師理所當然地回道。「首先，我在網路上搜索了你描述的紅色格子紋、短絨毛皮質的款式，你看看是哪一款。」

他將平板電腦遞給我看，上頭是搜尋引擎找出來的各式日記圖片。連續查找了七、八個網頁，我便看到那款日記本。

徐老師點進網頁瀏覽。「唐欣紙業出品，B4開本，總頁數為272頁，售價三百二十元。二〇〇五年五月第一版生產，已在二〇〇八年停產。」

「你並沒有打開日記本，而是從頁邊的使用痕跡造成色差，發覺那日記本已經寫了一半多一些了吧？」徐老師問。

「是。」

「那痕跡的顏色是深淺有別呢，還是很一致？」

我想了會兒。「是由深到淺。愈靠近封面顏色愈深。」

「那我假設這日記本並非記載單一事件，而是隨著日期推移，逐頁記錄在上頭的。假定一天的紀錄量是兩頁，那麼以全本272頁來計算，翠華大概記錄了一百四十天，約四個多月的紀事。但不確定內容是跳著寫或逐日寫。」

「知道這件事有什麼幫助呢？」我反問。

徐老師笑道：「除了這本日記之外，翠華並沒有其他的日記本。換言之，她之前並沒有寫日記的習慣，而是因為某件事情發生了，使她覺得有必要將一些心得記錄下來。如果我們可以確定翠華大概是什麼時候取得日記本，那麼調查範圍就可以縮小到那個時間帶附近，這可比大海撈針要強多啦！」

「喔！」我恍然大悟。

「接下來就是你的功課了。你去查一下翠華有沒有網路購物記錄，或者是她公司回家路上有沒有文具行曾賣過這樣的日記本。還好它已經停產了，所以只要知道店家大概什麼時候賣完，對我們的調查就有幫助了。」

有了明確的調查方向，事情似乎就變得簡單些。我興奮地道謝：「徐老師，你真是幫了大忙了。」

「不會。時間也差不多，我要回去追一下日劇。明天我還有空，可以約同一時間在這邊繼續聊。」

「會不會太麻煩你呢？」

徐老師豪氣地擺擺手：「唉，我這人就喜歡自找麻煩，沒問題的！」

他露出「傻學生終於學會」的欣慰笑容，然後離開了。

※4月23日

盤據台灣上空的鋒面緩緩離去，天氣預報說明天將放晴。臨去秋波似地，傍晚便下起了滂沱大雨。

打從翠華離去後，昨晚是我第一次睡得飽滿。

生活裡有了目標也變得充實。一整天我都忙著調查日記的事。晚上我便迫不及待地趕赴便利商店。

我擔心徐老師會像藍姐一樣，發覺真相後便不告而別。所以當我透過落地窗看到他的身影時，心中石頭才總算落地。

「看你的樣子，應該是查到東西了吧？」徐老師問。

「是。徐老師你說對了！」我展示手機內的照片。「翠華是在公司附近的一家文具行買的。那本日記本的庫存，大概賣到二〇〇九年中就斷貨了。」

「嗯，這款日記本是二〇〇五年五月開始生產的，所以我們可以假定翠華是在這四年間某件事發生後，便著手寫日記的。」

「不，其實範圍還可以再縮小。翠華的公司之前是在公館附近，〇八年初才搬到新址。」

「哦，那麼在〇八年至〇九年間，往回倒扣一百四十天，差不多是五年前，發生了什麼重大事件呢？」

果然，這秘密還是和陳芸脫不了關係！於是我將事件的來龍去脈告訴了徐老師。

碰觸到殺人事件，尤其是多年未破的懸案，徐老師似乎顯得異常興奮。

「……所以說，那時警方對你特別懷疑，調查矛頭都指向你。但因為你當時在上班，有確切的不在場證明，所以他們才罷休？」

「對。」

「而翠華從這件事以後，前所未有地離家兩週之久，之後你們似乎不像過去般親密，而且翠華就買了這日記本，開始寫日記。」

「嗯。」

「你知道警察除了對你採指紋外，為何還要刮口腔檢體呢？」

「後來知道了，是要做DNA比對吧！」我說。

「沒錯。但前提是犯案現場有跡證可以比對。比方說被害者指甲留有兇手皮肉、牆壁上有可疑血跡等等。我想應該是你之前去過陳芸家，曾經留下一些皮屑毛髮之類的物事，才惹警方懷疑的。」

「可我從沒去過陳芸家。」我說。

「嗄？」

「為了避免引起翠華懷疑，那時候我們都是利用上班休息空檔偷情的。她家離公司還挺遠的，且跟兄嫂同住，不太方便，所以……」我解釋。

徐老師陷入沉思，不發一語。我百無聊賴地喝著飲料。

幾分鐘後，他似乎想通了一些環節，但臉色愈發凝重起來，感覺很不自在。

「徐老師，你怎麼啦？」我察覺異狀，問道。

他像是被我驚醒般，臉上瞬間流露出一抹苦澀的神情，那竟然和四天前藍姐對我說謊的表情如出一轍！

「你知道秘密是什麼了，對嗎？」我逼問。

徐老師抹去額頭上的汗水，強顏歡笑：「整件事的問題只有一個，就是真兇是誰？翠華很在意這件事，因此寫在日記裡的，也只有這個秘密了。」

「哦？所以說，這秘密就是揭露真兇身分？」

「對！至於真兇是誰，我想這還得有進一步證據才知道了。另外，今天早上我找警大學生比對過，並沒有哪個通緝犯的年紀、樣貌和翠華相符，鬆一口氣了吧！就是這樣，結案！」

徐老師起身要走，但我攔住他。

「不，我覺得真相沒那麼簡單。那為什麼我沒去過陳芸家，但現場會留有跟我相關的ＤＮＡ跡證呢？」

「也許是你碰過什麼東西，剛好讓陳芸給帶回家吧！」徐老師言詞閃爍。

「那這東西應該很重要啊！照你先前的作風，不是會追根究底問個清楚嗎？你警大的學生至少也能幫忙查一下吧？」

徐老師不再多話，轉身走出店外，腳步匆匆甚至連傘都沒拿。我追了出去，大雨淋濕了我們，但我仍拖住他：

「徐老師，求求你，別打啞謎了。為什麼你跟藍姐一樣，就不肯痛快地告訴我真相呢？」

他遲疑半晌，道：「你想過嗎？已經離開的人，何必要在乎秘密被曝光？唯一的理由，就是不希望還活著的人，受到傷害呀！」

但我仍執意拉著他：「我不怕！不管是什麼天大的祕密，儘管告訴我！」

他凝望著我片刻。

「好吧，如果你決定如此。但你知道這秘密的時候，我不想在場。我離開五分鐘後，會傳簡訊給你。要不要看，你決定！」

我放開手，讓他離開。

轉身走回便利商店時，他剛剛說的「不希望還活著的人受到傷害」，似乎觸動了我腦海裡某個機關。

接續先前的對話：「為什麼現場會出現與我相似度很高的ＤＮＡ跡證？」

難道是有人偷偷拿了我的頭髮還是血液，灑在命案現場來陷害我嗎？但如果跟我親近到這種地步的人，竟會不知道當天我排班，可以提出明確的不在場證明？

剩下的唯一可能，就是「與我相似度很高的ＤＮＡ跡證」，就是兇手本身所留下的。

換句話說，也許是某個跟我有血緣關係的人，剛好當了強盜，然後意外殺了陳芸？不對，天底下不可能有這麼巧合的事。這也無法解釋，為何翠華會從那時候開始寫日記、對生小孩這件事變得冷淡。

除非、除非……一道電流竄過全身，唯一的答案讓我猛烈顫慄。我靠著超商外牆，兀自喘息不已。

但這恐怖的答案，完美解釋了藍姐怕傷害我而不敢言明的事實，以及翠華可能下地獄的原因。還有，翠華獨自離家那兩週，應該就是去探查自己的身世吧！

（這全是我自己的想像！）我發狂地猛搖頭，強烈否決這該死的念頭。我不敢去印證這個答案，因為我肯定會當場崩潰。

就在這時，我的手機響起，徐老師發來簡訊。我雙手發抖、渾身戰慄，猶豫著是否該揭開這殘忍的真相。

我決定今晚要做個了斷！

大雨模糊我的視線，臉上已經分不清是雨水還是淚水，我無力地跪倒，迎接最終的宣判。簡訊只有短短六個字：

「翠華是你親姊」。

（本作為二〇一三年金車推理微電影暨微小說獎・微小說組首獎）

消失的VIP

入夜後的異鄉街道，一片肅殺之氣。

雖然沒有發佈宵禁命令，但大部分的民眾在晚間七點過後，就盡可能不逗留在外頭。因為在街上遊走的巡邏隊、便衣警察隨時都可能把人給攔下來盤查，捏造個理由帶回局裡等交保，好多賺點兒外快。萬一運氣不好遇到游擊隊民兵，那可就沒有花錢贖命這種便宜選擇了。

這個地方鄰近Ｋ國與Ｃ國的交界處，也就是靠近大山隘口分界線。一直以來，各國在這邊的情報交換活動相當熱絡，情報員失蹤或被捕的情況算是司空見慣的。

民國八〇年代的某年二月，來自台灣的情報員賴桑，帶著三名特種部隊成員風神、黑子、蔡陳，來到了這個地方，執行一項名為「迎賓行動」的簡單任務：一位ＶＩＰ會被買通的Ｃ國人員給帶到Ｋ國的邊境旅館，由賴桑設法護送著ＶＩＰ安全回到台灣。

雖然是兩句話就能交代完畢的簡單任務，但執行起來卻是一點也不含糊。早在半年多前，他們便進行多次沙盤推演，也發動了近百人次的Ｃ國、Ｋ國情報人員，進行資訊收集與前置作業，直到上個月上級才批准付諸行動。

前二週，ＶＩＰ的老婆與兩個小孩，以探親的名義申請前往美國半個月，在昨天已被駐美情報人員偷偷給接回台灣安置了。因此賴桑奉命在這兩天內也必須把ＶＩＰ給帶回來，不然Ｃ國的情報單位很快就會起疑的。

五天前，賴桑與三名特種部隊成員，分別以商務旅行、農工團、辦事處支援等各種名義，化整為零地進入Ｋ國境內。在當地的情報員安排下，分頭進行敵情刺探、買通民兵、籌辦裝備、交通聯絡等任務。

（比起我們以往執行過的九死一生的任務來說，這簡直易如反掌啦！）當時賴桑還曾對同袍這樣打包票。

「迎賓行動」大致上的流程是這樣的：

ＶＩＰ預計在晚上九點左右，會以慰勞邊界軍隊的名義，抵達Ｃ國邊境。然後再以「非官方交涉」的理由，在已買通的Ｋ國軍官陪同下，前往邊境旅館，單獨進入二樓的２０２１房。而預先躲在對面２０２２房的賴桑，會用故意沒拔走的鑰匙打開門，帶著ＶＩＰ從２０２２房窗外架好的鋁梯下到一樓，從後門離去。

而到了街道上，避開了整點的軍隊巡邏後，賴桑和ＶＩＰ會爬上一台滿載水果的三輪貨車（當地流行的交通工具，一種以摩托車發動機改裝的小篷車），由風神駕駛，前往三公里處的大山隘口。接著在當地看守器材的蔡陳會前來接應，眾人換上登山所需設備後，走六個小時的山路抵達Ｋ國濱海漁村，拂曉時再轉乘橡皮快艇與外海潛艦會合，返回台灣。

如果不是附近的山區被三股游擊隊勢力把持著，而我國情報員只能收買到地盤最為險峻、得用步行通過的勢力範圍，或許整個「迎賓行動」還能藉由一些現代交通工具再快速、輕鬆點。當時經過多次的沙盤推演，認為循著上述的路線是最為安全可行的方案了。

★ＶＩＰ迎賓行動

邊境街道上除了呼號風聲與百姓的起居雜音外，還有巷口的擴音器會大力地宣揚「公民須知」，每整點還會播放強人領袖的片段談話；加上荷槍實彈士兵們在大街上巡邏的「喀喀」腳步聲，都更加深了周遭的肅殺氣息，讓身經百戰的賴桑也有點緊張起來。

「20：45，一組十五人左右的巡邏隊經過。」看著黑白電視機上的畫面，賴桑參照一下這兩天來作的觀察報告，K國的邊境巡邏隊果真分秒不差地經過了旅館前方。

為了方便行動，台灣潛伏在K國的情報人員，在昨晚已經訂下了2021與2022房，並在旅館前的大街上安置了兩台小型監視器，從賴桑藏身的2022房的電視上就可以掌握周遭一切動靜了。

等巡邏隊走遠後，賴桑用手指輕輕叩擊左手袖口的微型無線電，要求組員們作安全回報。躲在暗巷後方，負責把風的黑子敲了兩響表示一切安全。裝作三輪卡車拋錨，停在邊境旅館後方埋頭檢修的風神也敲了三響，表示一切無異狀。

三人就這麼一直等了半個多小時，但是VIP卻一直沒有現身。直到九點二十二分，風神沉不住氣了，用暗語回報：「大戲還沒開演，可人家要查票了！」

風神這段話的意思是告訴賴桑，如果VIP還遲遲不現身，他偽裝修車的伎倆快穿幫了。賴桑看了眼電視上的黑白畫面，巷口有兩名政府軍哨兵在聊天，但時不時地瞄一眼在修車的風神。風神是成員裡頭唯一會說些K國土話的，但萬一被嚴格盤查的話恐怕真的會露出馬腳。

「先去補票吧！」賴桑指示道。

電話上，風神假裝放棄了修理，把車上工具收一收，慢慢地把三輪車推離旅館，到先前約定的附近巷口等待，目光仍緊盯著旅館周遭動靜。

一直等到十點半，還是沒有VIP的蹤影，而負責與上級聯絡的蔡陳也沒有收到任何來自上級的「行動取消」指令。照慣例，當地警察會聯合軍隊在十一點～十二點這段時間進行每一家旅館的顧客身份盤查，為了避免不必要的麻煩，成員們最好能在那之前先離開旅館。

賴桑已等得心急如焚了，他打算再十分鐘後便自行取消行動，將大夥兒先撤回安全地方進行回報，至於上級會怎麼安排再打算。此時腕上的無線電又震動起來，輪到黑子出狀況了：「查票的人不給看戲，趕人出門！」

賴桑切換電視畫面，頓時頭大如斗。有一隊民兵正耀武揚威地，沿著街道另一頭繞過來，沿家挨戶地敲門找店家支援些「必須物資」，講白點就是「客氣的打劫」，不會把百姓搜刮一空地劫掠，至少留些基本的生活所需。

邊境地區算是政府軍與游擊隊相持的「真空地帶」，只要游擊隊不要太囂張越界，政府軍也不會太過強硬干涉他們的行動。那兩名哨兵似乎也看到那隊民兵了，但只是走回崗位，端著槍緊盯著他們。

賴桑估算一下民兵與黑子間的距離，雖然根據情資，民兵不會闖入旅館劫掠，但目前黑子所在的地方肯定逃不過民兵的眼睛，最糟糕的情況還會被帶回山裡「泡茶」。於是賴桑下指令：「到包廂拿票！重複，到包廂拿票！」

不到五分鐘，2022號房響起敲門聲，賴桑走到大門前的窺孔看了一眼，確認是黑子後，開門讓他進來。兩人低聲地迅速交換意見，賴桑也將決定撤退的意見告訴了他。但當兩人正著手消除房間裡的蹤跡，準備撤退的時候，卻聽到風神呼叫：

「大戲開鑼了。重複，大戲開鑼了！」

★就在眼前人間蒸發

賴桑根據風神所在位置切換了電視頻道。果然，一分鐘後，看到了兩台二戰時期的雙人摩托邊車，亮著耀眼大燈，從邊界方向騎了過來。

因為逆光的關係，電視畫面上看不清楚乘客的模樣，一直等到這兩台車停在旅館門口前，一名K國軍官與另一名穿著正裝的人下了車，賴桑才能百分之百確認VIP已經來到。

賴桑心中不禁暗讚風神的眼睛夠利！他快速地切換頻道，監視街道另一端的民兵動向，他們仍遊行似地沿街「募捐」，堅持走到距離旅館最近的那家服飾店後，這才三三兩兩地走回頭了。

賴桑鬆了一口氣。切回旅館正門口的監視畫面，軍官與VIP正走進旅館內部，消失在畫面中。

賴桑示意黑子做好準備，然後走到門口前，透過窺孔緊盯著走廊上的動靜。大概兩分鐘後，K國軍官與VIP一前一後地走過了2022號房門前。他們的步伐不快，加上走廊上有盞油燈照明，因此賴桑清楚地看見了VIP的臉龐。

走在前方的軍官在對面房門站定，掏出櫃臺準備的鑰匙開了鎖、推開門，做個手勢請VIP入內。VIP朝他點頭微笑，交談了幾句，進入了房間關上門。軍官把門給反鎖，而鑰匙就留在鎖孔上。

接著，軍官獨自循著走廊走回樓梯口。賴桑看見他眉開眼笑的模樣，心中推估這廝八成收了我方不少好處，只是隨手把人從邊境送到旅館就能賺到當兵大半年的銀兩，自然是樂得笑呵呵。

賴桑用袖口對講機通知風神：「花旦登場。重複，花旦登場！」

正當他要推門出去把ＶＩＰ接過來時，負責監視電視畫面的黑子傳來警訊：

「賴桑，那個軍官一直沒有出去！」

賴桑心中一驚，朝黑子比了個手勢，讓他過來監看窺孔，自己坐回電視前。果然，都過了兩三分鐘了，按照那軍官的腳程早該走出門外了，但卻遲遲不見人影。那兩名等在門口的衛兵開始抽著煙閒聊起來。

賴桑又不動聲色地等了五分鐘後，沉不住氣了：「黑子，你下去看一下。但可別露相了！」黑子回道：「賴桑，我從走廊窗戶那邊下去看，幫我盯著那兩個兵！」接著小心地把房門推開一條縫，溜了出去。

賴桑繼續盯著電視畫面。料想ＶＩＰ單獨在房內應該是很安全的，黑子在二樓走廊上活動，無論有什麼動靜都逃不過他的眼睛。

三分鐘後，黑子回來了：「賴桑，沒事了。那福建佬臨時肚痛，出恭去。」

果然，過沒多久，那名軍官走出旅館外，跳上一輛摩托車邊座，然後兩台摩托車一前一後朝來時路駛回去。

虛驚一場！賴桑鬆了口氣。走到窺孔前，看到２０２１號房門的鑰匙還插在鎖孔上。他讓黑子把風，自己開了門走到２０２１號房門前，輕輕轉動鑰匙，推開了門，準備朝ＶＩＰ說出「迎賓切口」（暗號）時，他發現這四坪不到的套房裡，竟然空無一人……

ＶＩＰ就這麼憑空消失了！

★一場烏龍任務

看到這個出乎意料的場面，賴桑當場楞住了幾秒鐘。但他畢竟是久經戰陣的老手，很快地回過神來後，就開始有條不紊地進行搜索。

其實這個不到四坪的房間，連浴室的門都敞開了，房間裡有沒有人，當下一眼就能看得一清二楚。但賴桑為了謹慎起見，花了一分鐘的時間，從門後、衣櫃、床下、浴室、窗簾後……不管有無可能藏人的地方，通通打開檢查，但ＶＩＰ仍不見人影。

這個房間唯一的窗戶正對著大街，對街七八公尺處正是風神隱身的巷口處。賴桑探出頭快速地張望一下，這窗子是傳統的兩扇外推木窗，想攀爬到隔壁房間並不容易，如要往下跳反而會比較簡單些。當然從二樓往下跳以求脫身也不是不可能，但這動靜太大，自己透過監視器一直緊盯著旅館大門，不會視而不見。

賴桑用暗語聯絡了風神，不過風神回報在過去的二十分鐘內除了黑子有從二樓窗戶爬出來外，倒是沒看到有任何動靜，如果有人試圖從哪一扇窗戶爬出來，他絕不會沒注意到。

賴桑納悶了，自己在房間內踱了一圈，然後不死心地喚了黑子進來，確認他剛才在走廊上也沒看見有任何可疑動靜。接著兩人再快速地搜索一次，黑子連周邊牆壁都輕敲過確認後面沒有密道，甚至還低聲叫著ＶＩＰ的官銜，可是一點回應也沒有。

「見鬼了，老子明明親眼看見他走進房間，怎麼可能蒸發了？」是的，「蒸發」，這是賴桑當時腦中想到最貼切的詞兒了。

「賴桑，你決定咋辦？那些人要查旅館了，咱們得快點撤退。」黑子道。

這時，似乎能隱約聽到K國夜巡部隊的「喀喀」腳步聲正從街道的另一端傳來。賴桑知道，等他們走到旅館樓下，部隊會就地休息十分鐘，同時派出三人小隊逐房核實住客名冊。雖然有偽裝身份掩護，但VIP可不能露相呀！

賴桑不愧是看過大風大浪的狠角色。他牙一咬，下令道：「十分鐘，二樓整排房間都給我搜！」

黑子面有難色，但很快地回應指令。邊境旅館的二樓一共有十二間房，扣除2021跟2022號房，共有十間房得搜索，其中三間還有住人。

賴桑跟黑子一人負責搜索走廊一側，他們用萬能鑰匙或開鎖器試著打開房門，實在對付不來的門就用刀子撬開。至於有人的房間，則假冒巡房部隊的名義騙開門，基本上只要看看衣櫃跟浴室有無藏人就行了。

打開第四個房間時，賴桑已經可以聽到一樓有巡房人員的呼喝聲。他緊張得胃袋開始抽搐，但仍盡可能冷靜下來，有條不紊地進行搜索。反倒是黑子已經沉不住氣，動作開始顯得慌亂起來。

直到最後一個房間檢查完，仍沒有VIP的蹤影。這時巡房人員的腳步聲已經到了二樓樓梯中段了。賴桑用眼神示意黑子撤退。然後兩人回到2022號房，破壞了監視器線路，把裝備打包好，按照原計畫從旅館後方的鋁梯下到一樓。在收回鋁梯時，賴桑聽見巡房人員已經在

2022號房門前敲了好幾輪門，大呼小叫要亮槍了。

賴桑與黑子偷偷跳上了三輪貨車，風神加足馬力朝隘口方向駛去。半小時後，他們與蔡陳會合，朝山區方向撤退。中間曾發生過一小段插曲：帶領他們的民兵嚮導在凌晨時分迷了路，誤踏入另一股民兵的地盤，兩方人馬短暫地交火一陣，幸好沒有什麼傷亡……（情報工作就是這樣嘛！）賴桑輕描淡寫地說。

之後，他們順利地搭上停在外海接應的潛艦，回到了台灣。不過情報本部反覆詢問賴桑的結果，只得到了「VIP失蹤」的結論，「迎賓任務」最後成了一筆烏龍帳，不知他們是怎麼結案的。

★大雨滂沱的圍爐夜

我是王宇揚，退伍後出社會一陣子了，幹的是保險業助理，平常除了整理客戶資料外還得跟親朋好友、小學同學拉拉保險。前面的這段故事，是我二伯的親身遭遇，為了讓各位讀者容易理解，我用小說的方式來描寫。嚴格來說呢，這其實是他唯一跟家族成員說過的出勤故事，至於其他九死一生的遭遇，「都是得帶到墳墓裡的秘密」，所以儘管我們這些小蘿蔔頭有空就纏著他，但他從來沒跟我們多說過他以往的英雄事蹟。

從他一些來訪同袍的吹噓中，我的情報員二伯是個「刀法如神、當機立斷」的領袖人物。是的，「刀」法如神，聽說那年代幹情報工作的，用小刀的機會比用槍還多。當然，我二伯也姓王，「賴桑」是他用了十多年的化名。說真格的，有時我真羨慕他，能夠過著出生入死的冒險生活，而不是厚著臉皮死纏著親朋好友拉個一年幾千元的意外險。我想，這就是所謂的「時勢造英雄」吧！

言歸正傳。二伯從情報員一直幹到了國安局某科長，在幾年前退休後，憑著豐厚的人脈做了點貿易生意，成績很不錯，聽說還有餘力接濟了幾位沒被國家照顧到的情報員家屬。

在我們這個平凡不過的家族裡，成員包括有老師、公務員、藥師、公車司機等，沒有誰的人生故事會比二伯的還精彩。只是他向來諱莫如深，加上我們頂多只在過年時勉強碰到一次，所以儘管每次家族都有人起鬨要二伯「講古」，但只有這麼一次成功。

為什麼二伯願意說出這個故事？我猜想是因為二伯自己也很想知道故事的謎底吧！那個ＶＩＰ究竟是怎麼消失的呢？

記得那是前年的過年，家族裡剛好去美國留學的一位堂弟回來了，加上另一位慶生堂哥也跟女朋友巧心論及婚嫁，所以家族會議上，決定趁著過年的六天連假，一起到花蓮去玩。

不過天公不作美，那年過年的六天連假，全台灣有將近五天的時間是大雨滂沱的。我們住在花蓮某家海濱飯店的晚上，因為附近挺偏僻的沒啥好逛，加上大雨下個不停，於是大家用過晚餐後便聚集在大伯的房間，看電視、打麻將、喝喝小酒，一家族將近二十個人擠在一起說說笑笑也挺熱鬧的。

後來不知道是誰起的頭，起鬨要二伯說個故事。剛好二伯當時也幾杯黃湯下肚，談興正濃，於是就說了一個他在Ｋ國執行「ＶＩＰ迎賓任務」的故事。在說故事前，他要大家承諾將此事保密，不可以把真實的行動過程說給其他人聽。雖然我不知道這幾十年前的失敗行動會影響什麼

「國家安全」，不過我還是把一些關鍵的名詞略過了，也把關係人全用上化名，就請各位看官諒解了。

去年年中，二伯因為心臟病發仙逝了，所以我才有了想動筆寫下這個故事的念頭，權充是給二伯的精彩人生留下一個註腳吧！

不過這故事還沒完，我認為精彩的是後來的解謎過程，這也是為什麼前年那的大年夜，會讓家族成員們這麼難忘的原因了。

喔，對了，或許這也是巧心姐這麼快成為我的堂嫂的原因吧！

★財經界的哈利波特

當二伯的故事告一段落後，意猶未盡的大夥兒仍七嘴八舌地貢獻答案，想試著解釋那名ＶＩＰ是怎麼消失的。有人說根本沒有ＶＩＰ，那並肩走在一起的人影其實是Ｋ國軍官搞的鬼；有人說ＶＩＰ是利用時間差偷偷從走廊又回到一樓躲起來；最後甚至連可以解決任何疑難雜症的萬能答案——「都是外星人的錯」也出籠了。

不過二伯對於這些不著邊際的答案都不置可否地笑了笑。畢竟當時他親身在場，又幹過大半輩子的情報工作，因此哪些答案合理、不合理，他自然是了然於胸。

「後來呢？故事裡的這些人，現在都去哪兒了？」巧心姐問了這個問題。

巧心姐是某間國立大學的物理系助理教授，一臉聰明伶俐的模樣，如果在場有誰能揭開謎底，除了她不作第二人想。而她一開口，就問到了事後證明是很關鍵的問題。

二伯啜了杯白蘭地，慢慢地說道：「其實我比較掛心的是ＶＩＰ的家人，也就是他老婆跟兩個孩子。回到台灣後，ＶＩＰ的老婆知道我們沒把人給帶回來，非常緊張，因為在當時的局勢，如果事情曝光後還留在Ｃ國，那等於是死路一條。」

「一場很簡單的護送行動搞成這樣，我們交代不過去，連人是生是死都不知道。可能是這樣，上級長官破格答應了她的要求，讓我這個現場指揮官跟他們見一面，回答他們想知道的問題。那天ＶＩＰ的老婆是帶著一個男孩來的，額頭上有道紫色閃電般的胎記，讓我印象很深刻。後來他們問了大半個小時，沒問出什麼來，悻悻然地離去了。」

儘管ＶＩＰ沒有按照計畫回來，但對於投誠者的家屬，相關單位本來就會看得比較緊，因此ＶＩＰ一家人的動靜仍被定時回報給情治單位。一直到八十九年政黨輪替後，ＶＩＰ一家人申請去了美國，從此就沒再回來。

「那其他一起出行動的戰友呢？」巧心姐繼續追問。

二伯笑了笑：「我們當時只是臨時組合在一起，後來沒再一起出任務了，他們之後的遭遇我都是陸續聽說來的。風神轉任了情報官，在太平洋某友邦領事館服務；黑子申請退役，到Ｃ國經商聽說混得有聲有色；而蔡陳的遭遇比較糟糕，他在一次南沙群島的任務中墜機殉職了。」

這時，家族內從事藥師一職、對於炒股超有心得的「女股神」三嫂出聲了：「二伯，你看看，這是不是那個ＶＩＰ的兒子？」

三嫂把手中的iPhone遞過去，讓二伯看看裡頭的畫面。趁著二伯到處找老花眼鏡的空檔兒，好奇的大夥兒全都湊上去圍觀。那是手機瀏覽器的頁面，連上了一個知名的財經資訊網站。

畫面上，是一位西裝筆挺的華人，意氣風發地站在辦公桌前，後方是二三十人年紀相若的開發團隊。除了大標題「魔法加持 東方臉書市值百億」引人注目外，再來就是那位華人額頭上的紫色胎記最吸睛了。

三嫂解釋道：「這位姓郭的華人在財經界還滿有名的，前幾年在一家跨國網路軟體公司就有『最年輕執行長』的稱號，後來也主導C國一個入口網站的併購案，前年創業成立了有東方臉書之稱的百億公司。自從《哈利波特》系列叢書熱賣後，有些媒體覺得這位郭執行長額頭上的胎記也很像閃電，所以就幫他取了個『網路界的哈利波特』外號，這也是為什麼有關他的報導都會冠上一些魔法、麻瓜的標題了。」

二伯瞇著眼睛看了張照片一眼，憑他過人的記憶力，毫無懸念地便確認這位郭執行長就是當年VIP的兒子。而他的姓氏、簡歷也佐證了這項事實。他的簡歷說明，他在民國九十三年（二〇〇四年）回到了C國，並從有官方背景的投資公司下取得大量資金，成功地創立起自己的事業王國。

意外得知了這件事，二伯陷入了沉思中，而巧心姐也若有所思地托著下巴，

★謎底藏在細節裡

接下來，就是巧心姐開始詢問二伯一些很細節的問題，旁邊的親朋好友都笑開來：「巧心的老毛病犯了，現在又在問案了！」不過看到巧心姐眼裡綻放出的那種光彩，就知道她的「鬥志」已經被點燃，不把這件事弄個水落石出肯定是不睡覺的。

大家都心裡有數，自己沒那個本事揭開謎底，於是饒有興味地聽著巧心姐與二伯的一問一答。不過畢竟事情已經過了快二十年，加上巧心姐問的東西也很刁鑽，讓有著過目不忘本事的二伯，有時也得歪著頭想個老半天。

「二伯，你那時有仔細確認，房間裡真的沒有別的機關了嗎？比方說地板也許有個活門，可以通到一樓去；或者是天花板上頭有夾層、煙囪之類的可以藏人？再不然是衣櫃有暗道等等的？」

「唉呀，小姐，你二伯我可是做情報員的呢！那時雖然時間很緊促，但那間2021房還不到現在這個房間一半大小，要搜查起來倒是不難。我們之前有受過訓，怎麼透過敲牆壁還是測量牆壁厚度來確認有無隔層或密道，包括天花板或地板都會搜查過，所以我敢用人格擔保，那個房間絕對沒有藏人的機關。」

二伯邊說著還隨手畫了簡圖給大家看，的確是一眼可以看透的小套房格局。他說那個年代的工藝水平有限，加上邊境旅館的經濟條件也不好，用的家具都是很粗陋的木製品，當時也把衣櫃後壁給撬開，但沒發現什麼異狀。

巧心姐鼓著腮幫子點點頭，繼續問道：「那個鑰匙留在鎖孔的計畫，是什麼時候確認的？」

二伯道：「鑰匙留在鎖孔，是不希望K國軍官跟行動人員打照面，同時又能把VIP給暫時反鎖在房間裡，以免橫生枝節。不過大家都知道，一般旅館的房間不太可能會設計成可以從門外反鎖的形式，所以這個鎖其實也是我們K國的情報人員，在行動前一天偷偷拆換過的，連櫃臺的房間鑰匙也一併掉換。當然啦，就連這個小細節，也是在那前幾個月就計畫好了。」

「那麼關於房門鑰匙反鎖這件事，所有行動人員都知情囉？」

「當然！」

「假如談到行動人員的忠誠度問題呢？二伯你覺得風神、黑子、蔡陳這三個人的背景都沒有問題嗎？像是你之前有提到，黑子在退役後還跑到C國去經商呢！」

旁邊不知道有誰插了嘴：「唉呀，咱們國家對於公職人員到C國去是有些規範啦，但老實說誰管得了呀，連民進黨立法委員都跑到那邊去投資酒店呢！」

雖然這句話解釋了某些事情，不過二伯的臉色仍顯得有點黯然，這個問題觸及了他不想深思的痛處：

「我有想過這件事，我也覺得，如果有朝一日關於VIP消失的謎底揭開了，那可能會證實我當時的一些直覺……可是反過來想，這兩者也未必相關，因為萬一這個行動內容外洩的話，當時應該是C國情報員帶大隊人馬殺進邊境旅館，而不是VIP就這麼莫名其妙地消失吧？」

「也許那個VIP有著不得不消失的原因呢！」巧心姐帶著弦外之音這麼說。「二伯，當時要確認那個VIP是否有進去房間的方法，就只是透過你的目視嗎？」

「當然，眼見為憑嘛！那個時候又沒有紅外線掃描儀這種東西，加上我們覺得布置愈多聯絡、確認管道反而會添增風險，所以就採用監視器跟窺孔確認這兩種方式了。」

「二伯，你能不能形容一下，那個邊境旅館的門牌樣子？每個房門大概相距多遠呢？你的房門跟對門距離大概多遠？」

二伯閉上眼睛思考一下。聽說前幾年流行的「圖像式記憶法」曾是他們受訓的一環，所以每當二伯想要努力回憶某些細節時，總會習慣性地閉上眼睛，在腦海裡瀏覽片段畫面：

「嗯……那個旅館有些年頭沒整修了，門上有個小凹槽，插上寫有號碼的紙卡當作門牌號碼。至於每個房間相隔多遠嘛……大概隔了一步半再多些，應該是在1.5公尺，不會超過2公尺的範圍。房門的距離也就是走廊的寬度，大概也是1.5公尺到1.8公尺間。」

「那……黑子的身高大概多高呢？有二伯你這麼高嗎？」

「嗯，黑子身高有一八零左右，比我高半個頭……這事兒很重要嗎？」

巧心姐沒回答這個問題，反而托著下巴問：

「二伯，其實這次行動裡，有三起突發事件是計畫之外的。如果按照發生時間順序來看，首先是當地民兵出現在街上打劫，讓人員佈置出現更動；第二件事是ＶＩＰ嚴重遲到，比預定時間還要晚上快兩個小時才過來；最後是Ｋ國軍官把人帶到後，沒有立刻離開，反而在旅館內多逗留了一會兒？你覺得這些事情是巧合嗎？」

「其實諜報行動裡常有預期之外的事情發生，所以隨機應變是幹好情報工作的基本要件。我在那當下倒是覺得這些意外是在可容忍範圍內的，至少背後都有個合理解釋，所以沒怎麼多想。巧心，你覺得這三起突發事件，跟ＶＩＰ的消失很有關連嗎？」

巧心姐臉上泛起了高深莫測的微笑：「我在想，假如沒有這三件事來攪局，也許事情會朝完全不同的方向發展。如果這三件事不是巧合，那麼ＶＩＰ消失的謎題反而因此有解了呢！」

此話一出，眾人一陣嘩然，二伯眼中也亮起光彩。至於慶生堂哥那更不用說了，臉上交織了驕傲、崇拜、欣喜、自嘆不如的複雜神情。我想要是我的女朋友能在這麼多家族成員前大大露臉的話，我肯定也會是這種「趕快把她娶回家」的表情吧！

★跨年的魔術表演

沒想到一個年輕女孩有辦法解開這塵封近二十年的謎案，二伯臉上驚異的神情久久不退，而在場的眾人也興奮地連聲催促巧心姐趕快公布謎底，不過她仍執意賣個關子：

「各位叔叔阿姨，假如直接用幾句話揭開謎底，大家不會覺得過癮吧！因為我的想法還需要一些驗證，加上大家都要在這間旅館等著跨年，所以還請各位先休息一下，給慶生與我一個小時來準備，希望在這個漫漫雨夜中，為各位呈上一段解謎魔術秀囉！」

雖然頓時成了眾人目光焦點，但巧心姐並沒有因此得意忘形。她提到要來段解謎秀，這正合目前大夥兒找不到樂子的胃口，加之這番話說得客氣又得體，大家都轟然叫好。

巧心姐笑了笑，表示這一小時會借用其他人的房間，並佈置一些小機關，希望大家這段時間能先留在這個房間內，也不要先去偷看她的前置作業以免「破梗」而壞了興致。大家異口同聲地答應後，巧心姐便拉著慶生堂哥朝外走。

接下來室內的氣氛High到了最高點。不消說，在等著巧心姐「大戲開鑼」前的一個小時，最是難熬了，相形之下，原本就無聊的電視跨年節目變得更枯燥了。三姑六婆們交口疊聲地稱讚巧心姐的好頭腦，不過放在心裡琢磨二十多年卻沒想出答案的二伯，似乎有點兒不是滋味，嘴裡仍嘟囔著「話別說太早，也許不是那麼一回事呢！」之類的。

也有的親戚向自己的兒女、媳婦低聲嘀咕，怎麼自家就沒一個好頭腦的人來解謎呢，不然可就風光啦！「為什麼聰明的人都不姓王呢？」也有不識相的人這麼直白地說。「所以巧心進入咱們王家後，一定要記得冠個夫姓，改良一下咱們家族的基因嘛！」

親朋好友們聞言後哈哈大笑，兩三位叔伯阿姨出言附和，說咱這王家的成員從小總沒拿過前三名，也從沒出過什麼學術界的人才，是時候該想想怎麼讓未來的家族成員「升級ＣＰＵ」了。

大夥兒七嘴八舌地聊開了，但有幾個心急的堂弟妹們偷偷探頭出去，看看巧心姐在搞什麼鬼，不過都被在走廊上布置的慶生堂哥給喊回去了。

後來過了大概一個半小時左右，巧心姐跟慶生堂哥才回到房間來，表示「舞台」已經佈置好了。她笑瞇瞇地說：「不好意思讓大家久等了，請大家移駕到隔壁來，一起來參觀慶生跟我安排的跨年魔術特別節目吧！」

大家歡呼了一聲，收拾東西後蜂擁地朝隔壁房間移動。

★好戲即將開鑼

由於我們整個家族訂了七間連在一起的房間，幾乎把這間旅館三樓整層都給包下來了，所以要隔離開雜人等、「重現」那場ＶＩＰ行動是輕而易舉的事。接下來，就是看看巧心姐怎麼變戲法了！

不到一分鐘，家族成員已經聚集到隔壁房間了，這個房間是巧心姐跟慶生堂哥訂下的。在走廊上時，我注意到整排房門號碼已經被白紙寫的號碼取代了，我們要進入的房間上頭寫著

「２０２２」。但因為這房間小了點，顯得更為擁擠，小朋友們得跳上床坐著，不過這絲毫無法降低大家的興致，紛紛要求「節目」趕快開演。巧心姐先簡單宣布了注意事項：

「等一下這個特別節目，會完全按照當年二伯在K國的遭遇來上演，當然時程上咱們會縮短些啦，不會讓大家等這麼久。大家現在待的房間，就是當時二伯所在的２０２２號房，相信大家剛剛進來時有看到了門牌號碼吧！接下來的問題是，誰自願來演ＶＩＰ的角色呢？……我想請二伯母來擔任是最恰當的吧，因為她絕對是二伯心中最重要的ＶＩＰ。大家掌聲歡迎二伯母！」

大夥兒熱烈地鼓掌叫好。二伯母靦腆地站起來，走到巧心姐身旁。

「接下來呢，慶生會客串風神的角色，然後也扮演K國軍官，帶著二伯母進入２０２１號房並插上鑰匙。而我則是擔任當晚黑子的角色。不過因為黑子先生比我高出十五公分，所以我要戴上這個跟旅館櫃臺借來的帽子，這樣就能完美模擬了。」巧心姐戴上一頂黑色高禮帽，看起來真的有幾分魔術師的味道。

接著，巧心姐按下電視遙控器，畫面上出現對面房門的影像：「門口窺孔只有一個，總不能大家擠在門邊輪流看吧！所以為了方便大家觀察，慶生把電腦攝影機架在門後面，再透過筆記型電腦轉接到畫面上，所以大家看電視畫面就行了。」

這時慶生堂哥穿著用大衣臨時改裝的「Ｋ國軍服」，在鏡頭前故作帥氣地晃了一圈，逗得大家哈哈大笑。「還有啊，電視可以切到99台看旅館大廳的影像，這裡是子母畫面切換，這樣兩邊動靜都能看得一清二楚了！」巧心姐向負責操作電視的堂弟解說道。

「這樣大家都清楚了嗎？接下來就要正式開始囉！剛剛二伯說的故事大家應該都還記得吧？我會從『黑子進門』那個橋段開始，大家要看仔細囉！如果等一下有誰猜出ＶＩＰ……二伯母是怎麼消失的，我們也準備了神秘小禮物給他喔！」說完，巧心姐像是揭開序幕的舞台主持人，右手優雅地往前轉擺兩圈、欠身一鞠躬，大家熱烈地鼓掌。

慶生堂哥適時地把房間的燈光調暗，然後跟著二伯母、巧心姐一起走出門外，我們從電視畫面上看到他們往右走，直到離開了窺孔可視範圍外。切換到大廳畫面，看到他們三人走出了飯店外頭。

「嘿，不知道在搞什麼鬼呢？」二伯自言自語地說。

在昏暗的燈光中，很讓人有種熱門大秀即將上映的錯覺。大人小孩們都屏息靜氣地等待，不輸早上去海洋公園的那股興奮勁兒。

二伯的行動電話響起了，他很配合地開了擴音，讓在場的人都能聽見：

彼端是巧心姐故意裝粗嗓的聲音：「查票的人不給看戲，趕人出門！」

二伯清清嗓子，威嚴地回道：「到包廂拿票！重複，到包廂拿票！」

電話掛斷。我們看到巧心姐走進了旅館大廳，不到兩分鐘，房間門口響起敲門聲。從電視畫面上，我們看到巧心姐的笑臉。原本一位堂弟要過去開門，不過被二伯給阻止了，他親自走去開門。畢竟這樣才算是完整重演當年的實況嘛！

當所有人的注意力都轉移到大門口的時候，我還是緊盯著電視畫面想找出蛛絲馬跡。不過除了畫面被巧心姐的高禮帽暫時擋住十幾秒鐘而呈現一片黑的狀態，倒是沒有其他可疑的地方。這時二伯已經把大門打開一條縫，而巧心姐也很「入戲」地先探望一下走廊四周，然後從門縫鑽了進來。

兩人回到房間，看了一下電視畫面，沒發覺任何異狀，然後很有默契地東摸摸、西摸摸，假裝在模擬當年準備要撤退的狀況。看看巧心姐一副胸有成竹的模樣，而二伯臉上則掛著「看妳在玩什麼把戲」的神情。

不到一分鐘，二伯的手機再次響起，這回是慶生堂哥的聲音：

「大戲開鑼了。重複，大戲開鑼了！」

★消失的二伯母

二伯朝大家用雙指比了比自己的眼睛，然後再指向電視畫面，示意要大家仔細盯著瞧。我們看到了慶生堂哥跟二伯母走進了旅館大廳，大概兩分鐘後，兩人一前一後地走過了房門前。他們臉上的表情很是正經八百，並故意放慢步伐，在場的人都確實看到了二伯母的臉龐了。

走在前方的慶生堂哥在窺孔前的房門站定，然後從口袋掏出了房門鑰匙開了鎖、推開門，並做個手勢請二伯母入內。二伯母也照劇本安排地朝他點頭微笑，然後說了幾句話後，接著進入了房間關上門。慶生堂哥作了一個把門反鎖的動作（旅館的門鎖可沒改裝過），然後把鑰匙留在鎖孔上。

接著，慶生堂哥循著走廊往回走。然後故意裝得一副歡欣鼓舞的模樣，看得二伯好氣又好笑的。接著巧心姐推推二伯，示意輪到他的戲份了，於是二伯拿起手機撥給了客串「風神」的慶生堂哥：「花旦登場。重複，花旦登場！」

當二伯起身正要走到門邊時，巧心姐慌張地站起來阻止道：「賴桑，那個K國軍官一直沒有出去！」

二伯走回到電視前假意等待著，然後對巧心姐吩咐道：「黑子，你下去看一下。但可別露相了！」

巧心姐說：「賴桑，我從走廊窗戶那邊下去看，幫我盯著那兩個兵！」接著小心地把房門推開一條縫，溜了出去。

這時我們可都緊盯著電視畫面看，確認巧心姐這時沒有跑到對面房間把二伯母偷偷放出來。不過對門房間仍然杳無聲息，鑰匙仍插在鎖孔上。

不到一分鐘，巧心姐回到房間說：「賴桑，沒事了。那個福建佬臨時肚痛，出恭去。」

不到一分鐘，我們看到慶生堂哥大搖大擺地走出旅館門外，模擬K國軍官離開的動作。

巧心姐走到門旁把電燈全開，室內恢復光明。

「演出告一段落了！接下來，咱們到對面房間去，看看VIP還在不在裡頭？」

★還是沒有看出破綻

大夥兒早等不及了，紛紛起身朝外頭走去。畢竟剛剛每個人都親眼目睹二伯母走進了對面房間，後來也沒看出有任何破綻，總不可能就這麼憑空消失吧？但是看巧心姐自信滿滿的模樣，每個人都想親自去目睹一下二伯母是否真的不在房間內。

房間的鑰匙仍插在門上，不過大家都沒搶先上前，等著讓二伯親手把門給打開。我注意到，二伯轉動鑰匙的手似乎在微微顫抖著。門一開，大家衝了進去，邊喊著二伯母邊搜索……

但，二伯母真的消失了！

我們搜遍了浴室、衣櫃、床底甚至是冰箱，就是沒有二伯母的蹤跡。

有個堂弟不服氣，喊道：「等等，這不公平！我們沒有人在外頭監視著，誰知道二伯母會不會從窗戶那邊出去呢？」

我看了看旅館窗戶，是那種固定上緣、得從下方推開的氣窗式設計，假如成年人要從這裡爬出去的話，肯定得費好一大番功夫。

只聽見巧心姐笑著說：「拜託，外面下著大雨，二伯母又六十多歲了，我怎麼敢請她老人家搏命演出？絕對不是爬窗戶出去的好嘛！」

也有人不死心地逐吋逐吋敲著牆壁，想看看是不是有什麼看不見的通道。不過想也知道，這個房間是臨時決定的舞台，巧心姐跟慶生堂哥不可能搞個夾層或密道之類的玩意兒。

只見十多人分散站在這間旅館套房內，就算一隻蒼蠅恐怕也藏不住。看來，二伯母真的憑空消失了。

「二伯母究竟去哪兒了？……」

「不會吧，真的人間蒸發了嗎？……」

「接下來呢？還要去哪裡找？……」

大夥兒的眼神都望向二伯，而二伯也沒令眾人失望，他簡潔有力地下令：「這層樓的整排房間都給我搜！」

大夥兒一陣歡呼，紛紛拿出各自房門的鑰匙，跑回去開門搜索了。不過不到幾分鐘，每個人都神情沮喪地站在房門口，彼此對望著猛搖頭。

「好啦，投降啦！ＶＩＰ究竟在哪兒呢？」二伯乾脆地認栽，轉向巧心姐問道。

巧心姐敵不過眾人的殷切目光，笑著道：「沒有人猜出嗎？好，那麼大家回到我們的房間去，我們要解開謎底囉！」

二伯帶頭走回巧心姐的房間。不過一踏進門，他的身體猛地一震。我順著他的目光看過去，赫然發現ＶＩＰ……不，是二伯母跟慶生堂哥正坐在房間床上，笑意盈盈地看著大家。

剎那間，二伯臉上有著恍然大悟的神情，好像明白了很多事情。

★解謎前的推論

看到二伯母突然冒出來，大家都驚訝不已，七嘴八舌地發問，但二伯母始終笑著搖頭不答，只回了一句：「問巧心！」

當眾人的問題潮水般湧向巧心姐時，反倒是二伯出來阻擋大家：「別急別急，急什麼啊？謎底要留到最後公布才叫好戲壓軸嘛！我倒是想問問巧心，妳是怎麼知道ＶＩＰ其實是躲起來而不是遭遇到其他狀況？」

「因為哈利波特！」巧心姐笑著說。

「啊？」

「三嫂剛剛給大家看過那位神似哈利波特的郭執行長了。當時我就在想，以Ｃ國的作風而言，如果當年的ＶＩＰ是真的叛逃敵國，那麼可能三代都翻不了身，更別說是他的兒子還能回到祖國去做生意，並得到企業金援。」

二伯點頭道：「你說得沒錯，有案底的人根本是不可能回去的。」

「所以這說明了一件事：當年的ＶＩＰ是『自願消失』而非是『被迫消失』的，這對於解開謎底是一個很重要的關鍵。另外ＶＩＰ『自願消失』這個決定，也可能是當天才成定局的，甚至連他老婆小孩都還來不及通知，不然他不會早一步把家人送出國外，而且事發後老婆還找上台灣的情報單位來討個說法。」

「當然ＶＩＰ後來還是跟他的家人取得聯絡，趁著台灣政局改朝換代的機會，又再借道美國轉往第三國的模式回到Ｃ國了。」二伯接口說。

「那麼為何ＶＩＰ要採用這種『人間蒸發』的招數呢？我想是因為他的家人被扣在台灣，而他本身卻回心轉意或是被抓住了把柄無法離開Ｃ國，因此公開的去留都會惹來麻煩。而二伯率領的『迎賓行動』已經在佈置了，ＶＩＰ也沒有太多時間可以反應，唯有讓自己消失變成一樁懸案，我想應該是可行的作法。」

「是啊，我也是有想過這樣的可能性。」二伯嘟囔著。「也因為ＶＩＰ生死未卜，所以他留在台灣的家人才能夠暫時領到補助，日子還過得下去。」

「接下來就剩下VIP是怎麼消失的問題了。」巧心姐說，這也正搔到大家的癢處，每個人都聚精會神地聽著。「讓我推論出讓VIP消失手法的重點，是我之前所說過的那三件巧合的事：民兵上街打劫、VIP嚴重遲到跟K國軍官在旅館內的逗留。」

這個說法還是讓眾人一頭霧水。

巧心姐笑道：「這麼說好了，把問題拆解開來，大家應該會比較清楚。先不要考慮這些事情是不是巧合好了，我們來想想，因為這些事情的發生，導致了後續一些預期之外的狀況也跟著產生了。像是因為民兵上街打劫，結果使得什麼情形發生了呢？」

「……嗯，應該是使得黑子不得不進入了旅館！」還在念高中的小堂弟說。

「賓果！答對了。那麼K國軍官在旅館內逗留呢？」

「拖延二伯接應VIP的時間？……」小堂弟想再接再厲，搔著頭說了個不太有把握的答案，不過這回只說對了一半。

「應該是讓黑子有機會再出去第二次！」二伯幽幽地說。

「二伯說對了！那麼VIP嚴重遲到呢？這又會導致什麼重要後果？」

「讓接人時間往後延？……」

「拉長佈置時間？……」

大家七嘴八舌地提供答案，巧心姐笑道：「其實大家說得都有理，不過我覺得，可能性最高的遲到原因，應該就是希望壓縮二伯小隊成員的作業時間。VIP在K國夜巡部隊前來查房前一刻鐘進入旅館，讓二伯因為時間壓力，沒辦法對整層樓甚或整棟旅館進行嚴密搜索。反推回去，就是當時ＶＩＰ人一定還在旅館內並沒有離開。」

「可是光靠這樣子還是不能解決ＶＩＰ消失的問題呀！」小堂弟反問。

「其實從剛才一連串的推論，我們已經知道了幾件事；」巧心姐笑著說：「那就是ＶＩＰ是自願消失的、Ｋ國軍官跟ＶＩＰ有某種程度的默契在，還有黑子有可能是Ｃ國的內應，配合演出了這場詭局。」

「大家也都知道，在密閉的房間裡面，人是不可能憑空蒸發的！這個謎題裡面有個盲點，就是ＶＩＰ是否進門，是透過２０２２號房門窺孔來確認的。因此怎麼來騙過窺孔，就是解謎的關鍵了！」

★來玩個帽子戲法

巧心姐的推論剛告一段落，慶生堂哥便走進房間，表示「設備佈置」好了。他操作了一下筆記型電腦，示意小堂弟將電視切換成子母畫面，我們現在除了從窺孔看出去的畫面外，也能清晰地看到走廊上的畫面了。

「我剛剛跟三嫂借來iPhone，架在旅館緊急照明燈上，再透過旅館的無線網路把畫面傳到了筆記型電腦。」慶生堂哥解說道。看個電視都能搞得這麼複雜，真不愧是在某ＩＣ設計公司搞研發的人才呀！

「接下來，我再重新扮演一次黑子走個過場，大家看著畫面對照，應該就知道這是怎麼一回事了。」

巧心姐俏皮地吐了下舌頭，然後跟慶生堂哥、二伯母再度走出門外。解謎版的劇情就省略多了。一分鐘後，門口響起敲門聲，我們看到戴著高禮帽的巧心姐站在門口處，從走廊的子母畫面可以看到巧心姐在外側的窺孔上做了個覆蓋的動作，但另一邊內側窺孔的畫面全被禮帽遮住成一片漆黑的狀態，看不出什麼端倪。

二伯走過去開門。當巧心姐進門時，我發現她故意將門縫開到最小，同時用身體擋在外側窺孔前，從二伯的角度是看不出異狀的。

而當慶生堂哥領著二伯母走過長廊、進入房間的剎那，所有的人都知道答案了！原來我們從窺孔的畫面上明明看見他們走進了對門的房間去（原本該是2021號房），但走廊的畫面卻顯示他們進去的其實是隔壁房間（如2023號房）。從窺孔的角度看去，根本看不到門牌號碼，唯一能用來辨識的只有……那把鑰匙！

接下來是黑子發覺K國軍官逗留在樓下，因此出門前去查看的橋段。我們從電視畫面上清楚看見，當巧心姐一踏出房門外，便迅速地從口袋掏出一把鑰匙插入對面房間（2021號房），但因為窺孔被動了手腳，完全看不到這個動作。然後巧心姐湊近窺孔裝作把門關嚴實的模樣，這時窺孔又是一片黑，但走廊上的畫面又看見她在外側窺孔上動了手腳。最後巧心姐走到斜對面房間（2023號房），把門口上的鑰匙轉了一圈，然後抽起來放在口袋。

而當二伯走到對面2021號房查探時，裡頭當然沒有人影了。因為房間裡沒有架設攝影機，所以巧心姐要大家走到走廊上觀看。我們看到了二伯與巧心姐在房內搜索時，巧心姐故意敲了牆壁幾聲裝作是在查探密道，其實是向躲在隔壁的二伯母發出暗號。大家看著二伯母趁著此時躡手躡腳地開了房門，走進了２０２２號房，躲在浴室裡。

困擾二伯將近二十年、ＶＩＰ消失之謎就此解開！當時二伯肯定沒想到ＶＩＰ會這麼大膽地躲回他們的房間，難怪他們搜遍了整層二樓都找不到人影。如果不是有黑子充作內應的話，這個計畫不可能會成功的。

「巧心姐，你裝在門外窺孔上頭的，究竟是什麼東西？」小堂弟好奇地問道。

只看見巧心姐攤開掌心，原來那是個被鋸開後半段瓶身的小寶特瓶，加上一塊小化妝鏡組成的「迷你反射鏡」。

「其實這個表演中，最難的就是要怎麼把這個反射鏡固定到門上，而且要剛好調整到可以看到對面房門的角度。我跟慶生可是花了好多時間在研究這個細節呢！」巧心姐指著房門用鉛筆標定的痕跡。他們最後是用魔鬼氈與固定繩讓反射鏡可以快速地從門上拆卸下來。

「可是如果直接裝上鏡子的話，電視上應該會看到切換的過程吧？比方說影像扭曲或晃動等等的，但是我們剛剛沒看到什麼異狀呢？」我問道。

「這就是俗稱的帽子戲法囉！」巧心姐指了指頭上那頂高禮帽說。

跟當初黑子的情況不同，黑子只需要瞞過二伯的視線就好，但是巧心姐必須顧慮到有二十多雙眼睛在同時盯著畫面瞧，所以故意找了個理由戴上高禮帽。這頂帽子的用處，除了在第一次進入房間時用來遮蔽二伯的視線，讓他不要看到裝在窺孔上的反射鏡外，另一個功能就是在安裝／卸除反射鏡時，擋在窺孔前，這樣畫面一片黑，就看不出因改動反射鏡所造成的畫面扭曲破綻了。

好戲告一段落了，大夥兒意猶未盡地回到一開始的房間，繼續討論：

「那麼ＶＩＰ應該是被Ｃ國帶回去了吧？」有人提問道。

「我想應該是這樣的，而且一定是達成了某種協議，所以ＶＩＰ在Ｃ國八成還過得不錯，不然也沒辦法再把老婆小孩接回去，而且他的小孩還能在Ｃ國企業界呼風喚雨。」

「所以那個黑子是內奸囉？」

「我也不願意這麼想，」巧心姐看了看二伯的臉色，但他似乎仍沉浸在往事裡。「不過構思了好幾個可能的推論，就只有在窺孔處下手是最合情合理的，但要做到這一點不能沒有幫手，黑子是最可疑的。而且剛剛也問了二伯，之後黑子去了Ｃ國發展，也混得很不錯。這也許能作為其中一個佐證。」

「所以巧心姐你之前提出過的那三個巧合，其實都是有計畫的行動吧！」

「ＶＩＰ的遲到跟Ｋ國軍官的逗留，我想都是經過周密計畫的。至於民兵的打劫就不知道是不是故意的，反正那也不可考了。但我確定要讓ＶＩＰ消失的計畫成功的話，黑子一定會找到其他藉口回到２０２２號房的。」

★二伯的墓誌銘

那年年中，二伯就帶著慶生堂哥南下去向巧心姐家提親了，感覺是很「迫不及待」地要把這聰明媳婦留在王家。年底，巧心姐跟慶生堂哥結成連理，不過他們目前都還在「努力做人」的階段，希望巧心姐為咱王氏家族的「洗基因」計畫能夠早日成功囉！

這幾年的過年，年味一年比一年淡薄，但每當和親戚聚首聊天時，一定會有人提到在花蓮下著大雨的守歲夜，畢竟那實在讓人印象深刻。

喔，對了，前面有提到，二伯在慶生堂哥成家半年多後過世了，不過二伯臨終前有提到，他自己對生死都看得很開了，希望大家不要為了他的離去太過悲傷不捨。他的墓誌銘也頗耐人尋味：

「我又開始了另一段冒險！」

（原文發表於九曲堂《2011推這本最有理》）

要推理系列

考場現形記

秀霖　著　　定價250元

死刑今夜執行

思婷　著　　定價250元

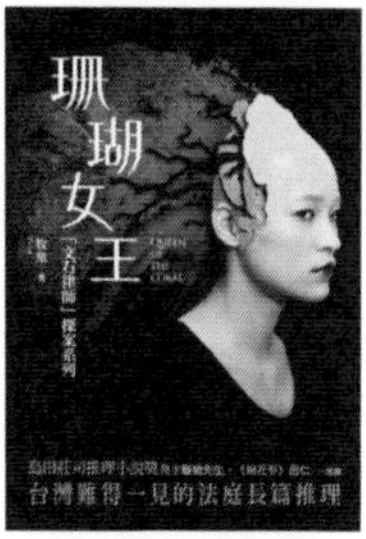

珊瑚女王——「文石律師」探案系列

牧童　著　　定價250元

殺人偵探社

凌徹　著　　定價250元

平安夜的賓館總是客滿
——台灣推理作家協會第十二屆徵文獎

台灣推理作家協會　編　　　定價260元

馬雅任務——林斯諺科幻推理長篇

林斯諺　著　　　定價300元

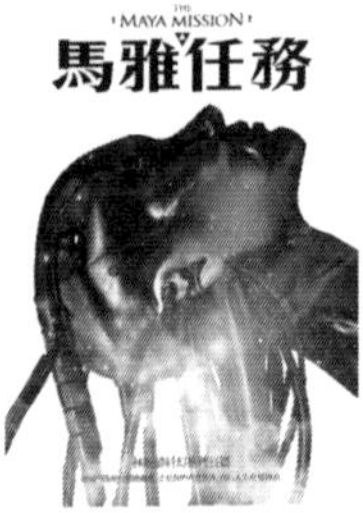

索菲亞・血色謎團——推理解謎短篇小說選

高普　著　　　定價280元

詭辯

張渝歌　著　　　定價280元

神的載體

游善鈞　著　　定價300元

聖靈守護之地

凌徹　著　　定價320元

無臉之城

紀昭君　著　　定價320元

沙瑪基的惡靈

沙棠　著　　定價320元

要推理系列

軸心失控——長篇懸疑科幻小說

高普　著　　定價300元

寂寞球體
——台灣推理作家協會第十三屆徵文獎

台灣推理作家協會　編　　定價280元

雨夜送葬曲

林斯諺　著　　定價320元

銀色聖誕

高普　著　　定價300元

血紅梔子花

顧日凡　著　　　　定價250元

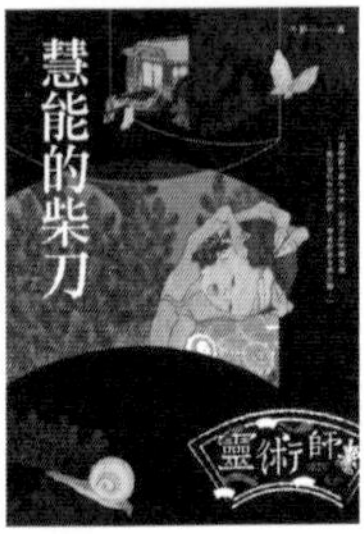

慧能的柴刀——靈術師偵探系列

舟動　著　　　　定價320元

阿爾法的迷宮

王稼駿　著　　　　定價260元

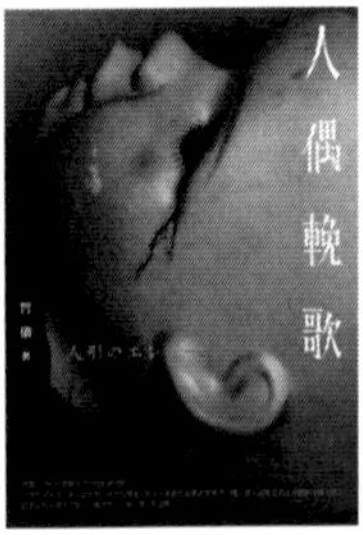

人偶輓歌

哲儀　著　　　　定價260元

要推理27　PG1678

要有光 FIAT LUX　達達戰爭

作　　者　天地無限
責任編輯　喬齊安
圖文排版　周政緯
封面設計　王嵩賀

出版策劃　要有光
製作發行　秀威資訊科技股份有限公司
114 台北市內湖區瑞光路76巷65號1樓
電話：+886-2-2796-3638　傳真：+886-2-2796-1377
服務信箱：service@showwe.com.tw
http://www.showwe.com.tw
郵政劃撥　19563868　戶名：秀威資訊科技股份有限公司
展售門市　國家書店【松江門市】
104 台北市中山區松江路209號1樓
電話：+886-2-2518-0207　傳真：+886-2-2518-0778
網路訂購　秀威網路書店：http://www.bodbooks.com.tw
國家網路書店：http://www.govbooks.com.tw
法律顧問　毛國樑　律師
總 經 銷　易可數位行銷股份有限公司
地址：231新北市新店區寶橋路235巷6弄3號5樓
電話：+886-2-8911-0825　傳真：+886-2-8911-0801
e-mail：book-info@ecorebooks.com
易可部落格：http://ecorebooks.pixnet.net/blog

出版日期　2016年12月　BOD一版
定　　價　280元

Printed in Taiwan

國家圖書館出版品預行編目

達達戰爭 / 天地無限著. -- 一版. -- 臺北市 :
要有光, 2016.12
面 ; 公分. -- (要推理 ; 27)
BOD版
ISBN 978-986-93567-4-9(平裝)

857.81 105019605

讀者回函卡

感謝您購買本書，為提升服務品質，請填妥以下資料，將讀者回函卡直接寄回或傳真本公司，收到您的寶貴意見後，我們會收藏記錄及檢討，謝謝！

如您需要了解本公司最新出版書目、購書優惠或企劃活動，歡迎您上網查詢或下載相關資料：http:// www.showwe.com.tw

您購買的書名：________________________________

出生日期：________年________月________日

學歷：□高中（含）以下　□大專　□研究所（含）以上

職業：□製造業　□金融業　□資訊業　□軍警　□傳播業　□自由業

□服務業　□公務員　□教職　□學生　□家管　□其它_____

購書地點：□網路書店　□實體書店　□書展　□郵購　□贈閱　□其他

您從何得知本書的消息？

□網路書店　□實體書店　□網路搜尋　□電子報　□書訊　□雜誌

□傳播媒體　□親友推薦　□網站推薦　□部落格　□其他__________

您對本書的評價：（請填代號　1.非常滿意　2.滿意　3.尚可　4.再改進）

封面設計____　版面編排____　內容____　文／譯筆____　價格____

讀完書後您覺得：

□很有收穫　□有收穫　□收穫不多　□沒收穫

對我們的建議：________________________________

____

____

____

請貼
郵票

11466
台北市內湖區瑞光路 76 巷 65 號 1 樓

秀威資訊科技股份有限公司 收

BOD 數位出版事業部

（請沿線對折寄回，謝謝！）

姓　　名：________________　年齡：________　性別：□女　□男

郵遞區號：□□□□□

地　　址：________________________________

聯絡電話：（日）________________（夜）________________

E-mail：________________________________